国家出版基金项目
NATIONAL PUBLICATION FOUNDATION

"十二五"国家重点出版物出版规划项目

走向世界丛书

主编　钟叔河　曾德明　杨云辉

FROM EAST TO WEST

张荫桓 三洲日记

下册

鄢琨　校点

岳麓書社·长沙

13,10,1

卷五

十月初一日甲申　晴。希九钞呈照催外部医药事，文理明敏。又新订洋员已于前月二十一日接办。近闻外洋亦有算命之说，间有精者，中西殊历，司马季主之奇固非西人所能推测。进斋谓西术但论年月日，不问时，仍类中土查星盘之意。德王自筮命长于子，而冢孙则寿命功业皆隆，将传位于孙。 德王将传位于孙

初二日乙酉　晴。香帅电约陈敬如赴粤，即转电许竹筼，属以自酌，如不留法馆宜即往，又询减薪事署咨定否。午饭时何天爵来，阍者却之，复来，饭后遂接晤。自言甲申经手拟借美款一事，曾两次赴华，未得谒总署，盖因美使馆先贻书署中，谓使馆不与往还，故总署不赐见。随将美馆汉文函稿出观，此为美馆拒斥何天爵之函，伊从何处钞得？其可诧。前此总署与订合同，何天爵仍存箧中，近且欲续前议。且谓昔之不获报命，殆因粤闽假英款

利息九厘，视原订五厘之约相去太远，故美商不愿，现则四厘亦可办到，乞代商总署云。余令将前订合同交还，再为转达，现计中国无急用，或不需此。第前年濒行，总署曾属取回此约，此时机局尤宜急索之，否则播之新闻，招摇可虑。

初三日丙戌　晴。水师部汨尼因病乞假就医鸟约，初九日之会亦以病辞，顷美都论者谓非真病，但假此赴鸟约密结党与为总统谋再举耳。汨尼为南党富室，意或然欤？湾克近举鸟约议绅，却系北党，鸟署向与交好，亦遇事相助，因为书贺之。

俄王赴伯灵（柏林）

初四日丁亥　晴。日报言俄王赴伯灵，为德王禅代之事。德王老病欲以国事禅于冢孙，俄德交厚，或相赞助耶？前日何天爵言中国现在外交之事以保高丽为亟，日本亦然，高丽苟为俄袭，则倭亦有不利，斯论不自何天爵始也。或谓能联各大国共保之，如欧洲字小办法似可久长。

初五日戊子　雨。咨总署洛案册结并外部往还照会。陈敬如已留法馆，不能赴粤，即转电香帅。晡时草疏奏奖接留差满各员。夜雨。

初六日己丑　晴。晨起见微雪，气候略清。檀岛董事程汝楫从子程祖乐欲投效天津武备学堂，嘉其久客异域不忘根本，为咨北洋核收，即将咨文交程祖乐自行投递。金山学堂岁筹专款，得千三百金，约可敷用，惟教习脩脯尚缺其半，须续商也。金山华商最盛之地，而窘涩乃尔，华人争讼斗杀，醵金助虐，顷刻可数万。此等培植人才之

13,10,7

事，乃如蚁穿九曲，良可慨叹。

初七日庚寅　晴。昨晚班林马戏失慎，狮象各兽纷突场外，伤数十人。环球马戏以此为最，往多演于鸟约，此次乃在干邦。衡以日国之例，豢猛兽逸伤他人者论死，则此戏班不能不赔偿，美律宽纵，或遂置之耳。外部来文，新派副外部富利司即补波打之缺，系鸟约律师云。英国专使詹卜纶、副男爵塔罢、外部司员阿般来访，未接晤。

初八日辛卯　小雪，晴。华佣来美，自蒲安臣居间后，轮帆益密，美复设例限制，立论既苛，增修无已，似将杜绝华佣足迹也者。而金山税关司巡乃潜发华佣护照，于其登岸又曲为掩着，即映相亦可更易，此项私照发去盈万，无非贿结而得，近为合众国衙门攻讦，税司黑假亦难委为不知也。美屡思限制而自治不严，岂合归怨华佣哉？午后答拜比利时驻使法兰西参赞，前秘使、英专使及议绅。灯后爱立谟来，言秘国各部现已派定，询其屡易之故，爱言秘政略殊美，其部臣若经议院疵论，辄不愿供职，咸相引去。询以巴拿马河工竣否，爱云无期，近有人集资六千万创设公司，另开一河，在中阿墨利加洲赖驾露亚骄亚地方，其地距美稍近，从墨西哥过去。

美税司潜发华佣护照

初九日壬辰　晴。美各部及各大书院予人公函不黏士担，别制函筒式，署明查系私事，罚锾三百元，邮递即无远弗届。士担之权为国家独擅，特设邮政部以专之，然公函犹可免黏，此中煞有斟酌。中国电报局略同邮政，该局借资公帑，递年就各署官报扣抵帑本，开办至今抵偿未了。明年电局新政，乃并官电亦收半费，提镇司道且不许用官电。同为官事，中西命意固殊。戌初宴外部巴夏、户部钗鸦飞劳、内部林麻、邮政部威露士、陆路大将军佘利钝、总察院梅拉、马调、合众国委员威露臣、前驻华公使杨约翰、英使、葡使、日使、法使、丹使、瑞使、日本代办十六人，巴夏起为颂词，余令震东译答。亥正散，主客皆欢。

初十日癸巳　晴。寅初率参赞各官恭祝皇太后万寿。今日为美俗举国祀天之日，各署并放假，适与华例偶合。午后科士达自墨西哥回，述墨国近状并华佣情形。曩闻金山华商言，墨西哥都城屋房有类华式者，似华人之经商于墨，古亦有之。海外经营载籍盖缺，非如今日之声息遐通也。杨约翰偕弟来访，云就夏卢报馆之席，仍理故业，当可资生耳。晚观西剧。

华人经商于墨古亦有之

十一日甲午　大雾。晨起窗外树林蒙蒙不辨，但闻车声，巳初始霁，仍暄暖。金山新换三邑，宁阳会馆绅董，已照章咨粤矣。顷复照会巴夏转告户部檄饬，税关如礼相待。易一绅董而多如许笔墨，近事之繁猥者也。曩寓金山九层楼，江藻亭不谙煤气灯消息，遽以口气灭之，煤气四溢，几濒于危，何绯联隔壁寓，急闭其管乃免。华人初历外洋情状如是。昨有南省议绅乍来美都，亦如藻亭之鲁，遇救而苏。煤气灯始于乾隆五十七年，此时美国全境尚非尽用煤气。

煤气灯

十二日乙未　晴。沪局递到总署咨复上年销册，北洋

13,10,13

咨会复奏华美银行事、南洋咨会卸任日期。阅邸报，八月十三日郑州河决，夺溜南趋，水至邳阳。江淮之北被灾既重，若泛滥及于洪泽湖、裹下河，则为害烈矣。皇太后轸念灾黎，颁内帑十万金饬发豫抚急赈。慈恩广沛，小民当免流离荡析之苦。河既南行，或从此导之入海，不假泄水三分之说，齐鲁之患稍纾，而南河故道已湮云，梯关海门高淤，岂易卒办？禹圭纳锡，果何时也。

十三日丙申　晴热，寒暑表八十五度，气候殊不正。昨晚英使约与专使詹卜纶会，似三十岁人，询之则五十二岁矣。英使谓向不认识，闻将为宰相云。座客如巴夏、佘利钝诸人皆美之当道，驻使却寥寥也。久谈已苦，热尚不及今日之甚。近有诋法人长技惟歌舞庖厨，他无足观者。有人起而辩之，谓法经德败犹能收拾馀烬改为民主，十六年中仅三易总统，而养兵仍四十馀万，岁饷七千馀万，虽国库岁乏储积，然已极难能矣。间与美兵官哈麻龄论及，哈谓即此便觉法廷养士之薄。美合众国额兵仅二万六千馀人，而岁饷三千九百馀万，伤病羸老之俸饷不预焉，若徒恃多兵而饷如是之涩，安足示武哉？

十四日丁酉　雨。近闻法总统有退位之说，因其婿招摇纳贿，国人哗之，法总统惭而引退。德王近已大愈，其子喉症亦少差。 法总统有退位之说

十五日戊戌　晴。前月剔还美廷之款，美都有人电致金山，谓此等款项华人出名代领，殊不为贪，而中国如数送还，核实办理，光明正大；视我美前收英国阿罗巴磨赔

款一案，竟将溢银吞入囊中，其相去为何如云。金山又有诱拐迫娼之事，为番禺陈氏妇，陈姓之寓金者禀乞查理，已批交领事。本日得领事申详全案并录供词，文内有“贞妇之节愈苦，拐匪之罪愈浮”之语，当咨香帅按名拿究。幸此妇业经提送回粤，并分致东华医院、爱育善堂矣。秉彝之良，有生同具，当能妥交妇族也。金山此等事无岁无之，华人行径如是，愧愤而已。傍晚赴外部律司黄吞公会，为詹卜纶而设，诸客毕集而詹未来，仅与主人周旋而出，各使亦陆续散矣。遇土尔其使，已改易该国服色，意甚诩诩。许竹筼书述九月二十八日署电减薪仍从元旦始，追缴坐扣照章办理。

减薪从元旦始

十六日己亥　晴。晚宴美总察院威地、布勒持佛、格腊，上议院掌院佘文，议绅多福、歇地、巴拿蛮、升高顿，律师科士达，美总统中军官威露深，丹使、墨使、智使、比使，前秘使爱立谟，美绅谈臣，本署洋员柏立等。酒半，威地起为颂词，余仍令震东代答如礼，十点钟散。柏立以公宴分两日，后请者不怿，未请之公使亦不怿，殆不亮客多不能并坐，而各国驻使无甚往还，又岂能遍约之乎？今春德使以德王生日宴客，亦未遍邀驻使，是岂余独矫异哉？叩以不怿者为谁，柏立又不能指出，是其师心自用，总以不预陪外部，为此妄言耳。洋员难共处，不悟前任何以耐之也。

往观议院

十七日庚子　晴。议院将开，午后往观览，规模宏敞，强于日都，议事墀子却逊之也。上下议院并相通，亦

13,10,18

均有驻使公座，中为总察院谳案亭平之所。曩以洛案未结，不愿往，顷洛款已偿，无烦争辩，乘其洒扫陈设时一观，他日开议则随意以听，尤便也。大门内油画多华盛顿战绩，院内油画则与英墨接仗及南北花旗铁甲船图。下议院主席之旁一为华盛顿画像，一为法将军驾拉飞拿画像，当日助美叛英者也。另一院则历任总统石像，制作颇精，历任总统石像 满铺云石，中空如磬，立近当门处，相距盈丈。设为细语，其应甚洪，又如声从地发者却非，遍室具此妙趣。想建院时中空之处亦有分寸，电气从门洞周通，故宜振响也。院建已九十三年，费一千一百馀万，工程尚不为侈。院藏有木杵长约二尺馀，上缀银鹰，蟠以银绦，每总统新任，则诸议绅捧以进谒，此美之掌故，究不知何所本。议事墀上嵌玻璃，中画各省印信，微寓版图富有之意。美立国仅百一十年而能恪守创国成规，骎骎富盛，视欧洲日以攻战为事者，诚有过之。

本日为法总统去住定议之期，国人欲举茹费礼以代，而异议者尚多，法总统不欲再辞矣。茹费礼系谋越之人，削民财而博不毛之地，法人滋恶之，其物望又逊于美之咘哇。

十八日辛丑　晴，微雪。昨法议院以总统初言去位曾下明谕，现在果否坚退，仍须再给一谕，乃定从违。总统以议员持论如是，知民心之非终附也，亦将毅然舍去。晡时赴谈臣晚餐，观罗马伯灵油画、水画、瓷画，并有佳趣，谈臣赠密蜡烟管一枚。子初归，气候由寒而暖。

十九日壬寅　晴。奖折核缮既妥，附片为董事何丹桂、谭玉书改奖，此前任未及核办之事，随案附陈，不没若辈前劳云尔。法总统果不安于位，置君如奕，信然。

二十日癸卯　晴。美兵部署中有大木一枚，质极坚实而四围皆孔。南北花旗争战时此树在威毡拿省，两兵交接，树当其冲，受枪弹密如蜂房，停战后乃伐，置于兵部署以示血战之苦。此时南北混一，亦习而忘之耳。南北分党，只教堂不分，耶稣神道莫或使之欤？法总统已举定嘉劳，不知能终任否？

二十一日甲辰　晴。美国开议院之期，外部例请公使往观，巳初往上议院，俄使、檀使先在座。议绅渐集于墀，至十二点钟时掌院升座，诵耶稣经一遍，自费城移都于此恰百年矣。诵毕即举案上函牍交书记朗诵，皆新举议绅之事。有南党一人为马韩作替者，或诋其所举非实，将大烦辩论，日报纷言之，至是而迄无异同，尚顾议院体面。墀内议绅咸集，各据一案，间陈设鲜花，美以开院为巨典也。返寓后震东复往下议院，观者尤杂。有老者当掌院诵经后号召于众与共唱一歌，座无应者，此老乃自高唱，绅恶其失礼，执之。大约每年开议院时必有此种笑柄，且多出于下议院。

上议院

下议院

二十二日乙巳　晴。外部请示使馆从官勋衔补刊缙绅。今日美总统颁谕议院之期，窃谓内治外交必能兼顾，乃只言库储大充，急宜减税便民。絮絮至六千字，而绝无各国交涉之案，现最切近之鸟蚡伦争渔一起，英专使尚会

13,10,23

议于外部，且无一言提及，可诧也。灯后访科律师，亦谓向无此式，日、墨各使曾来致询，若有同情。总统能否联任仍未定云。随赴前邮政部阿亭公会，热甚，不耐久坐，主人殷留茶酒，啜一瓯。

二十三日丙午　大雪，晴。西报言汉口蛟灾甚烈，但愿传闻之讹耳。致李仲约书，述外洋使规及美、日、秘三馆现办各事，覙缕二十二纸。

二十四日丁未　晴。金山华人自相讼争，被系三百馀人。曾令蓬云商诸嘉利福尼省总督，分别摘释二百人，拘回原籍，由华商筹给船脚七千馀金。华商能为此举，良可嘉尚。顷据来函，仍虑若辈出狱寻仇。余谓随释随登舟，不能在金山复滋事。回籍后则长吏执法足以惩之矣。即详复蓬云具报，以便咨粤。

二十五日戊申　晴。美总统颁示议院之谕，英廷大为嘉。美以减税便商，则英之贸易于美者益可获利，特美国制造各公司颇深觖望，南省之种烟制糖者亦然，亦有幸有不幸而已。然美以库藏充盈为此盛举，亦自可嘉。申正酬应公会两处。夜雨竟夕，奇寒。沪局代购茶叶、绸缎始寄到。美以减税便商

二十六日己酉　雨。墨使又函请立约，近日华人潜赴墨境者，领事穷于禁遏，如能善为保护，未尝不可与商。查墨国记载，明万历三年即西历一千五百七十五年曾通中国，岁有帆船数艘，贩运中国丝绸、瓷、漆等物至太平洋之亚冀巴路高埠，分运西班牙各岛。其时墨隶西班牙，中墨西哥曾通中国

国概名之曰大西洋。我朝乾隆五十年，西班牙伐英而败，太平洋商船虑为英虏，墨遂叛之，刻乃自主。

二十七日庚戌　晴。法前外部茹费礼不得举总统而得为部臣，国人恶之，联合死党二十人击于议院，已被三枪洞中要害，初尚能支，越宿则创甚，可见人心不附也。顷阅邸报，郑州决口，截留江北、江苏光绪十四年河运全漕备赈，想被灾极重矣。又户部拨帑二百万为堵口之需，不足仍续拨。复准豫省截留京饷三十万放赈，缅怀高厚，食毛践土之氓当知感激，年内合龙尚不致重费。

郑州黄河决口

二十八日辛亥　晴。外部约游观华盛顿坟茔园榭，英、俄、檀及南墨洲诸驻使，邮政部、兵部、前水师提督波打、下议院专司外交议员、外部司员布郎等，男女约百人。巳初登舟，微雨，少顷而霁，乘兵轮行游，另用小火轮、舢板泊岸。客皆徐步，寒林晴旭，随意游览。巴夏约共映一相，又偕游华盛顿故居，守冢吏导观如去年，并为英专使叙述一遍。余与布郎先返，巴夏诸人陆续回船。未正中餐，申正回棹矣。巴夏谓今日以美国船载英国专使游华盛顿坟，皆百年前逆料不到者也。叩以华盛顿之裔，巴夏谓华盛顿无子，既创宏业而乏嗣绝，似天之报施不厚，不知此中冥冥之意，特使其无子女，则美国民人皆其子女也。巴夏之论甚通。又言华盛顿并非奇才异能，只是办事存心悉归忠实，故能成此大功，不知忠实之为用广矣。巴夏又言承任外部三年，始得此一日之暇，其劳亦可悯矣。立谈良久，不觉抵岸，握手为别。

游华盛顿故居

13,10,29

英使之车为女公子先驰去，附余车同行，使馆相距甚近也。英使为言茹费礼为法之乱党，曾因事系狱，往曾相识，人亦似能干，然则法人欲举为总统，殆忘其缧囚之迹欤？今日舟中闲坐时，巴夏甫出户，波打问俄使巴夏年已六十否，俄使云不知，转问英使，亦不知。波打徐与俄使耳语余年岁，俄使潜告波打以余近能领会，波打遂不再言。余徐用英语告以不谙，俄使面为之赧，其实余究未了了。

二十九日壬子　晴。英署寄到新架坡设领事案。郭筠仙给英外部照会，谓中国遣使与设领事亦条约所不载，既能遣使，即能派设领事。英外部回文，乃援据条约以答。及胡璇泽病殁，曾劼侯派苏桂清代办领事，英辅政司不认，几烦辩论而定。至英属各岛，则并不允派矣。昨日希九函，言日藩部已于西十一月十四号会议小吕宋领事及医药事，寄到与外部谟烈问答，恐亦未易就范。 新加坡设领事案

三十日癸丑　晴。美总统谕议院文译寄总署。

十一月初一日甲寅　雨。北洋咨会黏钞朝鲜表文。午初科律师来，言新蕾案两造现仍调处，又请将钱范拓本发还黄吞。申正答拜墨使，并赴科律师公会。有墨外部之女，新嫁后偕婿来游，其婿扁鼻，面色类华种，携示华装映相，乍看几以为华人。科曾使墨，与外部有旧，特为遍延美都知好为此盛会。

初二日乙卯　晴。美绅烈而特，初与中国立约之公使也，家在波度摩西，正月为善会，其子妇特来美都请总统

往赴，又托人介绍来见，备述倾慕中国之诚，请余赴会。

初三日丙辰　阴，雾，午后雪。美都近多喉症，雪则杂病可免。美将改岁，雪乃应时，不识吾华得雪否？直东水灾孔亟，今秋复有郑州之决，黄患及于江淮，现筹堵筑卫薪，虽属冬日柏矣。

黄患及于江淮

初四日丁巳　晴。雪后骋车，西人以为乐事，晨起时闻车铃，雪已霁矣。墨使新居落成，特约晚餐，座皆熟客，只可仑比亚公使系初交。

初五日戊午　晴。开平人张进良旅居美之阿利简，以医为业，有西人请其治病而效，租与金矿一区，价二万金，以九十九年为期，亦如西人在华租地之说。自五月施工至今，水坑存水，淘洗甚便。下游一坑忌之，遂串合原租之西人强迫夺回。张进良佯以合同钞本付火，而潜遁他埠，函托鸟署供事张丁盛为之设措。顷复托该省绅士之任议员者，具启求查理，钞呈所致张丁盛函及矿图，又洋文合同一纸。阅其文理，殊费寻究，略会其意以矿坑为西人夺去，而仍迫以西正月一号将馀银交讫，情却可悯，因将洋文合同交科律师酌办。俄王近复被刺于都城，误中副车。

俄王遇刺误中副车

初六日己未　雨。古巴总督新政，华人赴医院治理者，岁索领事补给药费八千金或六千金。霭亭驳以华人承招而来，佣工劳苦因而致病，当日古巴约许与至优之国一体相待，华人应与日人同此权利。且领事岁收华人牌照费，均用之于华人身上，国家并无丝毫报解，领事亦无馀

13,11,7

资，安能岁筹医院巨款？立言得体，此皆日国横征苛敛之政，宜烦辩论也。午间科律师将张进良合同携回，谓据此合同，华人应得矿坑利益，然亦不解其来意，姑先托议绅，请仍查询该华人是何主见，即函查鸟署。申正答拜俄使。

初七日庚申　晴。近以郑州决口，黄患及于江淮，欲博访米西斯比河情形。访议绅升高顿，河堧人也，为言益参将从前议收束河身使河流迅捷不停淤，未始非善，惟河流太急则商舶不便往来，诚于商务有碍，又需款太巨，仅试办而未竟全功。此河情形绝类黄河，湾曲亦多，水极混浊，特沿河多旷土，非如中华之繁庶，年或决口，亦不要经理。然附河居人则甚惴惴，每当秋获将登，遽付波臣，灶蜗槛鱼，数见不奇矣。郑光禄前复总署谓益参将之议已行，犹非今日情形也。

初八日辛酉　晴。长至节，寅初率参赞从官望阙朝贺，循例放假一天，亦为酒礼宴饮，杜门竟日。致豫东抚藩书，去国两年，朋旧音问阔远，弭管辄怅。

初九日壬戌　晴。美俗将庆耶稣生日，知交馈遗络绎，西历将改岁矣。墨西哥求通商事，咨商总署，恐须明春始能见复。华人佣趁异域日益繁杂，既难禁遏，应思所以调护之，然亦甚不易。张进良金坑之事，美绅电复令在该省衙门控告立案。梁勤自哈佛来，所习英国语言文字大有进境。晚与赴货郎肆中购买什物，可以代言。 墨西哥求通商事

初十日癸亥　晴。西人度节之期，后邻户部总司员郁

文合家人妇子作杂剧。灯后往观，座客百十。所演北冰洋雪景，郁文自蒙皮鞟为白熊，与小儿女跳跃，别一老者混身雪点，状如货郎，分给诸孩嬉具，西谚所谓山特呵罗士也。中置一树满缀友朋赠遗之物，或谓西人实解寻乐，然客中寓目，徒深异乡之感耳。夜雪。

圣诞老人

十一日甲子　晴，积雪不厚，天气却寒。前户部珉玲病殁，鸟约医者言其心思太过，脑髓枯竭以致不治。美总统亲往吊唁，国旗半下以志哀，户部署蒙黑布十日。

小吕宋华人医药事

十二日乙丑　阴。小吕宋华人医药事，藩部议准一遵华法，由日廷给凭，按各国一律，迟日即有复文，领事尚未定议云。华人医药照华法办理，此极公平之事，绝非格外要求。惟由日廷给凭一层，似未尽妥，华医应由华官给凭，与日何与？寓美华医已久照此办理。所谓按各国一律者，犹以西医视华医也。或者华人药店须由该国给照，此理尚通，然已乖报施之义耳。日商在华所收吕宋票，亦须华官给照乎？俟接来文，再与辩之。适科律师来，与询及此。科谓日廷给照之意，无非借此敛钱，然各国既一律办理，华人亦难独异。

十三日丙寅　晴。唁许竹篔函轴，托沪局致送。竹篔本月初四日附法公司船内渡，行次无译官，不得已，觅一吴人学英语者同伴。

十四日丁卯　雾，午晴。巴夏函知美总统西历改岁后一日见客，巴夏亦于是日为公会，妇服既除，照常酬酢矣。科律师之亲眷璧近，操医为业，移居使馆之前，灯后

13,11,15

访之。寒月满阶，夜色闲旷。

十五日戊辰　晴。顾敬之新制铁箫，洞中音节，为《铁箫歌》赠之。蓬云欲面禀要公，复以自审诸岛情形能暂交副领事经理，则来此一晤。希九寄到催外部文。又法国瓷画映本，每帧有索至八百金者，然皆非意中之物，宜不购也。外部司员布郎送阅古文摹本三十八字，请考证，似篆似梵叶，当系埃及文。

十六日己巳　晴。自日返美，照会巴夏，条约文久不见答。比因华妇来金山较多，悉援光绪八年美例，金山地方官无如之何，其实皆税关串通也。巴夏来文，欲速订限制，而于保护一层不叙，亦不照复前文。今年粤中岁熟，华人来金谋工者少，其华妇之被拐诱者，已次第截回，并托东华医院分别饬属认领。又遣送华犯一事，嘉督矜慎，须十阅月乃竣。 华人来金谋工者少

十七日庚午　阴。韩使十五日抵金山，参赞从官共六人。始乘美国兵船至横滨，随附柯顺匿船来美。电询蓬云察其形迹，如不来谒，幸勿先施。正发电，适一香山石岐乡人张姓来谒，询其何言，乃请屏退左右，可讶也。自言三岁时乡野闲游，一白衣老人摄至深山密室，教以兵法、行军、调将诸事，十三岁时予以盘川，令至金山，且告以此数年间有张姓人出使美国，可往依之。又言中国近与外国通商，应修武备，水师虽有新船，究不敌外洋之精熟，宜以陆师为主。能合精锐保全高丽，规复缅甸、越南，再以偏师临印度，使之慑服纳贡，功成不受赏。又言白衣老

人即留候云。叩其年，仅十九岁，所言似狂非狂，华人寓美类此当不少。续乃索盘川，求栖止，大雪寒甚，不耐其缠扰，许以明日来领。

十八日辛未　阴，雨。七点钟赴后邻益鹘晚餐，马行旋泞。衣履霑濡，明日天气仍尔，则拜客殊不便。

十九日壬申　晴。甚出意外，洪文卿咨会十月十七日

德国新政

抵伯灵，廿一日接篆，又手书一函，述德国新政。民人年三十九至四十五岁均调充守兵，顿增十万兵，数十年之内欧洲必有变局，德将为戎首云。今日为西历正月一号，美总统延接各使及美国官绅之期。十一点钟往，各使先后至，按到国次序与总统握手为礼，及其夫人外部旁侍，亦与周旋，随至外部寓宅小饮。返寓中饭，进斋、仲兰皆托病，不能同拜客，此等周旋，固非人情所乐。彼都新岁，各部及九察院、上下院掌院、总律政司、水陆大将军，均须往拜。前使面交一单，又自行结识最熟者亦到门，计二

终岁酬应

十六处，终岁酬应，以此为甚。穷一日之力，须遍及，惟倭馆投刺之说，则不能遵前任之教耳。

二十日癸酉　晴。曩过伦敦，薄访交际情形，英国乃无新年酬应，只朝眷会须周旋数时许，不识德、俄何如，然美则即此一事已远逊欧洲之省事耳。午后答拜下议院诸绅及田使之兄，又赴公会四处。电蓬云韩使来美事。

二十一日甲戌　晴。查询外部，如韩使之来美国，有无榜样，总办布郎谓德未合并以前间或见之，近则绝无仅有耳。午后酬应各部公会。夜十一点钟赴英馆观乐舞，偶

感风寒，少坐即返，连夜咳嗽甚苦。

二十二日乙亥　阴。新蕾案犯六人已尽释。此案聚讼三年，前任深以为忧，前领事黄钧选则不即不离，欲为和解而无济。春初托科律师力为斡旋，幸活数命，天道犹昭昭也。彭禹廷在金山，不耐寂寞，放言高论，条列中美交际事，而文义甚劣。子刚《古巴杂记》刊成，见寄三本。今日寒病殊惫，迄不思食，与客谈辄沉沉欲睡。古巴杂记刊成

二十三日丙子　小寒，阴雨。乌约美商欲乞中国量减出口茶税，公禀外部转告田使达之总署，谐否未可知也。中国理财宜于中外交关处着意，司农新政，加重茶厘，茶商益窘矣。印度、日本茶叶方兴，岂能不预为之计哉？美商此举虽曰舍己芸人，然立意尚不伪。

二十四日丁丑　雾，寒病少痊，仍避风。蓬云电言韩使廿一日起程来美都，其在金山时仅与倭领事一见，其于蓬云则名刺往来而已。适得北洋咨会与朝鲜往返文牍。本日得恭振夔书，钞寄漠河采金、呼兰垦种奏咨各稿，又略述俄界情形，前任所立犁头尚须查理，现派李金镛踏看漠河金矿，遂及界务。又黑龙江电线已成，惟商电绝少，只官电往来，恐不敷经费，又欲余代觅矿师洋匠，一俟北洋商定，即便电达云。

二十五日戊寅　阴，雾。华人来金日稀，不及初定限制时十分之四，以工艺为业，咸不赋闲。又日报述韩使之言甚谬，必有潜为蛊惑者。粤人甘霖顷来谒，云将返里谋开二银矿，在香山县境探取矿质运美融化，换易硬木以支

矿穴。乞咨粤中，如此采运恐与洋商合股，令陈弁详诘之，未据切实回答，或者不出所料。

二十六日己卯　阴，雾。昨服止咳药水，稍适，晨起微眩耳。韩使来美事备文照会巴夏。巳初封发，续阅《波士日报》，韩使昨抵鸟约，何其速也。该使如能恪遵该国王教旨与北洋所录奏咨事理不背，自当慎循字小之义，知无不言，如其自外生成，恐非该国之福。函布总署北洋薄陈其略。午后大雪。晚饭后医生来诊脉，仍劝杜门数日以避寒气。

二十七日庚辰　阴。昨晚波度摩善会，不能往，进斋、震东、祝彭赴之，连夜遄返，以韩使已抵客寓，恐有询商也。古巴学堂岁终考课，中西学各取四名，两学并习，皆首取者。河源县童吴金秀，年十三岁，性甚聪颖，慰情聊胜。新蕾案结后，粤人关德偕该城律师方德栽来见，余深嘉律师办结此案，声名必大起。律师谦言名愈高则毁愈重，可谓见道之论。叩以问官如何判结，律师谓此案供只一面，已不足成信谳，其人且患疯疾，全案皆虚，无须判决。

古巴学堂岁终考课

二十八日辛巳　晴。韩使来美事，外部照复礼拜五日十二点钟接见，并代达总统接受国书，造词得体。因属参赞诘问韩使何以不遵九月二十六日津电三端办法，该使谓韩廷并未行知，起程在九月二十七日，或海道迢远，未能速达之故。濒行时知有津电，而韩政府尚须与袁总理更议，但进谒用衔版、公牍用呈文、华使行文用朱笔照会，

13,11,29

则已奉政府明文云。其词恭，其意狡，大约外撑门面而又不忍尽昧天良，特于两国交际之间克循侯度，而于他国属耳目之地则俨然自肆，故如是龉龁也。进斋相与问答数百言，亦可谓善存字小之义矣。即将问答大意电津。午间酬应各部，已极疲劳，比邻公会遂不果赴。美医北贾，年九十矣，病殁于家，以其游最久，唁以鲜花。

二十九日壬午　晴。外部已订期会晤，而韩使不遵津约办理，势成骑虎，只可先期晤巴夏为韩使先容。巴夏谓韩为中属，美与立约，中朝之意务推爱相待，行告田使转达总署云。巴夏既如是周到，韩使往晤及商递国书诸免枘凿矣。即令参赞函告该使毋为拜跪之仪，又电津八十六字。今日酬应上议院议绅公会二处。晚赴总统会，仍公服。会中遇俄使，云俄历今日为岁首，俄之星度见日较早于美八点钟，彼都此刻正贺岁，不无乡思云。土尔其使久易美国冠服，迨公会时仍循本国制度，戴冠如药臼，上缀小绦缨。此会周旋逾两点钟，甫出宫而英使至，其时尚有陆续至者。天寒雪霰，宫门内外，凉澳顿殊。 赴总统晚宴

十二月初一日癸未　阴，寒。复刘芝田、洪文卿书，述朝鲜遣使来美情形。午后该使馆参赞官奎章阁检校待教李完用、翻译官行电报总局事李采渊来投衔版。午后酬应公会五处。晚赴水师部之会，子正返寓。

初二日甲申　晴。午后酬应公会五处，晚观西剧。粤人赵咏梅以新蕾案结，赋诗为颂，几于城者之讴。

初三日乙酉　阴，雾。近阅《金山日报》，檀岛复 檀岛复乱

乱，其岛主及首领诸臣均被囚系，横征暴敛所致云。程汝楫、古今辉来禀，但言立例苛虐，尚未及此。晡时赴后邻公会，雾雨溟蒙，气候甚恶。

秘鲁税关不收烂银纸

初四日丙戌　晴。秘鲁近以税关不收烂银纸，兑换铺商不肯出现钱交易，市面鼓噪，时虞争闹。使馆亦急储粮食，以备祸生仓卒无从购买，且为杜门避乱计。秘总统与英商假四十万元，英商要殷户四十家作保，不要诸部画押，故未定议。秘政如是，何以为国？近又欲投鸦片烟税，大约亦如檀岛所为，意粤人必有受其朦惑者，或谓烟税重则山内华佣不禁自戒，恐未必然也。午后沪局包封递到，恭报自日返美折子朱批，钦遵咨行。总署奏派游历司员傅楙元、顾少逸已抵日本，余昨已照会外部并分行日、秘两署一体照会矣。惟巴西一国虽有约而从未遣使，尚须晤巴使，再令贻书彼国也。晡时酬应诸察院及上院掌院公会七处。返寓得保定电，复朝鲜遣使事，静候钞咨到日再酌也。此间只能办到认明属国及杜他人诱导，至该使果否未奉政府明文，殊难武断。夜雪。

初五日丁亥　雪。檀岛浮收华人入口费，又闭置病房诸虐政。昨准香帅咨复，已派翻译辜汤生亲往香港询明英官并檀领事，每船载二十五人之例，檀已删除，转行程、古两商董。申初朝使具衔版修谒，版署朝鲜嘉善大夫、协办内务院事驻美全权大臣朴定阳，来意甚倨，却之。昨夜腹泻，精神委顿。晡时赴下院议绅公会六处，冒雪归寓晚饭。

13,12,6 观杂剧

谈臣约观杂剧，亦犹去秋之技，特影戏绝佳。其一帧状海上之景，一轮舶低昂于波涛汹涌中，有数帆船往来行驶，观者几忘为画。其一帧荒冢垒垒，无数骷髅跳跃隐现，又一古柩，骷髅自掀其盖，随电光开阖，谁谓西人不谈鬼也。此外楼台村墅、牛马凫雏，千变万状，均能逼真。台中变幻之戏则割取美人首旋复合之，颇奇。演时墀子上下灯光尽灭，只台沿列煤气灯台中满缀黑幔，术人从幔出，美人随之。又一红衣赪面人持剑出，索取美人首，术人相与诘辩，肘美人坐于小木几上，高约二尺许。俄而台中突出一木础，高与人身等，术人先作以药迷矇美人状，徐假红衣人剑剜其首置于木础，眉目宛如死人。少顷瞪视转眄，且为清歌，声咽如丝，术人乃提其首复合于顶，旋合旋起，幻矣。其端坐木几时，自系另为躯壳，特假美人真面目以接之，及移首于础，实与身俱移，黑幔掩映难遽辨耳。躯壳则机括内撑使如活人之稳坐，此无足异者。但身首乍合，猝能立起，殊莫名其妙。

郭有道碑拓

初六日戊子　晴。桐城张藻卿寄贶《郭有道碑拓》一本。碑久佚，前年济宁东关外有田舍翁况氏建屋，从土壁中掘出，以为柳下乘凉石几，嫌其多字，凿之，续有人言之州牧，遂移置济宁州学。曩曾观潍县陈氏藏本，极完好，诧如星凤，今得此本，虽漫漶犹可宝也。碑十六行，行三十二字，有额篆“汉郭有道先生之碑”八字，与潍县本同，与王兰泉所收如皋姜任修摹本则并无额。又姜本“以谋不朽”，此本作“以图不朽”，与传合；姜本“翔区

各版本之异同

外以舒翼”句书作“鵜”，此本“翔”字从“羽”，均与姜本异。此本纵极漫漶，亦非傅山、郑簠所补作。碑佚于南渡前，石墨镌“华言闻之晋人旧石曾在，一秀才日摩娑碑下，久而将碑盗去，介休令重摹一本，以应人之求，后又磨去，王巳正再刻之”。此本凿痕宛然，其为秀才盗没而复出者乎？抑介休令之重摹者乎？盖不可考。惟碑中互异之字，略识于前，其“犀”“徯”“亨”“随”“殷”“蔷”诸字则不辨矣。殊域寂处，营兹古欢，殊意外也。

申初瓜拉乖国公使来晤，自言舟中相见后一病至今，否则早来矣。该国在南墨利加洲，代办无人之缺，殆四等公使也，能为英语。本日赴户部、水师部、外部公会。晚约察院威地、墨使、科律师、谈臣、医生壁写来署小叙，薄答诸君子之招也。

初七日己丑　晴。内部林麻果得察院，北党惟士丹佛、士雕鹘主之掌院，英哥深不愿而莫如何。内部遗席乃属邮政部威呀士，此则询谋佥同，南北党皆洽矣。林麻本极干练，诋之者谓行年七十二，照例不得为察院。此西人贵少贱老之故智，毋亦党祸中之欤？韩使朴定阳复来求见，絮絮逾两点钟，以笔代舌，其于津约三端仍矫饰，谆以专权全权为问，意谓与余敌体也。具衔版而不公服，津电所谓荒忽自大者已。泰西各国互相遣使已历千百年，亚洲遣使西来仅二十年，动形生涩，加以言语不通，耆欲不同，欲联邦交，殊未易易。朴定阳不谙此中肯要，妄思表异，恐徒费经营，无裨使事也。韩究系属国，谈次婉讽

接见韩使

13,12,8

之，亦正告以奉使之宜俾自愧悟。问答数十纸，朴交参赞什袭，居心猥琐，可笑。朴行后随复酬应上院议绅公会六处。

返寓七点钟，赴美总统公宴，同席五十人，余偕英使、法使、瑞典使与总统一行坐，新客则英专使詹卜纶，又上院议绅佘文、下院议绅巴拿蛮，皆专司外交者也。总统夫妇、外部巴夏主席，略如去年风景。韩使前日既递国书，此会乃不得与，自主之谓何也？或曰因余在坐而然，则恐不确。七点半钟入座，十点钟散，酒食丰腆，音乐喧阗。席散后徘徊正殿，重入筵宴处，饮八角酒、佛兰地酒，吸烟，詹卜纶就谈甚久，曾识曾侯者也。总统与各使互致殷勤而别，出宫门已十一点钟矣。 赴美总统公宴

初八日庚寅　大寒，晴。为腊八粥以饷同人，乡思弥动。复傅楙元、顾少逸书，属抵金山时即寓领署以节旅费。午后循例至美宫投刺道谢，答拜瓜拉乖国公使，承款架啡，云在巴西之上。余究非知味者，其情殷殷，殊可感。智使亦在坐，少谈各散。访格总统夫人不值，赴威露臣、毕顿两会，灯时返署。

初九日辛卯　晴。外部照复傅、顾两员游历来美，已咨户部转行税关照料登岸，免验行李云。晡时赴后邻公会，适遇田使之兄，为述田使近状，又导见田使侄女。李学庵到美两年，从未一赴美宫，今日总统夫人见客，与之偕往。宫外寒气扑人，入门热甚，人极挤壅。晚十点半钟赴劳令公会，主人方病足，拄拐棍以延宾，苦矣。英使、

瑞使、英专使均在座。

初十日壬辰　晴，寒甚。韩使函送前日问答，而将遣官来谒一段删去，殊有心计。复令补录，并寄与驻使名单。晡时赴山后公会，又赴后邻益鹘晚餐，盖屡扰之矣。此君并非富人，而好客甚挚。

十一日癸巳　阴。今年水患不独郑州决口，闻漳水亦涨，大名城垣为之冲塌，久不得大名守国孔安消息，为书询之。韩使送还问答钞稿，仍将遣官来谒一段改作面商之词，抑何闪烁？此自无关紧要而掩着如是。申初酬应公会十二处。晚饭后十点半钟赴外部之会，屋小人多，挤拥之甚。巴夏囊为议绅，即僦居于此，不因外部而别拓新居，视咘嗹一绾外部即营华屋者，异矣。

漳水亦涨

十二日甲午　晴。外部总司员布郎竟辞职，另派李某，不知品诣何如。布郎在外部十八年，别无过误，只耆酒成癖，终日醺醺，始以酒治病，续乃不能禁制。郑光禄当日深倚之，余却无甚往还。午后赴墨使馆，闻葡使病殁，墨使遂不见客。外部今晚之会亦贻书改订，此两日间各使馆均不出门酬应，殊有古风。葡使驻美最久，年六十馀，十月间赴余之招，谈谐甚畅，月来公会多，不相值，始悉其病，不悟遽尔不起。闻其家贫甚，薄有所积亦为其子浪用而尽，可悯也。今日肆上倒闭木器、杂货四店，美都生意似变非佳，窃讶物价如是之昂，而买卖却无利，毋亦税重所致乎？宜美总统有减税之谕。

葡使病殁

十三日乙未　晴。巴夏以洋枪一枝馈岁，枪极精美，

13,12,14

修理器具均备，西人游猎之需也，出自美厂。希特公使函知明日十一点钟为葡使送殡，函笺均用黑边，西人持服之式。子刚自粤来函，述十月二十八日金山华人以洛案索偿清楚，备牌伞为颂，大都溢美之词，地方文武亦道贺，则尤愧歉。午后大雪。

十四日丙申　晴。雪厚四寸，雪车游骋，络绎于途。午初往送葡使殡，就其使馆步行至教堂，雪后幸免倾踬。殡入教堂，教士念经数遍，又以炉香净水喷洒其柩，意谓导升天堂也。送殡者，各使咸集，外部巴夏亦至，水陆军提督并在坐。约一时许，殡出教堂，有兵队十名，音乐数名为之前导，迤逦至天主教茔浮厝。各使均亲送，俟厝毕乃行。返寓将申初矣。余本有寒疾，扶病致敬，天气极寒，弥形困饿。今晚总统公会，决意不赴，同使诸君意亦云然。科士达自墨西哥回，赠翎毛画数种。 葡使葬礼

十五日丁酉　早阴，午晴。昨格总统之子、可仑比亚公使并来访，适余送殡未还，遂未接晤。惟今日始见名刺，翻译委为阍者之误，其实均难辞咎也。朝鲜书记李商在求见，徐进斋、彭小圃、李学庵即就客厅接晤，阅其问答，无甚要言，惟津约三端果有明文，朴定阳亦于初四日接到韩电，而顾不遵，可愤。当令呈报到美日期，及使馆职名。

十六日戊戌　晴。英专使詹卜纶约二十五晚餐。今日美都月蚀，六点钟尽，七点钟复圆。

十七日己亥　晴。曩阅《四库提要》，永乐间张洪使

缅甸，著《使规》一卷，有录无书，亦未详其爵里。顷偶检《列朝诗集》：张洪字宗海，常熟人。洪武中，坐累谪戍云南，帅臣延教子弟，荐为靖江王府教授。永乐初，授行人奉使日本洮岷，赍诏谕缅甸那罗塔，六往始听命，守使职越二十年。仁宗始召入翰林，改修撰，年七十馀致仕。修撰国初老儒，贯穿宋人经学，归田之后，乡邦制作咸出其手，歌诗非其所长。诗一章出沐氏《沧海遗珠集》，盖其戍滇所作云。《使规》一书绛云楼亦未存目，他日归国晤常熟故家，一叩之。

张洪其人

十八日庚子　晴。照复外部修约事。韩使抵美后，金山、华盛顿各日报皆言朝鲜近系自主遣使于外，无须请命中国，絮絮言之，莫非韩使所授意？识者为之不平，昨科律师劝将津咨各件付日报刊刻以驳之。顷阅伦敦报，已将朝鲜国王请旨遣使之疏及津约三端并登日报，实获我心矣。天下事虚虚实实，岂能纯作呓语诳人？韩使不智，可笑亦可怜也。今日仍避风。谈臣来候，并言樟脑油擦胸膈治寒疾之法。

答拜韩使

十九日辛丑　雨，阴。今日寒疾渐解。申正答拜韩使，告以奉使之宜，及亚洲遣使凡百，生疏较泰西各国互相通使，难易判若霄壤。朴似极感谢，然笔端总涉机锋，貌似和平，心实狡狯，以其藩属而推诚指导，然其不足与为善，则已见一斑矣。款客茶酒一循西俗，所居又极寒俭，殊无谓矣。晚饭后答拜谈臣，并赴阿希之会，观乐舞，子初返寓。

13,12,20

二十日壬寅　早阴，午晴。今日各部公会之期。晡后仍往酬应，新邮政初接部事，居极宏敞，水师汨尼而外，此其亚也。检《万国公法》《星轺指掌》两书赠韩使。

二十一日癸卯　晴。朝鲜使者朴定阳呈报：本年十一月二十六日来，抵美国华盛顿，十二月初五日递呈国书，随率人员左幅开列，为此理合备文，申呈赐鉴。后开全权大臣朴定阳，参赞官李完用，书记官李夏荣、李商在，翻译官李采渊，随员姜进熙、李宪用各职名，文尾署“光绪十三年十二月日”，钤用“朝鲜国特派全权大臣”印，篆文，当即照咨总署、南北洋、粤督部。英、俄、倭三使馆另为朱笔照会，发给该使光绪十四年时宪书。今日酬应上议院公会十一处，每与一瞎翁相值，主人多尊礼之。毕顿特为介绍，叩其素诣，殆在下议院每日开议时捧经求耶稣保佑之人，顾不自保其目，亦殊可惜。 朝鲜使者呈报

二十二日甲辰　晴。邻人欲假使馆作跳舞会，公凑会资，领袖者随会择地，每夕四十金，欲省租钱，故欲假馆。然闻之房主人，跳舞多则房屋易损，遂却之。科律师自鸟约回，晤谕前复外部修约之文，殊精细。午后答拜义大利、可仑比亚、希特、檀香山、智利各公使，檀、智两馆少坐，余不相值，随赴公会五处，最后谈臣一处，徘徊最久，返寓晚饭。日本参赞鹤川贻进斋饯岁诗而求余改正，因次和而嘉奖之。晚十点钟赴水师部公会，嘉客毕集，十二点钟归。

二十三日乙巳　立春，雨。参赞从官具版贺春。光绪

檀香山拐贩之案

六年陈副宪惩办檀香山拐贩之案，粤人谭凤仪房产久已查封，顷招商局禀诉北洋以为冤抑，承咨查理，即属参赞检卷核办，或照行檀岛程、古两董转饬陈国芬禀复。程、古两董适禀陈散布巴路船自金山载回华妓，途经该岛，有歹人李福勾通鸨妇，欲留居于此，极力禁遏，尚有三人被其朦混登岸，现须讼理，禀乞惩治。外洋拐贩之风随地皆有，当因港澳出口时难于稽察，流毒至今。曾劼侯香港设官之事果有成议，或能维系之也。蓬云适自金山来，询及此事，云已与檀领事辩论数次，该领事已电致该国政府云。晡时赴毕顿公会，刘芝使函，言自俄都言旋，即在巴黎度岁，又询韩使到美领谒外部有违言否？欧洲无属国，遣使之例亦无公使带见之仪云。即缕复之，此中琐屑，业详于腊朔一函，要之欧墨情形互异，未可一概论也。

二十四日丙午　晴。夏间天津托雇铁路华工，务选好手，领事竭力劝导，华佣乃舍其现成工业，承召回华，所订合同月三十金。现闻抵津后为洋匠所忌，总办竟减华工半价，诸华工乃进退维谷。余于此事甚愿赞成，实欲华佣知中国可以谋生，不致久留异域。当时川资一切均系垫给，不晤此辈回华后，津局顿忘招置之初意耳。东矿招雇三人，闻尚得力，且不为洋匠所抑，只机器力小，尚未大有所获，然矿则良佳也。金山义学、医院各事渐有头绪。华商年来生意仍窒，华工则各有起色，游手之徒，近皆执业。

津局克扣华工佣金

二十五日丁未　晴。小吕宋医药一事，日藩部新定四

13,12,26

小吕宋医药事新定四款

款：一、华人开设药店或东主或管理人须有凭照，此项凭照为担保，其合宜之用，送吕督参赞查验；如无凭照，自该督刊示后限六个月举出管理之人，其人须由中国制药学堂出身；有凭照者将凭照呈日国驻华公使，或领事官代理领事官签字，方为合宜；如此办法，只作暂准开设。一、华人药店只准售与华人，至卫生例暨制药章程，凡有与华法相宜者，务须遵守。一、此项议定条规至限满之期，查有不遵行者，照章议罚。一、将来国家如有应行暂停此项利益之时，先期六个月周知。以上四款殊含混，希九与藩部辩论甚详，又拟由驻日使署给照，藩部以为非与各国一律。希九照会外部拟改由中国地方官给照，送日国驻粤领事签字，并拟照式送去，不知外部如何答复也。吕岛设官之议，外部仍极口应允，但疲缓耳。今日酬应诸察院公会五处，林麻新得察院，并往贺之。晚赴詹使之约，同坐皆美北党，及英使、土耳其使，饮宴逾时。詹言中国铁路断不宜假手他国，自隳利权，曾为说帖致驻华公使转达总署云。詹极干练，英使谓英廷将任以相臣。詹使席散后赴外部公会，子正归寓。

二十六日戊申　雨，雪。函达总署韩使来美情形，并附外部照复，及朱笔照会稿。鸟约领事函言，张进良金矿地价迄未照交，只言矿主有十八个月之限，而合同乃无此说，殊棘手。墨西哥新建使馆完美，今日之会有乐舞。晚饭后十一点钟赴察院希力尼公会，昨晚方在詹使寓与同席，故益周旋。此会乃与韩使值见，余拱手为礼，略谈即去，余一点钟乃行。

二十七日己酉　雨，未正忽晴霁。晡后酬应五部公会，又下议院掌院、右邻卜拉润，共七处，返寓而子豫、骀选自古巴来，述古巴近政及别后各事。

二十八日庚戌　微雪。金山各会馆乡人以新会橙、沙田柚馈岁，分饷西友，俾知中华风味。午初晴，科律师来，言议院欲申限禁华人之说，议绅巴拿蛮答以外部方与华使订约，已有照会，宜稍俟之。因举浊水坑之案告科，科谓可为保护之一助。申初酬应上院议绅公会七处，马邦议绅抛麻留听琴歌三叠，对尽一酌。返寓晚饭后，八点半钟赴总统之会，诸参赞均以为苦。蓬云、子豫适来，遂偕往周旋至十点半钟。英、法、德、俄、义五使均未到，韩使公服纱帽圆领，各使之公服者惟韩与檀香山鸦毡天而已，此会向不公服，外部已贻函知会，何足恭也。韩使今日来辞岁，晚会于美宫，韩使后至，人太挤，无暇与语。

以橙柚馈岁

二十九日辛亥　大雪。寄北洋书，论朝鲜遣使事。韩使初次通谒，具衔版而不公服，方谓官卑无此制耳。昨遇于美宫，则该使与参赞翻译并纱帽、宽袍、缀补子，略如前在津门接晤该国太公之式。因令彭小圃往诘问，小圃乃为公函，与进斋、仲兰联衔给之，或虑失欢韩使耶？韩使种种谬妄，不能不与一棒喝。午后拟偕子豫乘雪车，乃为公会所累，酬应檀、智两使馆及议绅壁近、合众国委员威路臣，灯时始暇。檀使深以昨夜美宫之会误穿公服为懊悔，殆未细阅外部函耳。檀使久于美，尚有此误，宜韩使

论朝鲜遣使事

误穿公服

13,12,30

之足恭，然余已详告之，韩使之误又甚于檀也。晚十点钟赴上院议绅抛麻、水师部汨尼公会，观乐舞，均与巴夏相值。巴夏今年屡作主人，又频出酬应，寒天雪雨，老健不疲。

三十日壬子　雨。批复金山医院事，改正金山学堂章程。酉初赴毕顿公会，归阅韩使复参赞书，自辩冠服如礼，且怪余不免其礼服，又以元日贺年，冠服未定，候示趋赴。其词狡辩，令参赞驳复之。戌初赴外部晚餐，同席德、俄、法、日和比、倭及南墨洲各使，韩使亦与席，带翻译而不入座，甚离奇。德使先为余贺岁，席散又重申颂祝，巴夏及有约各国皆起立称贺。子初席散返寓。又赴户部之约，遇俄使，言此间酬应，劳不可言，本国政府不知我辈境况，方以为客中佚乐耳。此语甚有阅历。少顷巴夏亦至，西俗纯以酬应为事，非此则耳目闭塞，一事不能办，各使之劳劳殆非得已。柏立以英制瓷瓶馈岁，取华语平安之意；威露健臣画牡丹馈岁，且作华文“花王”二字；谈臣以墨西哥云石几馈岁，均雅制也。 批复金山医院事

光绪十四年正月初一日癸丑　雪。寅正二刻率参赞领事各官望阙朝贺毕，相与团拜，客中两度岁华，涓尘乏报，弥深愧歉。韩使来贺，猥以冠服之制琐琐致辩。昨夜子正犹贻书参赞以夹袖为礼服，曩晤该国大员，无非纱帽宽袍，国太公亦复如此，岂朴定阳官阀较尊耶？于其来也，预告阍人却之，令李学庵往代答拜。

初二日甲寅　晴。小吕宋商董禀呈吕督滥征华人身路

税之据及官报数种，又言吕督以医药之禁为华商所控，大加仇视，多方刻制，即传电他处，须先呈电底，真无理苛虐矣。华商求设领事之情弥急，何日慰之也。今晚使馆公会，铺陈布置颇烦琐，既就绪，五点钟赴察院飞罗之约。日本参赞鹤川又有诗来，无暇次和矣。晚九点钟诸客陆续至，外部、户部、兵部、水师部、邮政部、总察院、大将军佘利钝、上下议院掌院、议绅多福等，各国驻使希特、英、俄、德、法、瑞典、日斯巴弥亚、土尔其、墨西哥、南墨洲诸国、朝鲜使均到会，约八百人。三点钟散，分饬仆从检拾灯火，四点钟睡。巴夏常言公会不乐，客散后乃乐，此言殊隽。

华商求设领事之情弥急

初三日乙卯　晴。湘浦禀言秘属嘉士马岛华商渐集，权派西人河西嘉黎庐为代理领事，华人自行集费，上年十一月初十日已准秘外部给照云。午后赴议绅钟士、威露健臣公会，顺道至外部投刺，谢除夕之宴。返寓晚饭，十点钟往观乐舞，人数众多，楼窗为之震撼，扮演诸色人，甚奇。

耶稣斋期

初四日丙辰　晴。耶稣斋期，新教之徒若无其事，旧教则持奉唯谨，侵晨即诣礼拜堂，求掌教以灰笔点额，佛氏受戒之意也。旧教于礼拜日期剧舞宴饮如平时，独于斋期不苟，新教异是，门户之见所由分也。今日余生日，韩使率从官来贺，皆衣红袍，意在修好乎？令震东谢之，约其晚饮。俄、法、日、智、檀、土、墨各使均于九点钟到，往还最熟者也。英使受新教，而诸女故崇旧教，不果

生日宴

14,1,5

来，法、日、墨三使仍旧教，却不拘泥。俄使与余同岁，法、日两使长余五岁，面貌尚不老，特须发白耳。西人多有中年须发纯白者，禀赋异也。

初五日丁巳　晴。照会外部浊水坑命案。三点钟至察院波文士、议绅抛麻处投刺谢宴会。此间使规惟大宴会必谢，馀则否。又答拜韩使谢寿，劝以采访外国日需之物，以较本国土产能合外国销场者，设法以拓商务。因举直东草帽辫一物告之，冀其隅反，韩有蚕丝布帛之利宜可展拓，复举日本比年商务以歆动之。韩使乃志在制造军器，叩其铁矿如何，则云有矿而昧开采之法，是制造仍暗耗也。属以试携矿质送此间铁厂化学家试验，因成色以定采矿之法，韩使唯唯，云日内来晤，余告以明日往鸟约，归日再谈。韩使问他出应否派代办？余告以不出美国境不派代办，亦无须知会外部。韩使请明日派李采渊至车头相送，余坚却之。韩使前倨后恭，余每与笔谈皆推诚相与，我尽我道而已。英美渔约已成，詹使将返，又将订婚兵部。晚赴兵部公会，巴夏在坐，英、俄、檀、意各驻使均到，詹使适至，相与立谈，不便询其婚事也。 韩使前倨后恭

初六日戊午　晴。九点钟赴鸟约，天气寒甚，车中遇水师部汨尼，独行萧然，无达官气。进斋谓中国水师提镇出入尚不知如许赫赫，况部臣乎？美政之简如此。晤议绅巴拿蛮，密言限制华人事议院方聚论，甚棘手。余告以中国非不准美限制，特保护亦条约所载，其不在限制之列者，美能不为之保护乎？巴默然，谓力所能办者无不相

助。鸟约各华间迓于车房，复到领署求见，询以商务，云有起色。鸟约贸迁以来，以旧年为最美云。美政近虑喧宾夺主，故于欧洲工人亦加禁制，若擅立合同者概不准登岸，去年有女工到岸亦被阻。

欧洲工人亦加禁制

初七日己未　晴。鸟约积雪未销，寒甚。领署炉管窒滞，则尤寒。哈佛学堂案，北洋咨请查理，即约容纯甫来询。

美国各省各例

初八日庚申　雨水，晴。美国各省各例。鸟约所购中华会馆近将交割，鸟约省例，不准他国人购业，惟公所不在此例。诸华人乃求领事函致总督交议，上院既议准，下院尚迟疑。上院绅湾克告领事予以一书，俾传示于众，声明华人会馆之地断不致潜为博局，希梁诺之。湾克复约余至鸟约城中一游，并与总督相见，许以雪晴得暇便往。教堂函请往观宣讲，却不愿赴，然前此西省虐待华佣，诸耶稣教堂均为不平，亦非佛口蛇心者。

初九日辛酉　雨。王荣和、余瓗查岛之役未竣，复为北般鸟之行。香港无径达该岛之船，须绕越新架坡附轮前往。客冬十月初五日自粤起程，十一日由港搭船，十七日至新架坡小住，二十八日附丰安轮船，十一月初二日抵般鸟所属拉浦湾埠，初三日午后展轮，初五日抵山打根埠，该省总督燃炮示敬。又华人甲必丹、冯明珊及华商金永发等二十馀人皆接晤。该岛华人不过数百，散处山内佣工者千馀。土产如坚木、冰片、沙藤、树胶，觅得金矿，惜未广开榛芜，矿业不畅。该岛之政，则设立赌税、进口盐

14,1,10

税，每担二元，自来火柴每箱二十八元。又香港无船往来，均与华人不便。然山打根岛通商仅六年，且有瘴气，入山华人多脚患，又为工头苛虐，病亦不准出山医调，良可悯恻。其拉浦湾埠则华人与土人互市已五十馀年。道光二十八年英人得此地于文莱，岛主遂将拉浦湾内外三十迈全割隶英属，英设官经理。该埠有华人五六百名，华商南发祥等数家，生意未甚兴盛。土产西谷米、冰片、树胶，煤炭尤盛。华人居此尚无苛刻情形。

王荣和、余瓗遂将山打根敝政告之，英督允为删除，不悉言行果符否？其所立授地新章，刊刻告示者已见于港报。又查得前年华人公司购地一千五百希罗，每希罗约地五亩，纸规三元，共规费四千馀元，仅付三分之一，函请英督展缓，并恳专设轮船至港。英督已知照轮船公司二处，允以越年举办，惟每船须华人认定载货水脚津贴若干，刻未定议云。王、余会禀之词如此，所谓华人购地公司或即沙呇公司否？ 恳设轮船至港

王荣和、余瓗查竣后，复至新架坡，前往暹罗，冬令风严，候船待发，应有续报。惟英属岛除新架坡外，不能设领事，徒知民艰，无缘保护，殊增焦烦。

晡时何天爵来晤，约明日两点钟往观制银票士担厂。

初十日壬戌　晴。刘芝使咨会客腊十五日赴比国。又英、法、俄各使馆并为笺贺年，虽酬应虚文，犹有故园风味。未初赴制票纸局，略如美都规模，特多制士担、车船票、股份券及各国托制诸式，日本有汉字尚可辨认，馀但

视图刻精工而已。岑楼九层，局面甚阔。

十一日癸亥　晴。街衢积雪，日有凿之者，消乃速，每月工役银三元。今日华盛顿生日，美例放假一天。午后访巴卢，知窗外有官兵鼓乐行队，所以志国庆也。巴卢笑谓余曰，使华盛顿生时见此等兵队，必不以为喜，美之兵气亦有今昔之别耳。重观所藏霁红瓶，的是佳品，惟瓶口有补裂痕，否则伍氏未必肯以此赠旗昌也。总统往南省游览，约一礼拜始返。途经园道，湖冰尚坚，无数童稚怡然冰嬉，游人亦甚盛。余将赴秘鲁博访，巴拿马瘴气之害脚肿为最，不善治则不救，乡人关越以黑芝麻蒸食，脚肿遂消，极平淡而神奇者也。龙冈公所订元夜春酌，昨已却中华会馆之局，不便赴之。龙冈公所者，合刘、关、张、赵四姓为“名义堂”，金山大埠建楼塑像，规模肃然，旁列诸葛武侯画像。熟读《三国演义》者，为之益信此书沾溉之广。

美之兵气今昔有别

将赴秘鲁博访

灯后观杂剧，美俗凡假期墀子坐客皆满，极鱼龙曼衍、花团锦簇之妙。有两女郎缘绳至巅，上悬两铁架可以并坐并跃。一女郎反身俯瞰，以齿缒其偶，盘转如旋，观者目眩，徐缘别绳跃渡。前檐铁架则如天平之式，两人分缀其端，或一手或一足反跨倒接，无不如意，既而两面环转，略如秋千之戏。又以小铁锥挂于架，以齿接之，悬空直立，仍能环转，少顷乃徐徐缒绳交互攀答而下。其一别挽一绳钩，升至绝顶，一小铁架高绝险绝，仰睇如小婴儿，略翻身即曳一手帕冉冉自半空下，自乃跃跳而坠，旋

观杂技表演

14,1,12

坠旋起，若无事然。每演此种杂剧，必先置网以防颠陨，仍有险处求安之意。大致与法国同，惟一跛者为铜架于剧台跳跃转侧，飞动离奇，此为仅见。或曰此非真跛，特屈一足以神其技耳。天下人之矫揉造作以自炫鬻者，可类推也。《易》曰“跛能履”，信然。

十二日甲子　晴。古巴总督拟收华人入医院调治药食诸费，陈霭亭一再驳斥。刻经该岛议院公议，以中国领事所驳，援据条约公法，有关邦交，应即照行，否则须达日廷定夺，于是该督乃照会各巡抚一律出示，一如霭亭之说。又该岛近许美国商民利益，各国领事方欲置词，顷阅官报，日廷已准各国商民一体均沾矣，霭亭可以少节笔舌之劳也。午后赴博琅宅听琴歌。

十三日乙丑　晴。香港何昆山函恳酌派何启为小吕宋领事，同举不避亲，昆山有焉。特该岛领事前准粤督电派余瓗，续又改派王荣和，均在未定之天，须候日部复文乃符公法。何启在港为律师，岁获逾于吕岛领事之俸，且英、日殊例，吕岛日文日语，恐非何启可办。霭亭禀古巴华人出口新章免纳岛官照费四元，该岛仅收二角五仙，宜将此费加纳领署二元，以补街纸之绌，自本年正月始。事属可行，即批令照办。晚九点钟赴窝顿晚餐，主人殷勤备至，酒馔皆慕华风，坐客多旧识。席散后为琴歌茗饮，客来更多。一点钟返寓，纯甫坐候已久，与谈数刻，约明日未初再晤。 小吕宋领事未定

十四日丙寅　雨。纯甫负沪商陈善昌一项，该商乃控

诸哈富洋官，尽封纯甫产业，并及中国学堂，荒谬之甚。中国债务不于中国讼理，而假洋官权焰，擅封公产，情殊可恶。即电南洋转饬沪关，勒饬陈善昌缴还学堂建造经费，否则查封产业备抵。今日北洋咨会韩使来美与约三端，韩王悉遵照，并分行朴、赵两使，朴使犹矫言未奉明文，殊谬。北洋客腊电属钞咨照会朴使，即指此也。郑光禄久无消息，比得答书，殆有人琴之悼，而足患仍未痊，

粤中去冬天花盛行

且言粤中去冬天花盛行，人口损伤不少，粤地冬令不寒，宜有此患。申初格兰忒、杨约翰来访，未晤。

十五日丁卯　晴。日报言，朝鲜之于中国年例贡献，而中国报之加厚，非如欧洲属国之谓。有驳之者曰，朝鲜国臣服中国历数百年，非属国而何？美医阿连为韩使作参赞，茫然不知体要云。何天爵前日告余以德太子病将不起，弥留在此一二日间，殊不确。德殇一次孙，德廷持服两礼拜以志哀，尚非德王前拟禅位之孙也。德太子喉患数月，医以刀割烂喉数寸，易以新喉，此极难忍之事，而不假迷药，论者方佩其勇。

十六日戊辰　晴。巴夏函约后日十二点钟议约槐花园损失各案，允就外部会商，不交议院，请将各案细数携示，而于保护一事迄不言及，仍难妥惬也。因定明晚九点钟车回署。沪关税司侯立威来谒，跛一足，扶杖而行，叩其致病之由，因打地波失足，右腿骨不能屈伸，医将为之割补，或不成废。华语则较精进矣。巴卢适来答拜，并订夏间赴伊乡园消夏，又言巴夏来此一宿，约余回华城，当

14,1,17

告以明晚即返，或亦巴夏遣探行止乎？何天爵明晚之会不克赴，又不知其住址，特托纯甫代达，以其乡居相近也。

十七日己巳　晴。鸟约银行主人杜益士卢专为余设会，申正赴之，坐客皆来见，应接不暇。房屋既华赡，别一室满壁油画，皆精品。帘幔琴衾有中华顾绣之物，此不多见。灯后返寓，途经戏园，失火刚灭，水车犹未停。何天爵尚来纠缠晚餐，刘宝森婉谢之而去。十一点钟渡海登车，望海上渡船灯光辉映，略如粤中，横楼石人像亦遥遥可辨。夏卢报馆多惰甫适同车，为述科律师抱孙之喜，又约夏间访其乡居。是夜寒甚，车中又忘却闭风窗，遂不成寐。

十八日庚午　阴。辰正抵署，午初至外部。巴夏手携各案，先述美国律纲，总统权力微弱，絮论一遍，随将约款请酌。一为保护寓美华人，就光绪六年续约而引伸之，已非前此之龃龉矣。一为积案赔款，请撮示总数，欲将欠项推归华人自向债户索追，意仍脱卸。余要以兼赔命案，巴夏以难色。余谓苟办凶则无此事耳，既不办凶则不能不赔，援美国前索西班牙成案比照办理。巴夏不能辩。余复要以交犯一条，巴夏力请从缓。问答甚长，震东译记。韩使求见，无暇接晤。 积案赔款事

十九日辛未　晴。巴夏缮述条款，以英属哥林秘亚近日多招华工，请与英立约，勿令至美。余昨径驳以中美立约，无预英事，且此事美可自谋，何须烦我。巴夏曾谓此款无关紧要，聊偿西省美民之愿而已，乃来文仍有此说，

殊误。其第二款税司立例一语，命意甚巧，包涵甚多，余业告以立例须与此约不悖，已烛其隐，巴夏不得已添注送来。今日拟再与面论，以电筒询之，巴夏四点钟始暇，余不往矣。今日为总统与各部会商之期，詹使来告别，晡后往送，已首途。

二十日壬申　晴。约稿改正，午初持示巴夏，将哥林秘亚一款删去，巴夏无词。保护一款，巴夏加增按照续约第三款，尽力保护与待最优之国同，但添不入美籍数字。赔偿一款，余加增中国亦不愿有此等案件索此赔款数字。复要以交犯，巴夏谓方与英国定此约，议院搁置之，且前次原议亦有专条之说。余谓审若是则定约后仍加一照会，因去年承许之言业达政府，刻又翻悔，政府将疑为诳说也，巴夏唯唯。而又举议院近日聚讼限制华工之言，缕述一遍，意以此约不就，则议院之苛例起矣。返寓，重检舍路的钦巴各案，陈宜禧原报房产八万馀元，借给土人修路三万馀元，此时产业具在，借项有着，不应索偿，应剔出。惟舍路扰攘时，陈宜禧之妾方有身，适乱党惊扰，自二层楼跳坠，逾三日而小产，前文均未叙，特为巴夏重言之。德使归国辞行，英国新添参赞来拜，均未晤。

德使归国辞行

二十一日癸酉　晴。照复外部。午后至德馆送行，答拜英参赞。倭代办赤羽四郎函送《横滨日报》一纸，皆歌颂徐孙麒之词。适孙麒咨会受代日期，此时当已归国矣。南洋电据沪关禀复，陈善昌并未控告纯甫，更未请封产业，呈出致美翻译函，实无其事，容电询情弊再禀。当

14,1,22

复以公产被封案昨从洋署钞得，容咨请究诘，并电询纯甫该商已否销案。又别托律师密查纯甫建造学堂时，在哈富洋署立案之据。

二十二日甲戌　晴。晨起草疏，请自光绪十五年始颁发《时宪书》六十本，附陈朝鲜遣使至美，业与美外部认明属国一片，交幕府誊清。粤地天花盛行，族人多传染，最奇者，骆文忠公之夫人，年逾六十亦患此，幸均平复。因重举外洋七年一种痘之说，函属家中预为之防。午后访察院梅拉久谈。又至毕顿家小坐，毕顿煮茗款客，云系姚祝彭所赠，绝无茶味，而茶色却佳，殊不可解，岂西俗还魂茶之说耶？

外洋七年一种痘

二十三日乙亥　惊蛰，雪积厚逾寸，甚不料昨日晴暄，今晨有此琼瑶世界也。午后草疏保奖差满各员。此案徐进斋首列，本拟送部引见，而进斋力辞，仅请换给顶戴，并随带级，殊不足酬其劳也。钞咨照会朴定阳，诘以津约三端果于何月日奉到外署明文，并将客岁津咨一并钞发。

二十四日丙子　晴。纯甫电复，陈善昌并未销案，审期展缓一月，当咨请南北洋饬沪关究诘。署中自梁蓬云往金山，案牍凌杂，积压不一而足，特派李学庵清厘，冀得周妥。寄北洋书，论朝鲜遣使未尽事宜。又印花四纸，奏事处咨文四套，备今年贺折之用。龙冈公所求书楹联，无现成语，因撰联曰：“庙貌峙花旗，阏宫同享，异姓联欢，神弦犹按巴渝舞；宗盟扶葛本，珠水晨征，墨洲云

论朝鲜遣使未尽事宜

集，华胄遥稽季汉书。”

二十五日丁丑　晴。外部照复，约稿照办，惟洛士丙冷案彼此均已办结，且凶手亦非美国人，他日或能缉获，请明日两点钟往谈。当约科律师来商，科以删去洛案，美尚应赔二十七万馀元，始念亦不及此。外部照会又欲订定华工自美回华、自华返美之期，余亦重有论说，当与巴夏一角辩明。美都以前任总统加非之逝，孤惸无恃，为善会以赡之。良家子女登场演剧，无说白歌唱，但举手比拟，而衣饰甚华。所演多罗马旧事，随意牵合，略如京戏之十八扯，戏竟跳舞而散。观者房位、坐位均倍常值，所以资善举也。

二十六日戊寅　晴。纯甫钞送光绪十二年正月在洋署报明哈富学堂系中国公产之据，当译送南北洋备案。午初科律师来观约款，叩以现订第二款华人有产业千金及有父母妻子准复来美之说，美国究以何为凭信。科谓大约华人回华时自报税关，于其行后税关照查一遍，若所报不实则不能享此约利益。复叩以不入限制之华人原可任便往来，然每为税关所阻，所谓任便其实不便。拟由华官给照，税关凭照准令登岸，不复留难。科谓光绪十年美议院所议限制例第六款原有此说，特载之约内转失任便之权利。余谓与其徒赘虚文，何如实事求是。未初往晤巴夏，详与辩说，巴夏亦不愿载于约内。余以既限制华工，则此不入限制之人应还其实在利益，俾免疑虑，巴夏遂允添注。旋以华工回华复来美，拟定一年为期。余谓设一年届满而实有

约款修订事宜

14,1,27

要事不果来，则在美之产业眷口将何所依托？因与订展一年，报由中国领事转移税关存案。余谓未立约以前回籍之华工，设有眷产在美，新约既行，将何以处之？巴夏谓换约需时，此项华工总能先期返美，无庸添叙。两事定后，巴夏举陈宜禧专案照会为言，盖虑多索也。余晓以并非多索，应给该商赔款已载在总册内，此次照会特申说该商受害之酷耳，巴夏色乃定。美共应赔银二十七万六千馀元，巴夏自为笔记，大致粗定。巴夏出观约式系两种文字并写，余谓中国自有成式盍检阅。巴夏约明日检出，请派员往观。余谓此重大之事，仍须亲来。

二十七日己卯　晴。昨晡欧洲电报，德王卒于位，言之凿凿，今晨又谓不确，或谣言欤？日报又言，德王老病颇剧，昨偶不知人事，遂谓已死，苏后仍能进食，皆不足据也。未初往外部检阅中美旧约式，光绪六年续约订于总署，中西文各为篇幅；同治七年之约订于美都，有中西文字合篇者，亦有各为篇幅者。又调阅咸丰八年津约，仍系中西文分缮，中文用素绢楷书。其道光二十四年粤约，总署所不载，巴夏亦未检阅，可置之矣。巴夏将不入限制华人来美护照一层，删却“议院前议第六款”字样，意谓此例太烦碎，援之适形美国之丑，他无甚折驳。蓬云拟候此约大定乃行，晡时电约希梁并来共商，此华工来美一大关键也。　检阅中美旧约式

晚赴谈臣宅观杂耍戏法。术者一人，携六男四女环坐，又令两男人为儿女私语切切，其为女人者已醒，其男

仍缠绕不休，犹是前年科医生所言幻技。当其人迷罔时，术者以指敕之，又手拍其巅即醒，醒后必惝恍倒行数步。大约摄其魂则其人之躯壳一无所知，供其驱使，或以口咬臂，甚而刀剜仍不知痛，此非有他术能使之然也。子豫、震东同观，震东以为真，子豫却茫然。

德王病逝

二十八日庚辰　晴。德王凶问果确，仍传子，而毕斯默受顾命，日报所述如此。德使已行，德馆什物定期拍卖，盖代办者另居也。义当往唁，进斋谓往遇此等事，该国驻使必赴礼拜堂唪经，届时致意不迟也。晚赴户部律师摄厘、察院梅拉公会，逾时而返，出门御者远去，立候又甚冷，假别车归。

二十九日辛巳　雨。电总署以美案统结，善后约成，美共赔银二十七万六千馀元，准二月朔与外部画押并催拨经费。竟夜风雪，希梁自鸟约来，车行迟一时许。

三十日壬午　晴。风犹未息，电杆均断，幸昨致总署电已先发耳。科律师来，谈改正约本，适外部司员传电筒与翻译询余官阀，太仆之官岂西族所有？两翻译检查字典，又与科律师斟订，成文复之。即回询巴夏官阀，又恭录奏报议约朱批照会巴夏。

二月初一日癸未　阴寒，微雪。发沪局包封。鸟约人秘拾，布郎之友也，托科律师介绍来见，自言藏玉器二百五十馀种，内多中国款识，曾自著论一篇，乞余为之叙，余许以得暇往观。连日大风，鸟约文报不通，此风自西而北，为时既久，为地甚远，不知海上何如耳？申初往外部

连日大风文报不通

14,2,2

与巴夏较明约本，订明画押，存中国之本余列衔在前，存美国之本巴夏列衔在前。先由巴夏与翻译对读一遍，英文无讹。画押后，其外部书记为之订缀，合两本为一册，巴夏复加火漆印，彼此各存一册。

初二日甲申　雪，晴，风已渐息。前两日此间风大而雪不盈寸，惟美之北境大雪积至二十五尺，或二十尺，即鸟约本埠亦雪深五六尺。火车抵埠为雪所阻，停滞于途，或相距数武而不能达，车中人沿路觅食，美洲故老谓创国以来仅见之事。德馆讣告，德王之丧定初四日在德国教堂唪经，德王出殡亦在此日。英、俄均派王子往吊，婚姻舅甥之国，情谊较亲也。科律师来观约本，并告以如附邮船寄华，须先将约匣大小厚薄示邮馆，与商价值，庶免延误。 大雪阻断交通

初三日乙酉　晴。拜发美约定议折，致总署咨函，寄呈约本。邮局以分量重逾四十八两，不合局例，改托火车公司。又以哈富学堂事分咨南北洋查理。修约事定，蓬云辞回金山，即属开导会馆绅董，转谕华人。

初四日丙戌　阴。辰初偕进斋、震东赴德国教堂，局面不甚宏敞，德人寓美所建，仍持耶稣教，特语音异耳。希特使函约穿公服，不以素服为礼，各使先后至，均戎装佩宝星，余穿行装。总统、外部、户部、内部、邮政部、水师部、总律政司同时并至，列坐于前。民政之国一是黑衣，无所谓公服也。教士登台宣讲，音乐节奏皆德国文调，讲至德王徂殁，声音甚悲，总统起，坐客皆起，或系 悼念德王

送登天堂之意。讲毕乐止，总统行，各部随之。德代办公使送于门，与握手慰唁而出，约周旋一点钟。美外部司员贻震东书，言槐花园五案损失数目均有两本，特阿露美、澳路非奴两案只有一本，请补送。余以此案郑任刊本订缀一册，既有两本，则各案一律，何独缺阿露美、澳路非奴两案？因检刊本全分与之。

纽约积雪未消

初五日丁亥　晴。午后答拜丹使、士雕鹘、壁近、谈臣、科士达、意云士。知鸟约积雪未消，自华城前往须三四日乃达。又波士顿电鸟约须由英伦转电，向只五点钟车路，忽迢递转折，绕越大西洋海道，奇闻也。鸟约第五街亦积雪二丈馀，高至二层窗户，居人不能出门，买食则从雪中穴洞而出。其途次火车之无食者，该公司急派火食车前往接济，用两车头套一轻车，亦不能冲雪而过，车中人饥寒致毙者不少。意云士言美国限制华人例殊不公平，顷在议院，士雕鹘以华人来美每岁增多，曾与折驳。士雕鹘调取税关报册以为证，乞查示数目确据，俾为议院辩论张本。又言行将游历中国，检地图出观，复与论中美邦交及华人来美缘起。苟无蒲安臣之约，华人之来，何至如是之众？

初六日戊子　晴。奖折缮正，核封无讹，惟欧阳庚捐职在差满之后，虑有折驳，馀均合例。昨香帅咨复寓秘华人前捐粤赈，拳念宗国，深堪嘉尚，惟劝捐官未与闻，发款官未经手，以致无从给奖，现饬局详定扁式，撰拟字句，详请抚院核给云。此项赈捐，使署亦无案，郑光禄当

14,2,7

日未咨粤，只电东华医院，余札查秘鲁领事，乃得捐项数目。香帅嘉侨氓之好义，而一扁额矜重如此，若援请虚衔加级，更烦周折矣。当咨复只给通惠公所一扁，且可由秘署摹制，不费粤省一钱。鸟约日来车路已通，积雪亦化，天桥火车为雪滑，跌毙数人，电杆渐次修复。经此奇境，或将改用暗电，并作地底火车，如伦敦之式。

初七日己丑　晴。洋员柏立患病经旬，曾托科律师代述病状，虑旷工贻责，又欲扶病来见。此间实无须洋员，前任所延留，骤难遽谢，岁糜经费，殊无谓也。午后赴绅士阿希、察院梅拉公会，遇相识者，并言金山为余画油相，殊不类，信然。

初八日庚寅　春分，雨。布郎寄到秘鲁船期。晚晴良佳，赴上院议绅呵利之约，晤美北省小说家部厘问、士窝拿两人，纯甫旧识也。所著多脍炙人口，其貌亦不类粗人。随赴下院议绅格罗化公会，遇号利士三等公使，罗马之邻国也，初通使于美，而人甚明慧，当不辱命。坐客有言近日朝鲜举其国土质一兵船，或亦传闻之误，以其贫弱而诋之欤？ 晤美北省小说家

初九日辛卯　晴。昨日春分，桃汛已届，不知郑州合龙否？久不得钞报，天津既开冻，或有佳消息也。午饭适大雷电，窗棂震撼，半天黑云，颇类粤中春夏之景。西士格物谓雷无殛人之理，人自触雷火致毙耳。雷出地之义，西士亦不信，然吾华则确有其事。余远祖坟墓在鹤山小范村之右，嘉庆年间雷从墓碣而起，嗣此数十年来渐致中

落，或曰地气已泻使然。风水之道固不必泥，会逢其适，聊为易纬之证。

初十日壬辰　晴。小吕宋设领事案，日藩部近始集议，见诸古巴官报。昨日风雷之烈，议院塔顶为雷火所伤。当雷火闪烁时，诸议绅窘急骇惊，各避伏案下，诸察院乃跪祷上帝，喃喃念经。院门东适一马车经行，马为电毙，车夫幸免。电气猛迅若是，使馆电器惟德律风筒激射有光而已。科律师来，谈中美新约，议绅但以华人产业眷属之款为未洽，馀无疵论。科又劝速了哈富学堂事，否则纯甫殁后，此业无可追究。谭子刚已到金山，因同船有人出痘，不能登岸。前日拟改油相，画工以此帧业既有油，不能着笔，只索寄还金山，无烦修饰也。

十一日癸巳　晴。沪关电，金镑太贱，先票汇五万以应急需，馀电汇。茶市将开，金镑之价如是，足见商务之疲。顷闻威地病殁，为之太息。威地年逾七十，为美察院首席最久，人极公正，往来最熟，不悟遽作古人。美总统颁谕国中持服一月，美宫都察院、五部衙门、上下议院均蒙黑布致哀。威地之妇以病就医金山，不及与诀，只子女在侧，闻将归葬于乡。

十二日甲午　晴。沪局包封，上年奏报洛款散竣折奉到朱批，钦遵咨行。津关书言，都中客腊十二月大雪，郊原溥遍，惟郑州工程料物不凑手，合龙无期。

郑州工程合龙无期

十三日乙未　阴，雨，雪。议院以威地之逝停议三日，察院则停讯十日，可谓笃念勋旧，美政亦寂然。德国

14,2,14

政事，王孙主持，毕斯默辅翼之而已。德王孙人极英武，性类乃祖。

十四日丙申　雨。西人喜食糖，甘蔗而外萝卜为之，消流甚广。近年美国驻华公使觅得中土甜秫种，携植于美，亦可作糖，味在萝卜之上。西人格物之功，即谋利之用。

十五日丁酉　雨。华人到美数目，自壬午至丁亥，傅领事钞送洋文，不识与税关所报相符否？希九寄到丁亥岁与日外部往来文函钞稿。又小吕宋华人药店执照式，详请咨粤办给，粤中能否照办，岛酋有无异词，殆不可知。希九已先函告华商陈谦善，并寄照式于蔡毅约，只候余咨商粤督而已。吕岛闽人较多，应兼咨闽。

十六日戊戌　阴。晨起偕进斋、震东赴议院送威地殡，各国公使咸集。先登楼易衣，旋至议事堂列坐以待，总统率各部大臣、总律政司同至。俄而上院议绅佘文等导威地之殡停于总统之前，有教士六人登台论说，前檐楼沿有数人唱诗，和以音乐，殆《薤歌》之遗，坐有泣下者。诸察院咸常服外罩黑褶衣，或曰察院之礼服也。佘文诸绅则左肩缀白布，行于灵柩前，意若执绋，仍古礼也。威地子女两人紧随殡后，其子并不变服，女则黑纱蒙头，彼族以为重孝。殡停约一点钟，教士下台，殡遂出，诸客皆散。院门内外观者如堵，总统颁谕国中给假一天。是日各驻使皆常服，余仍行装。西人以免冠为敬，中国以衣冠为礼，未有为人送丧但免冠而以便衣从事者，此西俗之简 送威地殡也。前数年日都有类此一事，日署翻译廷铎具衣冠往，俄使郭而特恰果洛，侯爵也，少年气盛，谓廷铎曰“合座皆免冠，而子独否，殊不相宜”，廷铎答之曰“我之不能不冠，犹尔之不能冠也，中西殊制，岂能强同”，俄使曰“我甚不愿在此见顶冠之人”，廷铎答之曰“尔之不能令我不来，犹我之不能令尔不见也”。辩论既久，声气稍粗，英使喀而列起而和解，遂为相好如初。日都论者皆多廷铎理足。越日，俄使乃亲到日署与廷铎为礼。

中西殊制岂能强同

十七日己亥　晴。谭子刚滞于金山舟次，先将家书及乡中父老昆从亲戚各函寄来。垲征禀呈两诗，其《送庶常朱益斋》一首，情文兼备，应有尽有，若未经人改削得此，尚可嘉也。中美新约，议绅以第二款华人有正妻及经手账项一千金准复来美一层，以为太泛。经手账项甚无凭据，且华人闻此约款，纷纷娶妇云。

十八日庚子　晴。昨晚寻绎家书，展转不成寐。午后天气尚暄，拟访总统别业不果，沿美宫至华盛顿纪功碑而返，途经博物院，亦蒙黑绸，为威地志哀。至画院观威地油像，殊不似日报言。威地灵柩安抵乡中，各处赙赠鲜花极夥，惟中国使馆与美总统所赠为最。

拟访总统别业不果

十九日辛丑　晴。金山领事来书，子刚仍无登岸之信。西例船从有病之埠来，虽船无病人亦须停泊海口外两礼拜，以防传染。柏立次子近得奇病，晨起眉骨作痛，不能仰视，至日午即愈，逐日皆然，西医见所未见，此又从何传染也。本日前邮政部阿倾之会，坐客不多，有中年妇

14,2,20

口讲指画，略如柳敬亭之说书，特无鼓板耳，盖欲集赀为善举者也。

二十日壬寅 晴。霭亭寄回代译约本，大致不失，与美署原译微有异同。今日为耶稣复生之日，西俗斋期满矣。

二十一日癸卯 晴。金山绅董、生监数人转瞬秋闱，赴试与否应遵部章咨会。即饬蓬云册报，适得来函，金山华人初闻自禁之说，彷徨无措，及经传谕亦遂帖然，不识确否？华商广绍纶三家倒塌，华洋账项十馀万，或谓并非真倒塌，借此赚人财物云。

二十二日甲辰 晴。美都新换光学画，谈臣为园主人，折柬约观。所绘南北花旗沙罗之战，两军相持于山沟，南花旗以丛薄为障，北花旗倚矮坡为负，枪炮如雨，死伤枕藉。格总统怒马麾军，衣靴凋弊，鏖战数昼夜矣。后队接应，隔坡火焚房屋，不仅绘影绘声。西俗每大都会，辄有此等图画，多从巴黎绘来，游客有曾与斯役者，指陈缕缕。墨使亦在坐，因赴士丹佛之会，先后下楼登车去。西俗重女，而美又民政之国，人得自主，但每届举总统议绅，皆各省士庶，而不及妇人，于是乃为一会，以争权利。士丹佛，美之富人，遂公推其妇为首，广延宾客以鸣其盛，行当列条款示议院云。

二十三日乙巳 清明，晴。蓬云初四返金山，幸迟一日，否则车行失险矣。途经覆车之地，惨不可言，大雪迷蒙，两车相撞云。 大雪迷蒙两车相撞

二十四日丙午　阴晦，雷雨。前晤墨使，言鸟约近有西人作华剧，衣貌宛肖，且能华语，其剧本曰《北京珍珠》，羌无故实，尤可笑。日来游骑渐多，有西妇控马于总统别业前坡，马逸不可制，几濒于危。总统适与户部大臣并辔行，急下马掣之，力不敌，户部亦下马同掣，始脱此妇于险。总统以己马与妇骑归，妇谓君马虽佳，而我马善跃，必制使如意，不虞坠也，握手各西东。观者咸嘉总统仁慈，尤佩此妇憨毅。

二十五日丁未　晴。美都光学画所绘沙罗战状，距今仅二十二年，不悟科律师亦预于是役，为千夫长。为述当日交绥之境，最难堪者，北军初为南军击败，营帐尽踞。是夕适大雨，北军雨立达旦，南军好整以暇，气焰方盛，若非格总统生力军来，断难转败为胜。科部死伤犹过半也，谈次不胜凄怆。蜎蒸桑野之情，马革国殇之感，中西一致也。金山医院之议仍甚勇跃，认捐扁额者至十二家。

金山医院认捐者众

二十六日戊申　晴。纯甫寄到《古玉图谱》，江款长康山草堂本也，纸墨甚精。午后访都察院布拉持佛、梅拉，询威地身后境况。谭子刚灯时到，与谈乡事，不觉失眠。且喜粤中盗风稍戢，年岁尚丰，特天花传染，患者十损其三四，亦奇灾矣。子刚过日本时，曾晤傅楙元、顾少逸，须三月乃能抵美。

二十七日己酉　晴。去冬粤中寄靴帽一箱，至今未到，幸提单犹存，尚可寻究。墨使赠烟卷四匣，即令子刚为日文谢之。

14,2,28

二十八日庚戌　晴。午后晤察院梅拉，知九鬼不再来美，现在倭京管书局云。

二十九日辛亥　雨。欧洲近传将有战事，几于老生常谈，惟波利牙国已出之王现赘于德，英后力赞其事，为外孙女谋婚也。毕斯默滋不悦，不愿失欢于俄，以波利牙王为俄所逐，而德王则以系出一支，不妨赘之为婿，命意各有在。德之兵权久属毕斯默，国中新旧党人并附戴之，毕之势力几于震主，犹矢鞠躬尽瘁之志，国人并贤之。

三月初一日壬子　晴。沪关电复："票汇五万，馀五万可否电汇，乞示。"前电已云电汇，尚何请示为哉？票汇无期，亦殊泛泛，月内须为秘鲁之行，急须部署，沪关殊不谅海外之窘也。英使次女订婚法参赞，行将结缡于巴黎，贻书相告，午间赴外部后即往贺之。西俗女子订婚类皆自择，佳耦既偕，喜形于色。 沪关不谅海外之窘

初二日癸丑　晴。李骀选为余以炭笔写照，神理宛肖，题识数语，付匠装池。复希九书，附寄给日外部索偿照会。华人寓居小吕宋自前明至今曾遭土人虐害者，《瀛寰志略》仅记明万历三十一年一案。顷查日人孖田尼士臣尼高拿嘉庆八年在小吕宋岛所著《小吕宋记》，尚有康熙四十八年一案、乾隆二十二年一案，均极惨酷。日人敦拿士近佐嘉庆二十五年在马得力所著《小吕宋记》亦及其事，皆足补《瀛寰志略》之遗，亦即为现与日国辩论张本。现拟取道纽阿连赴秘鲁，水程稍近，令震东往询墨使、智使水陆程途，并托科律师添叙给日外部第二照会。

初三日甲寅　晴。约同人鸦灵顿祓禊。新桥落成，游车颇盛，万木既拆，草花如锦，玉兰一株缀花尤繁，沿坡桃李映衬成趣。鸦灵顿为华盛顿女婿李将军之故居，北党战胜遂改为兵庐，后门内檐有李将军之子画鹿数头，守者指为华盛顿之孙，西人无内外孙之别也。门外有亭，则格总统纪功之地，萝径数弓，花时当更有佳境。鸦灵顿桥向为一人捐建，以专利每车收银半元，近乃属之公家，往来不费一钱。

初四日乙卯　晴。右邻前任按察司某拥资巨万，有女曰美丽牙，自择谷其利为配，美都窭人子也。父母耻之，讼于议院，律师议绅咸集，不能断离。女偕婿僦居客寓，不两旬归省，父母乃留之室中，不令与婿通问，日招女伴为之娱乐，并欲同往巴黎以畅其胸臆。女郁郁不聊生，遂于前夕服药自裁，不殊死，父母大惊，医士束手，属召婿来，冀暂免其头脑之苦。婿至，女不能语，呆坐榻沿一昼夜，女竟不起矣。西俗自为婚配流弊至此。晚赴议绅摩露之会，结缡五十年，西俗所谓金婚，夫妇健在，因而宴客。

结缡五十年谓金婚

初五日丙辰　晴。晨起草疏一折两片，恭报起程赴秘日期。学生顾士款、李之骐、张佐兴免其学习，分别拔充翻译随员，新宁县举人陈茝拔充金山领署随员。脱稿后并即批复金山总领事禀。南洋电复经费拨汇，而以余不答沪关电，以致迟迟，殆据沪关一面之词也。此间待款以行，岂有求人拨款而靳不答复者乎？中外隔涉，言行若复不

14,3,6

符，更难措手。

初六日丁巳　阴。略似吾华清明前后天气。金山西报刊华人往来数目，视税关所记为少，税关殆并过路不登岸分赴檀香山、域多利、秘鲁、巴拿马之华人而统计之，未免含混。西报所刊尚确，因持示议绅。秘鲁新政，酌收侨人身税，领事与辩，年在六十者免纳，由领事给票。

初七日戊午　晴。秘鲁船期四月初十日，船名鸟波，智使以为稳妥，即与订舱位。午后访厄瓜多尔国公使高士，坐客十馀，皆操西班牙音，恍如马得力城风味。晚赴博物院公会，外部巴夏、总察院梅拉、檀使、瑞威使、和兰使多惰甫均在坐，熟人甚多，疲于酬接。院中陈设吾华雕镂楠木器，尚精巧。 秘鲁船期已定

初八日己未　晴。新宁生员邝清照请咨回籍录遗。科律师来言中美新约北党无异词，近惟南党之议未定，宜告巴夏速之。又前使中国之士蔑，谓此约远逊光绪六年续约，函告议院搁置不行。又墨使已得本国约稿，若欲取阅，可以交来，余未奉总署回文，刻难置论。墨使原有立约照巴西，招工照古巴，似亦有所依据，无须先送约稿，且余尚未订稿，墨更不合先施，即婉却之。午后赴威地寓，慰唁其家属。遂赴外部公会，遇日使、法使、土尔其使，方出门，立谈逾刻，咸以余将赴秘鲁，各有惜别意。巴夏谓此行有可着力者，当效劳。各日报亦以余暂离美境为怅，人情如是，真耶？假耶？洪文卿书言驻洋四月，周历四国，现拟赴俄久驻，虑韩使至俄潜结为祟，先往制之

云。余奉使三国，三年不及遍历，文卿则四月之间，四国均到，殊愧之矣。

论韩俄交际事

初九日庚申　谷雨，晴。复洪文卿书，论韩俄交际事，属觅韩俄约本见寄，并询波利牙是否赘婚于德。比阅日报，德嗣王喉患又剧，颇有危在旦夕之谣。午后赴按察司梅阿礼之会，又赴法人阿坚寓听琴歌，法使之友也。

初十日辛酉　晴。朝鲜参赞李完用、翻译李采渊投刺辞行，进斋亦不知其何往。参赞、翻译等官，余固不必往送也。李完用楷书不俗。今晚拟至天文台观星，守者约以月圆之夕。

十一日壬戌　晴。北洋咨复，使馆电华之件，电局不扣半费，已饬局不准含混，从善如流，可为钦佩。特使费拨充，电局仍虑穷于挹注，将有虚囷徒指之虞。

十二日癸亥　晴。阅邸钞，今年考绩枢辅而外南北洋大臣、陕甘、两广、新疆、闽台四帅并邀上考，三品以上京官，照旧供职，并无年老休致之人，邓铁香引疾开缺。晡雨，复为龙冈公所书楹联，中华、三邑两会馆书扁额。

十三日甲子　晴。管子为政，种树亦其一事。西人与古暗合，街衢市集种植且繁，大泽坡陀绿阴四帀，屡以此说贡于中国，意亦良善。李傅相近饬畿辅一带广种橡、柳、榆、枣、桑、柘之属，条为八法十益，以导乡氓责州县，岁终册报，而严杜苛扰，由直隶而推行各省，山高乘马之勋，可基之矣。忆丙子春，丁文诚抚东，檄沿海州县种柳，意为防海设屏蔽，各属奉令惟谨，登莱种柳易生，

种柳为防海设屏蔽

不一月已蔚然矣。烟台滨海有西人赛马打球场，福山令宋松友植柳于场堧，英领事言于监督，请移植，否则另给一地。场中种草曾费百金，求县令给还，监督饬县照办，县不允，监督属与英领事会晤，县尤不屈。英领事不得已，乞别派一人，偕至海滩易地，宋松友自愿同往，指泥淖不毛之地假之，并相诟谇。英领事乃回诉于关署，监督檄县拔树，县以西人球场系权假中国之地，却非永租，种树奉抚军檄，不能遽拔。监督谓通商为监督专政，不受制于抚台，松友谓地方为县令专政，亦不受制于监督，堂属遂几决裂。松友年已六十，鬓发萧骚，结一小辫，凭枕阅监督札，一怒而起，并小辫而断之，竟成秃翁。余时在烟台筑通伸冈炮台，屡为排解，顷因北洋种树之政，不禁回溯及之。晚饮酒肆，啖鲜蚬，略如蚶。

十四日乙丑　晴。英使来谢伊女添妆之物，并询朝鲜遣使津约三端，手挟钞本印证所译无讹。余具告之，英使言闻韩使到俄，俄愿如津约办法。余复将韩使抵美时余与巴夏往复照会及与巴夏问答之词缕述一切，英使谓审若是，则韩使撒谎，殊无状矣。余因询英美渔约，设议院议驳，此约将何如，英使谓若驳煞则须另议，此约作废矣。余语以中美新约议院仍无确耗，英使谓此事政府正欲致询，自禁华佣来美，是否中国本意？余答以前年华佣在美种种凌虐，各国皆知，中国不愿百姓在外洋受苦，特禁以不准赴美，而现在寓美工商，则须美廷保护也。自禁之意，总理衙门曾照会驻华英使转达英廷，饬下港官帮同查

询英美渔约

禁矣。英使谓此事前已得悉，此殆中国毅然示禁，非美国所请也，譬如英国属岛亦禁否？余谓英无虐政，固自不禁，且南洋各岛，华人贸迁垂数百年，亦非美国比，英岛固无虑中国之自禁也。英使唯唯。语及美约未经议院议定，则谓中英事同一辙，西谚所谓同舟也。握手别去。

中英事同一辙

晚赴总察院布拉持佛之席，亦与相遇，首坐巴夏及总察院马调林麻布力尼，议绅衣云士、意里云，坐客十七人，多识面而忘其姓名。七点半钟入座，十点半钟散，主人敬客甚周，饷以六十年车利酒，肴馔丰美，又多吾华瓷器。余与衣云士并坐，承语余以前当外部时正陈副宪奉使之日，乃知颠花之案即其手驳者，及洛案定议，则此老不主派查之说，前后若出两人。巴夏每于席间睨视之，似甚惮其议论。

十五日丙寅　晴。小吕宋设领事之举，日廷迟迟不决，已设法商催。顷阅时报，刊香帅奏稿，已派定王荣和为总领事，经费请拨给一年，以后则就地自筹。仍采余前咨领事收费以出入港照费牌费为名正言顺，奉旨交总理衙门议奏，久当接到咨文也。此案先准香帅电派余瓗，当即照会日外部。六月返旆美洲，途次巴黎，得香帅电，改派王荣和。余以日廷未定议而我遽改派，譬之寿春得废玺，两妇预争册后，又先示人以举棋未定之势，因函告文报委员蔡毅约转达香帅，不悟遽以上陈耳。今日为外部公会之末，晡时赴之，晤巴夏并美国驻英公使辉立士，伦敦旧识也。巴夏壁悬榻本酷似埃及文字，询之却否，不过二百馀

14,3,16

年物耳。金山寄到学堂启馆日期，及医院事定，请示期兴工，即批复。晚赴麦基连之会，新居落成，广延宾客，布置房室、陈设玩物皆极华赡。跳舞房顶上为承尘，木雕连锁纹，透电灯光气下注，音乐亦在楼治，美都新式也。麦基连曩为报馆主笔，年仅四十，暴富若是。

十六日丁卯　晴。早起草疏筹设金山学堂一片，筹设金山医院一片。格总统墓祭之期，却系西五月杪。明日鸟约之行可缓，电纯甫，免其往候。

十七日戊辰　晴。复蓬云医院兴工四月朔吉，并询地价若干，此段地亩非现购也。客腊十六夜月蚀，美都在戌亥之间，中国在卯辰之间，地球掩月之说，西士谈天者当必有词。 月蚀

十八日己巳　晴。秘鲁四月初十日船期抵巴拿马，须候十一日乃有船往利马，程期既促，又当赶紧料量。午得刘芝使书，正初赴罗马，二月初回次巴黎，二月十四日回驻伦敦，泄泻数十次，寒热交作，病卧旬馀。又言韩使尚未抵英，闻由陆路径至俄都云。

十九日庚午　晴。郑州决口，北洋派法人赴豫测量口门，宽五百五十丈二尺。新河底较旧河底低一丈二尺。拟以洋法用大石大桩杜筑旧河，以挖泥机器船十五只挖深一丈五尺、宽二丈长百六十里，再用小火轮船二十只造活铁路行铁车，水陆运料以图迅速，如机器运到，三月可以竣工。河豫两帅均以为缓，属电询法国如有现成机器，事半功倍，便可议定，若制造需时，不如只用挖泥船只云。此 郑州决口

丁亥十月十八日郑工来信也。用大石大桩杜筑旧河，黄性湍悍，恐难猛压。泰西水性如黄者，只美之希西比河，法无此水也，法人工于开河，恐不工于堵口。所拟挖深挖宽办法以便小轮运料，亦无起止地名，来函或略之耳，然小火轮行于浊河，甚非易易。至用活铁路行铁车运料，此尚可行，然铁轨仍须运自外洋，至速亦非两月不克到工。来函又言山东百姓情愿不费国帑，自开铜瓦厢南河故道，亦意中事耳。此时桃汛既届，仍无合龙消息，江南引河曾否疏通，皖北积水恐未消退，伏秋大汛可为隐忧。里下农田，淮扬盐筴，均为财赋之大宗，何堪设想也。

伏秋大汛可为隐忧

二十日辛未　晴。奴辈检拾行李已妥，只待谭子刚回，便可遄发。晚赴墨使公会，新居宴客，特辟房门登后楼，绕至前楼而下乃晤主人，楼房几遍历矣。各使咸集，外部亦至，天气陡热至九十三度，不耐久坐，跳舞之客当更不适。余方欲行，遇韩使，絮絮求示期接见，随答以明日下午。

二十一日壬申　早雨稍凉，午霁，天气尚好。巴夏照会以余将赴秘鲁，特先函告美国驻秘公使及哥浪、巴拿马两领事代为招呼，可云周到，即答复之。三点钟韩使来晤，其参赞能为英语，无须笔谈，该使自言病，观其神色，殊瘦损矣。晚赴邮政部公会，坐有琴歌，而人声喧杂，未两叠歌者行去。

二十二日癸酉　晴。子刚自鸟约回，言晦日之船至巴拿马仍须坐候七日，且船身舱位小于前定之船，姑与订定。因此船须二十四日始抵埠也，待渡之期仅差四日，船亦忒小，不如仍附四月十日之船。近因南墨洲轮帆稀少，往系每礼拜一船，近则两礼拜一船，势不能不少停顿于巴拿马，虽有瘴气，义无可避也。议绅多福函言寓居阿利根之华人前年被逐损失之事已否索偿，请查示，或华人之所托。顷科律师来，亦述其语。余以索偿之案，悉据金山领事具报，如领事无公牍，此间无从办理。科谓多福系上议院专司外交之人，宜善答其意。助前总统加非善会五十金，会设欧波戏台之下，何绯联谓四面不透风，其地热甚，因衣单纱，衣外护洋灰鼠斗蓬。排闼后凉气袭人，窗户不开，犹有寒气，若无斗蓬，则冷不可耐矣。语云目击耳闻，犹恐未真。

助总统善会捐款

14,3,23

二十三日甲戌　晴。蓬云书言，各埠华人知积案均赔，纷纷禀索，领署无案，乞钞示。此种赔款领署既无存牍，使署何从钞寄，只架罅士加冯亚瑞一案，尚有照会外部底稿，当属翻译钞示之。

二十四日乙亥　晴。午初赴外部，托巴夏代达总统兼使秘鲁程期。巴夏告以中美新约，议绅欲于第一、二款加增数语，其实本义已明，徒形蛇足，诸绅直与我为难，无预中国事也。余答以起程后所议如何，告代办转电秘署可耳。科律师来，言诸绅拟加之语却不因南北党门户之见，巴夏怨北党故违其意，殆误会。诸绅之议，未定约以前回华之工人，须急回美领新照，若以旧照相混则界限不清，诸绅故欲缀此数语。余请其游说北党，以免抵牾，科诺之，仍属秘密。美国党人诚难齐一，总统亦莫如何，况外部哉？

二十五日丙子　立夏，晴。发沪粤包封，后旋接两局包封，参赞各员请奖折钦奉批旨照准，改奖董事片奉批旨交部议奏，即钦遵分行。又总署咨会复奏南洋各岛领事折，以小吕宋之议发自余，外部概允。藩部齮龁，诘以苛虐华人各端，外部允为革除，而设官一事，绝不松口。余知其难，不为固执。驻京日使无遥制外部之权，即署中日与磋磨，于事无济，仍应责余与外部商办，俟有把握，再行酌定。英、和各属岛，宜就该岛华人公所会馆董事酌派，以资料理。其于领事就地筹费之说，虑所派非人，事事索之华商，征求无厌，微特无益于华人，且为国家敛怨。其于领事收费抵支公帑之议，则援古巴之入不敷出，新架坡之帑巨费微以为证，而归宿于外洋领事权利甚微。各国既不愿，即使勉强办成，亦必妒忌掣肘，在他国荒僻之地，治为人服役之民。又缅、暹、南掌、西贡，腹内之地已虞鼾睡，我更经营腹外零星小岛，徒启猜嫌云。适香帅咨奏亦到，两疏参观，总署意在持重，粤督意在远拓，而均责难于余，以小吕宋为嚆引。余屡属希九与外部往返商榷，犹是遥遥无期。近有日人贻外部书，中夹线绳一段，略言中国公使因此事大为政府诘责，愈掣愈紧，若掣绳，然设非外部面许在前，中国公使不致受此窘迫，兹以绳一端，请外部代中国公使分忧云。外部以此绳示希九，许以六礼拜内妥定，外部似有愧心之萌。北洋咨会诘问朝

领事就地筹费之说

14,3,26

鲜事，又函复询美总统客岁谕议院文内事理，并及暹罗自主其国遣使分赴各国，履霜致警云。晚赴善会观剧，总统、外部、诸察院、议绅咸集。

二十六日丁丑　晴。昨北洋咨会袁世凯与朝鲜政府诘问之词，该政府理屈词穷，而以撤回朴定阳为解。又于朴定阳电言冒罪违章之后，欲请中国变通前议办理，殊欠斟酌。因咨复北洋照会该国。 袁世凯

二十七日戊寅　晴。朴使既自认冒罪违章，又于呈文言津约三端系光绪十三年十二月初四日亥时奉到，自相矛盾。其于客冬二十八日与进斋笔谈，竟谓未奉政府明文"待船便探询备告矣""少俟焉"等语，前后离奇。昨既咨北洋，今日复为照会诘之，该使以余将赴秘鲁，特馈参纸团扇、折扇、崔光允残碑，酌收残碑一种，馀概退还。

二十八日己卯　晴。午后至外部、邮政部、察院梅拉、议绅钟士、右邻毕顿寓投刺辞行。晚约外部巴夏、察院梅拉、布勒持佛、布力尼，上院议绅莺哥儿、衣云士、亿文士，下院议绅巴拿蛮、夏卢，报馆多惰甫，提督劳力治士，律师科士达，绅士阿希、挨林士，希特使、英使、法使、墨使、鸦毡颠使、智使大餐，俄使坠马伤臂不果来。七点半钟入席，九点半钟散，茗谈至十一点钟，次第辞去。适大雨，天气闷热。 至各处辞行

二十九日庚辰　晴。外部照会，中美新约议院拟于第一款添缀现经回籍华工，虽领有旧照，新约既行，亦在禁例。第二款添缀华工无论水路陆路回美，须有新章护照，

否则不准入境。照请核定，即请总统批示作为现行之约。科律师阅谓与正文不背，因令进斋、震东往询巴夏，添缀之语作何办法，巴夏谓另缮两份，作为互换已定之约。进斋驳以非明奉谕旨批准不能即换，若求简便办法，只有彼此加照会附于约末。至此项华工若有经手账目及眷属财产者概入限禁，与原议不符。巴夏沉吟久之，谓审若是则换约必须数月，有此挪展则此项华工亦已陆续回美矣，且闻多无眷属者。进斋令将蒲安臣约本取阅，亦系定议后复加一条，却另缮一本。进斋回述回答，余即电署候复，并饬领事查明此项华工究有几人。

回籍华工多达万馀

三十日辛巳　阴。金山电复，此项领照回籍之华工约一万五千人，六个月内可以全行回美。明日无暇赴鸟约，因电约纯甫来署。

卷六

四月初一日壬午　雨。饭后往访巴夏，商另缮约本，巴夏乃以重画押为虑，忘却前日答进斋之言也。仍如余意，彼此附加照会，待换约之日另文声叙。询以议院定议后总统应否签字？巴夏谓议院定议，合国便无更张，总统但于换约时颁谕照行而已。华文约本所谓伯理玺天德批准者，殆虚隆总统之权，实则议院主之，总统奉行，无能准驳也。

初二日癸未　晴。外部将增句约本照缮一份，当并案咨送总署核奏，并电署四十七字核政咨稿。金山电询有照华工回美期限，即电复之。又照复外部，并饬谭子刚预译秘鲁颂词。近日欧洲诸国或颂或否，考其掌故，当源于佛教证之鸠摩罗什答慧壑书云。天竺国使甚重文制，其宫商体裁以入弦为义，凡觐国王，必有赞德，见佛之仪，以歌叹为贵，经中偈颂皆其式也。西教根诸佛国，不一而足，非如中土聘问歌诗赠答之谓。

初三日甲申　晴。午后赴苏遮士龛看牡丹，美俗指为中国玫瑰者，已退粉矣。隔畦有花一丛，绝类杜鹃，而一苞数花，叶长如芍药，却系木本，所谓绝域异花也。访医生哈仑村墅，留款午餐，坐谈逾时，循别道归，浓阴夹路，大有春夏气，亦颇类日都车路。今日朴定阳呈复津约三端系上年十二月初四日亥时奉到，而将该国政府饬遵于未起程之前，狡辩不遗馀力。诘以查探物情之语，更含糊答复，不知该使自认冒罪违章之谓何也。夜雨。

中国玫瑰即牡丹

初四日乙酉　晴。朴使呈文照咨北洋，复为手书寄呈美约钞本及小吕宋设官事。又为书致总署，缕述美约增缀字句之意，并催询墨西哥订约。午后晤英使，询英美渔约，谓茫无端绪，墨西哥、西班牙两约亦然，殆援以解嘲也。巴夏今日出埠，余遂不往外部，仅到其寓投刺为别，顺访梅拉，托以附致米西斯比河坝官绅接待傅楙元、顾少逸。梅拉，米西斯比河坝人也。又至其对门阿京处阅楼房，盖欲中国售买索价四万金，惜卧房不多，不敷随使各员寄榻。若沿西例，公使一人驻公馆，则绰有馀地矣。去年赴欧洲，与谈臣同舟，甚适，今此秘鲁之役，安得复有谈臣者相与偕也？今日希九寄到谟烈照复吕岛事，仍浮泛。

初五日丙戌　晴。晨起清理案卷，应函询各署补钞者补之，应请翻译校汉文者校之，并将枢寄两道交李学庵编卷，属翻译房沪粤包封送代办代拆，择要寄秘。午初登

14,4,6

车，遇一美国水师官，甫自华返美，曾为巴拿马之行，为语该岛风土甚悉，且欲贻书该岛美总领事为之招呼，余告以外部已先谕知矣。四点半钟抵鸟约领事署，天气尚寒，衢树始坼，未若华城新绿夹道也。蓬云商派学堂监督及陈芷泉月薪数目。又言《金山画报》以新约之订，美总统、外部为余所压，一手掩其目，一手扼其吭，绘为画报以供谐谑。

画报绘图讽时事

初六日丁亥　阴雨。领署后院有树一株，叶初萌，如椿，西人目曰中国树，其实不香不臭，似是而非。华人近充巴拿马鸦片公司，订约五年，垄断全岛，且有西商为之运销旧金山、鸟约各埠，而生意不盛。窃忖其烟土购自印度运至巴拿马，出入口均无税，应大得便宜，惟就巴拿马煎熬，必无佳水，即雨水亦积气而成，不能别有清气，色味必不如香港、域多利等处，恐获利无几也。晚观西剧，情文甚佳，演救火水车灵捷之甚，两马尤驯。

中国树

初七日戊子　晴。金山学堂监督，即派程黼堂。又批复域多利华商禀驻美领事兼管英属，格于公法，即咨达刘芝使，徒令作难，此禀批发蓬云传谕之。蓬云欲往山多些为华商作茶会主人，此为美属，殆无不可，域多利则不应往也。午后至格总统家言别，格总统长公子必欲一作主人，辞以行期匆遽，回帆再叙。顺道答拜议绅湾克，律师巴卢、银行布琅。

初八日己丑　阴雨。函布巴夏言别，并属转托米西斯比河堧官绅领导傅楙元、顾少逸两员寻究河源治法。又函告科律师登舟之期。议绅巴拿蛮赠映相为别。西人近演华剧，购得行头一副，旗伞均备，台上陈设有螺钿几桌，务求肖似。又供一木像，所演中国新昏庙见，令人绝倒。西人好奇，观者如堵，要之声音笑貌，茫无影响，是尤优孟不若矣。园主人频请观，聊慰其意。

西人演华剧

初九日庚寅　晴。至仙打园观槛兽，三狮一虎，方熟睡。有海豚两头，一浴于方池，一困于木栅。有三象游戏漫坡，尚无拘束。其他犀牛、猕猴、狐之属，不一而足。海外所见狮子，视吾华所绘，相去甚远。禅宗语录有“野干终日随狮子，不得成狮”之语，意者其野干乎？安得金天尊者指证之也。复至博物院观无翼鸟，不可得。院中新制花树小景，缀小鸟于上，或巢或卵，飞鸣哺食，生动可喜，枝叶则荣瘁一致，巧夺天工矣。楼上旧有中国乐器及诸玩物，与烟匐杂物并陈，刻已藏弃矣。蓬云电金山医院甫动工，土人立例抗阻，愤与构讼，期于必成。华人自建医院何害于美，且与公法报施之义不悖，总是金山土人充厌恶华人之心，无所不至，所立新例，恐不仅为医院计也。领署应速钞寄。

金山医院动工

初十日辛卯　晴，小满。外部照会浊水坑案，获犯六人，但得确实证人便可定罪，不图美政果能捕犯，即复以转行金山领事助地方官办理。西例公使未出境，公牍仍须署名。日议院订议吕岛设官事，是日谟烈未到，因而罢议。前拟索偿及拟派他国领事照料之稿，希九商缓缮送，即函复以相机办去，若六礼拜后无消息，不能不发矣。华

14,4,11

商陈赞善等赴日赛会，携货物值五万馀金，日税关索税过重，希九为照会外部，又不知作何答复。

十一日壬辰　晴。晨发行李，巳初登舟。桅顶悬国旗，船身高而狭，恐不耐风。一点钟展轮。同舟有中墨洲蒿士他路栎架国驻美公使丕利，又美国派驻可仑比亚公使谟利，馀皆商旅于南墨洲或绕道至旧金山者。以巴拿马至旧金山船价廉于车价，又可多历一洲，西人好游，比比然矣。出口后假寐片时，起视海波澄澈，风日晴美，辄忆左文襄“舟行镜里，对此每饭加餐”之句，顿生中外之感。晚饭后柁楼凭眺，月色尤佳。

十二日癸巳　雨，风浪大作。晨起微眩，如厕至船尾，衣履沾濡，盥沐后仍睡，风雨益甚，不愿早餐。仲兰、震东眩吐殊惫，涵生略能支，子刚携铁盂至余卧内作吐，劝以少睡亦即免矣。午后略觉饿，侍者将肴馔赍至榻前，既逼窄而加以腥膻之气，不能下咽，胃逆不适。出至厅事少坐，眩不可解。戏如西人之术，呼三宾酒以止眩，讵眩不能止，而果吐矣，吐后安睡静摄。俄而风雨愈急，几榻皆漏，舟人为加帆布，移榻对面房略憩，晚餐更不能食。竟夕颠簸，旋睡旋醒，不饥而渴。从者三人，惟陈胜不吐，阿角初尚健，晚饭后亦吐矣，仍能任支使，吉祥则委顿不可。思拟此船上下层皆大窗户，略如游船，窃谓此水必无风浪，否则此船不作如是装式，岂悟经大西洋海角遇此大风，而船又漏。子刚谓此船落水仅六年，记初次启轮于古巴宴客，曾预于会，不应遽凋敝乃尔。同舟之客是

众人皆晕船

日不吐而能食者七人。

十三日甲午　阴。风浪少息，早餐会食，仍不耐，仅啖两橙。自前日开船至今日午正，共行三百八十二迈。中饭后隐几厅事观书，同行眩者渐能起，仲兰仍惫。晚饭后与西人作叶子戏。今日开大舱，可检取什物，过此则抵岸始开。

十四日乙未　晴。西人因风筝而悟电线之制，因沸水而悟士颠气之制，可云善悟。近日德律风传音尤灵捷，顷阅敬业堂《随辇集》"赐观侍卫射虎恭记"一诗，在"忽闻响应彻山巅，天语遥传顺风耳"之句下，注"西洋人所制"五字，意其时南怀仁、汤若望辈已解此法。今日风浪既平，眠食如故。午正阅牌，行二百六十一迈。薄暮过西印度岛，遥见来帆一叶，夜月甚圆。德律风之器，西俗盛行，美都则各部院衙门及大小行户皆租赁一器悬于公事房，旁置各街拱号数牌，欲与何处问答，即就筒口说明号数，远近不爽。租银不一，美使馆岁需八十金，日使馆岁需六十金。家居而设此器者，必富商大贾，或新闻馆访事人通声气也，类皆自用，惟药房之德律风，人人可借。中国则惟津沪之地行之，然亦不甚广，此视贸易之多寡耳。为用较电报为捷，然不如电报之密，且其施功之处，必借电杆，不能独树一帜。然美都之德律风公司近乃大获利。

电话传音尤灵捷

十五日丙申　晴。晨起观日出，霞光微绚，云气翳之，天色亦靡定矣。早饭后齿痛不适，西医为敷药，亦谓

14,4,16

略愈片时，究无把握，若期大效，须觅专门名家。法国谚谑其人若云能治齿痛即为荒诞之人，知此技之无真诣矣。吾乡有冼氏以治齿长，子孙不仅三世，俗目为冼分家，以其得效索谢，几与人半分家产也。咸丰之季，粤海榷使齿痛甚剧，请冼笑山治之，应手而愈，冼仅求赏一监生，其后酬资亦为介绍者赚去强半，冼分家之名确而不确也。西医研精医理，似专于华，然能如冼氏者，环球无两也。今日舟行二百七十七迈。晡后断虹东瀓，舟人竞观，若甚诧异，回眺西偏，金碧层层，云水光中烂若锦绮，日已落矣。夜雨幸不漏。

船客竞观彩虹

十六日丁酉　阴。晨窗睡觉，闻停轮声，起视已抵英属哈士度路岛，来往轮帆例泊片刻以候邮筒。遥望一塔孤峙，下环矮屋数间，盖荒岛也。中饭后船忽钟鸣，各水手纷纷沿桅引水，医生亦然，殆操练救火之技，舟行逢礼拜六必演习一遍，安不忘危意也。然虽曰试演，不知者不无虚惊。忆丙子秋烟台之役，随李傅相登德国兵轮，船主宽们士，提督而伯爵者也，亦令军兵操救火之式。傅相自船舱出观，余从柁楼下行，方与徐传宗、唐沅浦避让，忽绳索一盘从头上掷下，幸戴羽缨帽溜滑，得免压，仅伤手指，船主令医生敷药，是夕辄能屈伸。追忆前事，忽忽十三年矣。晡时过夏湾拿口，天气郁热。舟行二百七十二迈。

操练救火之技

十七日戊戌　晴。晨起倚窗凭眺，船主忽来就谈，两翻译均未起，余自与问答，咸能领会，所谓强不知以为知，固非能人所不能也。午后风雨，幸不颠簸。同舟有美国火车总管，现赴智利承工者，往来海面最熟。问询以此水所经最险为何状，此老谓记一次遇大风，舟中满载架啡米纷纷倒乱，船主亦无把握，只逆风以行，十数日乃达哥浪，此在西五月间。其一次则同舟有马戏诸兽，及风浪掀播时，其马自相碰撞，四十四无一存者，此在西十一月间。或曰南墨洲海道较稳于欧洲，殊不然也。今日舟行二百七十六迈。

南美洲海道亦险

十八日己亥　阴。晨起船主属各检行李，统交货舱，各客随身自带之皮袋亦欲并交，殊不便。彼意以皮袋小物亦已收载费，固宜付之代运，不悟各客随身皮袋要件为多，岂肯遽付他人之手，此船主不近人情之一端。晚饭后热不可耐，东偏电光白闪。与子刚对座船舷，谈乡园风景。是日舟行二百九十二迈。

十九日庚子　晴。晨窗微赪，急登柁楼，旭日初起，光景奇丽，舟将入口矣。东面诸山蓊蓊出云，有隙皆补，绝好画稿也。早餐后行李均检齐，令翻译为洋文电鸟约，即交英国驻哥浪领事阿厘代发。此君同舟数日，颇相得，昨互以映相赠遗，极纯正人也。九点钟后遥见哥浪埠头，楼阁隐见，椰子巴且棕榈之属错杂相间。沙际一楼，即建议开河法人窝石之居也，楼前一铜像曰哥浪，为当时开埠之人，此像由法国制送，工作却不甚精。沙觜四周悉环碎石，仿佛黄河挑水石坝之式，颇动郑工之思。今日舟行一百七十六迈。自鸟约展轮至此，共一千九百三十六迈，合

14,4,19

中里六千三百八十九里。

十点钟船泊定，有华商五人来谒，衣履济楚。时适美领事士他地偕该岛知府巴索来见，询商登车时刻，因火车公司已备专车伺应，又巴拿马今日有船开往利马，美总领事已留至五点钟云。余答以既有便船，即刻登车赶趁，遂将行李并载专车。有西客四人来共载，诺之。途经哥浪埠中，仰望龙旗招展，则华人酒楼也。车经开河之地，畚锸未辍，华人沿路列肆卖食物不一而足。美领事及火车公司总管路厘辅送过哥浪而返。

十一点钟开车，十二点半钟抵巴拿马。美领事柯林臣备马车来迓，同乘至客寓，始知今日之船非往利马者，士他地之言谬矣。华商十数人来见，略寒暄而去，余乃栉沐。华安公司馈茶点、酒筵，皆华制，仲兰、涵生大嚼，余戏谓之曰："若无此种食物，吾辈不至涉此殊域，直非蒟酱比也。"相与一笑。余亦薄啜两瓯，假寐片刻。晚饭后至永和昌一谈，美总领事亦至。余谢其频年照拂华商之谊。渠谓中国不与可仑比亚立约，华商究不免吃亏，余以墨约未定答之。该领事与诸华商甚融洽，而颇厌此缺劳苦，美事既繁，又兼顾瑞士、义大利诸国交涉，微特华商累之。谈次又以可仑比亚国政以贿成，茫无纲纪，甚欲赴华，求余商诸巴夏。此老公正耐劳，若到中国，必能与地方长吏相得也。柯领事行后，乃询众华商贸迁情形，盖入口无税，又为南北花旗孔道，过往之客多购华物。近以浚河之役，工商稍集，故哥浪至巴拿马沿车铁路，华人列肆

抵巴拿马

皆恃此营生。每逢发饷之期，内埠华人小酒店有日售千金者。惟半年一结账，以水土恶劣，支持不易之故。永和昌开庄最早，生意最大，其总管曹兆宾，番禺李村人，寓此十馀年，为言初到时草深没胫，街市泥淖，并乏马车，尚不及现在光景。华人谋利无远弗届，由旧金山而秘鲁而巴拿马，愈拓愈广，亦不惮劳苦，其志可矜。特不甚联络，终不足以敌西商耳。十二点钟返寓，睡不能酣，雨声彻枕，天将曙矣。

二十日辛丑　晴。旅店主人为美籍，初就海岸搭板屋以宿过客，渐而大拓，致富巨万。楼房三层，亦宽敞矣。视美洲客寓则天渊，所谓无佛处称尊也。对门为天主教堂，左右微露小山一角，前有小园，列几以备游憩，具体而微。南为浚河公司，北则教士施惠病人之居。诸楼屋瓦有筒，略如吾华之制，惟无瓦当。数年前该国王曾以地一区送华商建医院，厚意以广招徕，华商于此贸易，却无厌贱之者。此岛仍有城内外之分，实则荒沙一片。临海一面隍墉之迹略存，三十年前曾毁于火，断垣废础，凋零之甚。日前有兵头逝世，众兵官晨列队伍赴教堂顶礼，兵既瘦弱，枪械亦甚不精良。中饭后答拜美总领事，出观外部属为余照料之函，甚切实，亦自曝彼国联络邦交之意。即在永和昌购瓷瓶一对赠之，薄申缟纻之义。并购齿痛药，归寓疗治，仍无效。差弁陈胜赴唐人街，回忽大吐不止，服午时茶、姜葱得汗而解。此间日烈风毒，雾淫雨湿，均能伤人，宜西人以为戒也。

华商建医院

14,4,21

二十一日壬寅　晴。教堂钟声喧扰，起视则一教士拥众至教堂前，后数十男女，中簇一白幔，旁支四柱，教士处其中，前系一圆瓶，制作怪异，为兵头求登天堂云。柯领事来，少坐而去。华商馈华馔，有豆腐，软滑强于鸟约。齿痛尤宜。午睡起，永利成公司叶莆来见，从一西装人，名关兴，郑光禄所谓习气最深者，谈秘鲁情形尚悉。

二十二日癸卯　阴。此岛叛乱靡常，诚非善地，瘴气其一端耳。此店旧为郑光禄之居，曾受奇险，炮子打至卧房，竟日不得食。盖因土人任总督者，党与数千，请假赴美以兄为代，不称职，国王别派一人承乏。前督自美言旋，心滋不服，纠众为乱，从哥浪揭竿，尽烧行铺，拆断车路，来往不通，遂与新督斗于客寓之前，宜郑光禄之被吓也。中西商皆闭户屏息，正无可解纷处，美总领事柯林臣贻乱党书，讽以斗于郊外，毋于市肆间放枪。乱党阳诺而阴违之，柯林臣电调美船弁兵登岸保护，仅置格林炮一尊于领事署，党魁过而颠蹶。及美兵四集，乱党益不敢逞，拥党魁于客寓立约不斗，乃释之，越日而定。柯林臣平时既能保卫诸商，临变又能镇定，诚可嘉矣。乱党既散，铁路复修，郑光禄乃成行。海外之事类此殊数数，曹兆宾谓贸迁此岛已四见车路毁拆云。午后黎汝政来，劝早起时饮佛兰地酒一小杯可以御瘴，理或然欤？海堧旧垣塌处有兵房一所、监狱一区，遥见浚河船只两面操工，期获一旦贯通之妙。沿海多鳄鱼，西人相戒不澡浴，山林多瘴气，西人相戒不啖水果，此两事皆西人酷嗜者，顾以为

叛乱靡常诚非善地

戒，知此岛之难久憩矣。晚饭后电光西闪，似有雨意。

二十三日甲辰　晴。此间铺户虽不繁，乃时虞火患，该岛只得一水龙，呆钝不适用，华商乃公制新式一乘赠其国家，略答送地建医院之意，诚两善也。华商有时集资购物赠其总督，故耦俱无猜云。

二十四日乙巳　晴。昨睡中闻钟声甚喧，意谓袄寺礼拜。晨起吉祥言街前失慎，火光烛天，逾时乃灭，教堂鸣钟拯救。阿角往看，为洋兵挟之助水龙引水，深以为苦。盖此水龙为华人所赠，故遇华人即须助力，无客主之别，亦见华人之义也。美总领事三点钟约游海口，遍阅官署、兵房、牢狱及昨夜被火之区。又经各国坟冢，内有华安义庄一所，郑光禄题识署联，地约十亩，外环石栏，为华人旅葬处。又至新开河口，机器堆积。沿山多法人楼屋，建造糜巨万，然不耐久住，其最完美之屋已舍作医院矣。开河之役可仑比亚国订约十年而成，否则机器楼房尽属可仑比亚，现已六年矣，工程不及十分之一，不知法人何以处之？沿途车路尚平坦，此亦近年所筑也。天气太热，灯后微雨。

街前失火逾时乃灭

华人旅葬处

二十五日丙午　晴。同县关绪自利马来，述驻秘使馆情况颇详。湘浦虑秘鲁水土忒寒，日食人参，而不免于病，似人参亦有效有不效。按《春秋纬》“瑶光星散而为人参”，《礼纬》“下有人参，上有紫气”，人参之禀赋诚厚矣。海外风土异宜，余自抵美后不常服，间遇节气一服之，亦平平无效，且引动浮火，中外服食未能强同。诸华

中外服食未能强同

14,4,26

商备公宴于华安楼旁酒肆，肴馔丰美，饶有乡味。各会馆龙旗高扯以志庆。五点钟入席，八点钟散，天气忒热，久坐为苦。返寓洗浴，急雨旋晴，少憩辄睡。

二十六日丁未　芒种，雨。利马船昨仍未到，殊闷。前夕火灾系土人某衔恨潮人讼争房产而直，遂起意放火报复。以火油潜置楼梯，一爇而焚，延烧极速，华人铺店被焚三间，土人被焚十数间。时当深夜，幼稚子女不能下楼者毙其五，又两西妇不知下落，或亦死于火矣，惨哉！虽放火之人已获，即治以缳首之罪，亦奚及耶？此间并时花不可得，寓楼所植多奇怪无香之品。其一种挺生如芦，着土处微露根节，高不逾尺，叶长乃四五寸，四面蓬生，里青外赭，叶缝有苞如豌豆，拆则含白花一朵，似曾见于鸟约，特叶则纯青不若此之异色。前日房东馈一花略如白菡萏，其梗亦通，惟花瓣外多白须，花中无蕊无莲蓬，晡开至曙而合，合则不复开矣。采之者亦其矜重，寓客多索观，似不易得也。午霁，晚色稍凉。

华人铺店被焚

二十七日戊申　雨。淫气郁蒸，衣物多潮腻，绝似江南黄梅天气。陈勤自利马来，知伊露船已抵埠，属翻译往看舱位。巴拿马、哥浪两埠相接，华人营生于此者垂五千人，商多工少，故不为彼族所轻。郑光禄曩请美总领事为照料，尚能顾全生意。余以该国通商之请骤难办到，仍应于华商中择殷实公正者，设正副商董两人为众商领袖，略如檀香山之式。晡时赴永和昌晚饭，因属曹兆宾，令自择其副，给予专札，以昭郑重。曹兆宾固谦谦，然外此能求如其人，亦不易也。

二十八日己酉　晴。午间美总领事柯林臣来，言有华商欲赴金山，求护照，与新约合否？余告以新约只限华工，其贸易游学诸人不在限内。且新约亦须彼此互换乃能举行，至换约后不在限内之诸色人等，由华官给照，或由他国出口处地方官给照，然均须美国领事官签字。柯林臣唯唯。粤中指甲花见于南方，草木状，红、白两种，夏日蔓生水涯，白者较香，此间亦有白色一种，香味略同。晚饭后答拜秘鲁总领事璧写，秘之故家也，其祖父曾为总统。出观宫殿园亭映本甚多，惜付智人一炬耳。饮秘产白酒，纯是葡萄制酿，略如佛兰地而微涩。又谓秘鲁现复遣使赴美，与余途次相左云。旋往美总领事处言别。十一点钟返寓。

美国将易总统

二十九日庚戌　晴。美国将易总统，南党仍举企俚扶轮，不知北党举何人，或遂安之也？此间二十三晚火毙之人，昨岛官欲令华商捐赈，众商以焚毙者非贫贱之家，且系土人放火，此时亦无可赈济，岛官唯唯。今日仍会议，不识融洽否也？钱涵生患腰痛身热，陈弁黑仆亦患腿软，不能行，无非夜睡开窗纳凉所致。要之此岛风色，诚不易调摄，幸明日可成行。

三十日辛亥　晴。此岛商董已专派曹兆宾，番禺人，曾桂鹏，顺德人，皆殷商之诚实者。余悯此间火灾，赠百金为救火被伤及焚毙之家属抚恤，交美总领事转送，此与华商无预也。两点半钟众华商均来送行，美秘两总领事并

14,5,1

到，偕登马车至埔头下小轮舶。美总领事有事先返，秘领事候至小轮舶展轮乃别。涵生扶病而行，在小轮舶坐候太久，又值骤雨，五点钟至大轮船即卧憩，六点钟晚餐，不能食，只索汤。是夕舟中上下货物，十点钟乃得安睡。偶为数诗写怀，非劳歌也。

五月初一日壬子　晴。早起舟人仍上货，喧聒不堪。钱涵生病似略减，起坐如常，但言心乱作渴，然眼眶红紫外溢，始而左眼，继而右眼，日夕数泻，心窃忧之。天气奇热，是日晚餐后八点钟开船，有两客自鸟约赶来，余益悔不在鸟约多住一旬，候搭此船也。

初二日癸丑　阴。晚饭后船主往视涵生病，谓宜以热粥发汗，汗透则病除，窃喜其与张仲景医法暗合。及吸粥时，船主亲为料量，粥热不能入口，和以佛兰地酒，连啜两瓯，汗矣。船主令先解衣裤，汗则以毡裹之。此船无医生，船主粗知医理，且非药物，窃谓无碍。少顷仲兰述涵生言，亟呼子刚，情状可骇，趋视之。适船主大副从柁楼持灯疾行而下，惊问何事，盖大舱一义大利国人自用手枪击毙，连发两枪，惟求必死，诚莫名其故矣。入视涵生，但言易衣，别无急需。至两点钟船人睡静，子刚复往问之，云汗后病已清爽，问何时刻，答以两点钟，握其手已不热，旋各睡去。

义国人持枪自杀

初三日甲寅　雨。仲兰五点钟起如厕，见涵生独坐船旁衣纱衣纳凉，汗后甚非宜也。八点钟侍者打扫房榻，涵生复出坐房外，亟令阿角为披斗篷。两次冒风，受害已迫矣。船主以其无溺，重往视之，涵生沉沉睡去，咸谓汗后惫倦也。船上有天主教士知医者，船主约往诊视，谓脉象甚微，姑吸生菜油，或可以溺。徐以鸡粥为之养胃津，至一点钟时，阿角饮以鸡粥，则神气顿变。教士视之，谓无脉，船主大诧，询知晨间冒风复感，乃顿足，急以高丽姜汤救之，益以蛇姜，皆不及。船主令灌佛兰地酒，略咽一口，即回首向里，泪微下而逝矣。手指甲青黑，诚不解受病如是之剧，痛悔无极。今早始将枪毙之人水葬，行船通例，不能停尸，因与船主婉商用酒泡诸木器可免腐败，俟抵惠爱矶再谋旅殡。情形殊惨，子刚为之经纪，阿角尤得力。

涵生病逝

初四日乙卯　阴雨。差弁陈胜患腰痛，自咽苏合丸已解，又复冒风增剧，急令静憩，幸大小解尚通。此行瘴疠之地，动不如志。同舟有美国机器师、法国机器师，住房相近，时为余排闷，特言语不甚通，翻译又不暇，仍闷而已。

初五日丙辰　晴。晨抵惠爱矶，该岛医生循例登舟，船主告以涵生旅殡之意，医生初有难色，徐告以中国官员，医生乃无词。入口后另一医生来，船主与教士仍如前告之，遂令子刚登岸，约华商来。有宝安号司事潘节之，南海西樵人，甚稳练，即以托之，随与该岛将军提督商妥，又托将军觅官医生为之装殓，乃移柩至医院，另为洗沐。阿角回取衣帽袍靴为之装裹，以金钱为啥。医生从喉管灌以药水，俾免发变，棺内用铅，匣外用木，亦甚严

14,5,6

整。事竟医生索二千元，然既免于水葬，又得借地殡厝，虽重费不惜也，即诺之。而行箧无此数，船主乃函托该公司代垫，时已深夜，公司例不出银，于是美领事毅然担认。该岛属厄瓜尔多国，久为美所控制，故美领事得行其志也。至此乃稍安，俟抵利马为筹起运而已。旅厝医院，众华商晨夕为之焚香，晚十点钟乃蒇事。今日端午节，震东尚为贺，弥触殊方之感。

初六日丁巳　晴。六点钟出口，遥望该岛楼房一派，中有街车马车，生意似强于巴拿马，然风色仍不佳。昨入口时仰视平林数十里，上凝黑气，即瘴疠也。早起易衣，船舷少坐，即感冒腹痛，似将作利，流汗不止。今日出口遂高卧避风，然为时忒久，舟度平林后不得不起矣。西人有携镜具映照者。午后两点钟抵通茈士岛，秘鲁境也，少泊。有小帆船来驳货并售鸡鹿之属，为购甘蔗一枚，质极粗，味尚不薄。晚饭后南风殊竞，眉月苍凉。自巴拿马至惠爱矶，共行八百三十五迈。　瘴疠黑气

初七日戊午　晴。晨起大风。八点钟舟泊派伊大岛，有秘国知府哩希士来谒，请登岸游览，婉谢之。此岛约三千人，极荒瘠，六年一雨，无种植，日用所需取给五千里外。有房屋而无瓦，纯用竹木片遮盖。岛内有两湖储雨水，足资六年之用云。此可补山海荒经之一也。轮舶往往泊此加煤，英公司有趸船于此，又加载牛百馀头，改大舱客位作牛栏，移搭客于船艄篷面，几于露宿，恃帆布为遮障耳。总署奏定新章，游历之员只准搭二等舱位，即此情

境也。船泊至四点钟启碇，岛民有以鱼牙雕画人物求售者，颇工细，又有陶尊捏成山水人物之式，古朴类武梁祠堂画像，因各购数枚，价亦甚廉。寄进斋书，述涵生死事。今日欧洲电报，德嗣王崩于位。晚饭月色殊清，睡至中夜，闻牛鸣，亦将曙矣。

德嗣王崩于位

初八日己未　晴。晨起南风，船极摇荡。九点钟泊噎定岛，寸草不生，潮落微露绿苔，岛人支铁桥作埔头以上下货物。大船不能泊，用小船过载，仍加载牛只、架非之类。两船相近，以绳钩挽，客欲登岸则缒绳而下。水底多礁，暗涌靡定也。过至半载，忽逸一牛，浮游水面，子刚甚窘急，此岂人力所能挽回，然此牛可免刀宰，犹为之幸也。四点钟起碇，有搭客番禺陈氏，久于外者，为言墨西哥属内阿柯波古入口极险，口门如五指山，船须绕山而入。海岛石华盈丈，海底有柏树，长不逾尺，五色皆备，得此足疗心气病，其产橙子香味均在新会甜橙之上云。晚八点钟泊百嘉米岛，有华商五人来谒，持中华联惠总局大柬。领袖者为靳炳昭，番禺市桥人，商此四年矣，语无端绪，问非所答。出观湘浦三函，皆去年华人王照被迫作工事，湘浦已为了之矣。靳炳昭又言，合延律师以备辩讼，月脩五十金，律师之贱工也。此岛华人千馀，若非晚泊则来谒者尤众。舟人起卸货物，又添载牛百头，喧扰不堪。有罪犯四名，秘兵押之登舟，反接而无镣铐，与大舱之客并处，舵工许以彻夜不睡巡逻之云。十二点钟船仍未开，疲倦辄睡。

14,5,9

初九日庚申　晴。九点钟泊杜希猷岛，仍是荒沙一片，山无寸草。沿沙岸有人家，山麓架铁桥以上下货物。暗涌甚急，小船不能紧靠大船，仍用木桶坐人，以铁钩绳縋而上下。一桶容两人，一坐一立，瞬息而过，有以黑纱蒙眼者，欲自忘其险也。曩在鸟钵船，同来之美国人先于巴拿马分手，附便船径到此岛，以乃兄任此岛领事，别十二年，特来趋候。今日偕其兄来谒，赠陶器二，绝类古铜，他日携回吾华，供好古者考据，亦南墨洲之雅器也。此岛船头官来谒，询登岸否，婉却之。一点钟船复开行，途经一石山，绵亘约里许，左右两小山，若断若续，即鸟粪山也。乍视但见飞鸟十数旋绕于空，窃讶积粪有限，徐以千里镜视之，则山脊黑点如豆者，皆鸟也，状如蚁聚。不知此山何以能致群鸟，亦理之不可解者。数年前智秘之战，此山已为智有矣。晚六点钟泊潜钵地岛，将入口时风浪极雄，舟中摇荡，入口乃定，然暗涌又不适，此水殆无畅快时。

木桶坐人

鸟粪山

初十日辛酉　晴。昨夜船泊至旦，候船头官到乃驳货也。晨起有华商四人来见。其一高要人，王姓，已娶西妇，育子女五人，亦携一子一女来谒，云将回华而子女皆不谙华语。又云此岛糖寮颇大，近日倒闭一家，生意顿减。又尽废银纸而用白银，有富人立成穷汉者。此岛形势颇类威海卫，口门亦绝类刘公岛。秘鲁在南墨洲，版图不小，惜政治人才皆不振，遂至贫弱。十二点钟泊萨盟哥岛，地势不如潜钵地，而沿山见青草矣。海口多鸟粪山，其麓则海狗出没甚繁，同舟西人于此映照图画。出口行两点钟，遥见海心一石突出，类海珠石，而波涛洪涌过之，此石孤生，不知托根几许。六点钟泊虾事麻岛，居然有树，尤出意表，沿岛房屋皆木片作瓦，犹是终岁无雨之地。晚饭后登柁楼看月，舟缘山行，无浪而涌，入夜风稍雄，遂摇簸。十二点钟睡。

十一日壬戌　晴。早六点钟泊苏比岛，有华商来谒，云秘署诸官候于华造岛，意今日抵秘都矣。饬家人检拾衣簏。十一点钟泊华造，沿岛渐青，亦有树木，领事刘伟臣、翻译莫力侯来谒，盖在此岛相候六日矣。舟旋开驶，仍沿山东南行，暗涌极大，颇类都化海口。力侯大吐，余安睡获免。五点半钟抵嘉里约，遥望埔头，似强于哥浪、巴拿马诸岛。少顷医生登舟询验搭客有无病人，始准全船人登岸，公使免验，随使各员仍须到餐房问话。余驳以随使各员非他项搭客之比，医生不应过问，医生唯唯。西例船有病人则同舟人亦不能登岸，秘例尤严。前此美使至秘，舟中有一人病足，医生即禁止该船不得入口，美使且携眷属，美署诸参赞极力设法，商之外部不可得。适美兵船泊此，欲令兵船先渡眷属，格于秘例，仍不果行。秘久为美控制，美使且耐此通例，屈滞舟次两礼拜乃得诞登，余此来不致此窘，幸矣。俄而船头官来谒，参赞刘湘浦并来，秘总统以三板小舟并小轮舶来迓，一武弁驾驶，即乘此三板登岸。留子刚、陈胜、阿角、黑奴在大船照料行李。登岸时有兵官在埔头候接，诸华商分列岸坝候接。乘

医生登舟询验搭客

14,5,12

马车绕至火车房，约半里遂登火车。七点钟抵利马使馆。八点钟后行李亦到，暂储税关，秘例黑夜不搬运也。饭后与湘浦谈，一点钟睡。

十二日癸亥　夏至，晴。美署包封递到，北洋书述倭人近游欧墨者上书政府，谓数年前西人重日而轻中，近则反是，北洋乃归美于使者，而于余尤极奖勖。欧洲风气，余却不了了，以美洲论，则中美邦交较前略洽耳。进斋书，言美都使馆房东不加租，可免移寓之烦。午后秘总统遣官来拜，令湘浦接晤。

中美邦交较前略洽

十三日甲子　晴。午后三点钟往访外部，询商接受国书之期，外部阿君，年不满四十，顶已秃矣。秘自嘉西勒士任总统，不满两年而外部将十易，秘政之纷略见一斑。湘浦谓办事极难，信然也。晚得来文，准十八日三点钟总统接晤，或亦谅余跋涉，须少憩也。外部署中有院，各部即列屋而居。外国房屋有院者甚少，西班牙王宫有大院，教王使馆亦然，要非如此式。此间使馆亦有院，楼房一层，重门有洞，中有石磴十数级，双分东西两路石磴乃至房沿，极宽敞宏赡，秘都之爽垲也。

十四日乙丑　晴。午饭后美使偕水师官来访，以余为美都驻使，不能拘常格必俟见总统乃相晤，且亦承巴夏之托云。承约观美国兵轮，诺之。此间终岁无雨无雷，而时有地震，震亦甚微。

十五日丙寅　晴。参赞、领事各员具版贺望。晨起闲步至领事署，颇雅洁，楼下房五楹，右为公事房，另辟一门临街，出入甚便。署中有小院落，三面碧栏，杂莳草花，中凿小池养鸭。檐沿小坐，饶有乡园之思。使、领两署合并，声气较联，微特省费而已。夜月甚明，湘浦谓秘鲁以此时为冬，类多阴晦之气，比者连夕清辉，未易多觏。

十六日丁卯　晴。连日客来不速，均以未见总统却之。此次所附伊露船仅二千顿，船又忒旧，落水已十六年矣。逐日行船不报水程，厕无纸，房无火柴，海船仅见之事。唯船主却极周到。

十七日戊辰　晴。秘使馆与外部来往文函，综丁亥一年共十六件，钞送总署备案。顷领事来，言昨晚秘监越狱两犯，持刀与狱兵斗，不胜，为兵枪击毙。秘政无论如何重囚，均可贿释，此两犯当系无力行贿，出此下策。

两犯越狱被击毙

十八日己巳　晴。午初秘廷派音乐一部来署伺应，兵官两员，戎服，领导乐奏于廷，当令翻译接待兵官，犒以酒。申初秘廷总兵官、外部参赞驾宫车来迎，余与参赞同车，随使各员及领事等分乘三车，同抵秘宫。兵队鼓乐，分别绕至正殿，秘总统免冠立候，余趋前宣颂词，总统即朗诵敬答，乃接受国书，此与美国先接国书后答颂者少异。总统旋约至后殿，指晤诸部臣，复导见其夫人，于后宫置酒称贺而出。外部送至殿门，即有马步军兵拥护回署。观者如堵。秘廷总兵官、外部参赞仍伴送。少顷外部亲来，代总统答拜，款以酒。徐往外部署一周旋，兼拜吏、刑、兵、户各部。外、吏、刑、兵、户四部同一院

14,5,19

落，望衡对宇，户部则与总统宫门同一院落，吏兼工，刑兼礼，仍以吏部为领袖，外部参赞导余往拜酬应既毕。即拜各驻使，计十二处，英、法、日、德、美、巴西、义大利皆有约之国也，智利、厄瓜尔多、鸦毡颠、播里牙、罗马教使皆无约之国也。驻秘使规，穷两时之力，均须遍拜，仅晤美、法、智、波四使，馀皆不值。德使他往，代办者系为公使代庖，非为国家代办，遂无庸往拜。总领事代办公使者亦不往拜，此间驻使颇联络，情谊略优。返寓已张灯矣。音乐、宫车分别犒赏。 拜各驻使

十九日庚午　晴。晨起电北洋抵秘递国书日期，求转电总署代奏。此间电费每字十二元，价亦昂矣。太平洋无水电，须绕英伦，故多转折。午后义使来，言现将归国，留参赞代办，又谓驻秘客民华人以外义为最多云。利马惟义使馆系自建，义商醵金为之，华商生意果佳，或不难俪美乎？日使来晤，自言曾到中国代办使事，在同治六七年间，恭邸、文文忠、恒子久、崇佩如均认识，而尤佩李傅相，津津道旧。其人年仅四十，计其使华时尚未逾冠，日人之翘楚耶？又言驻美日使手枪最精，好勇斗狠，曾手毙两人云。此却非可以貌取人也。 电费甚昂

申正至公家花园，结构不俗，歌台舞榭，酒楼球场，林下秋千，曲池游桨，布置闲雅。高树极多，奇卉殊茂，有两树偃盖，类龙爪槐，远望红紫灿烂，簇艳如踯躅，近观则红紫瓣皆有根如叶，每三瓣中含两蕊，是叶是花，莫名其妙。如能移植吾华，可为群芳谱补缀。有小鸟如蝶，

蜂鸟 翠羽蹁跹，日啄花蕊为活，竟有小于蜻蜓者，从此不诋陈副宪日记之夸矣。惟不能捕养，欲觅一二以供近玩，不可得也。园角方池，畜鹅鸭鸳鸯无数，有水鸟高约八尺，长喙黑睛，鸭掌兽毛，两肋横出两翅，而非翼也，恃以拨水，游行极速，登岸则如人立，土人呼为孩子鸟。视鸟约博物院之无翼鸟又别一种，无翼者，义命自安，不作奋飞之想，此则似翼非翼，甚于赘疣，徒多此一事。后圃有兽，鹿头羊尾驼足，毛短色赪，土人名曰秘公耶，秘之土产也，皮可御潮湿，一褥值四十金。园旧有自鸣钟楼一座，每一鸣则有人物故事隐见一遍，然照料之费岁縻公帑千金，比以国用绌，遂裁之。钟主人愤甚，自毁其钟，只馀断础，西人负气类然矣。园中另有总统游憩楼屋，外观甚华饰。秘鲁本南墨洲富国，即此一园已有今昔之感。当日国中异兽多为智利牵去，智、秘之役无殊德、法，而德人并未攫取巴黎珍玩，其器识相去远矣。

总统游憩楼屋

二十日辛未　晴。厄瓜尔多使来晤，云将携眷小住惠爱矶三两月。比者钱涵生旅殡，该岛承地方官照料，因并谢之。巴西代办来晤，匆匆无多谈。申初出门答拜前总统霸拉度、前驻华公使爱立谟之母、本城知府、街道厅、房东五家。前总统门前适有医生出殡，车马阗隘，不果往，馀皆到门。秘都风俗，有公使到国，其故家巨室多来拜，先之以妇人名刺，他国所无也。然其接客之期则礼拜日或礼拜四，今日为该国神诞假期，亦有接客者，因择要答之。致巴夏书，谢沿途照应。晚八点钟观西人戏法，奏技

观西人戏法

14,5,21

者为义大利人，自称伯爵，或曰伪托也。技殊灵快，然亦数见矣。末一出尽掩灯光，深屋中术人与魑魅斗，或遇牛鬼蛇神，或遇簪花美女，跳跃欢笑，栩栩欲生，术士扑之，旋扑旋灭。最后一骷髅，白衣裹体，始而牵挽，继而缠绕，术士手枪击之不去，术士技穷，昏扑于榻，骷髅亦灭。此殆镜光倒影，人立镜中，影澈于下，返镜则诸态寂灭，徒骇观听而已。

二十一日壬申　晴。略考秘鲁形胜，南连智利，北接厄瓜尔多，东北近巴西，东南为播里牙。计地丁方一百一十二万蔑度，每蔑度即中尺二尺四寸八分。地形三角，西则太平洋也。都城海口曰嘉里约，轮船公司均集于此，地势稍低，由火车至利马，地高五百一十英尺，约行半点钟。该国向隶西班牙，风俗口音至今不改，西历一千八百二十一年七月二十八号与西班牙构战而胜，遂自立民政之国。总统四年一易，类多争立，兵祸叠见。民性懦弱，不善操作，家常日用之物悉从他国运来，民俗由富而贫，国势日蹙。出产鸟粪而外，糖为大宗，各岛田寮又多，为他国豪商开设，半为义大利人，土著者十不一二。国内铁路两条，一为英商，一为美商，而秘人不预。轮船公司英最老，近则智利起而分其利，秘人亦不预也。秘政纷纷，各部既尸位，总统亦如系匏。阖国有兵七千，分隶八营，营各五百，内四千名有坐粮月饷，凡有调遣悉资之，馀三千则另招募以备巡街守夜，无坐粮，可以随时告退。兵气极孱，军械且劣。西历一千八百八十三年智利乘机窃发，兼

略考秘鲁形胜

曾为智利所亡

弱攻昧，遂尔亡国。各驻使为之议和，割去大鳟罢家一省，其地四万一千二百二十三蔑度，居民四万二千零二口，已去三分之一矣。又割登拿埠、亚里架埠，暂交智利管辖，从此鸟粪之利尽失，国帑益窘。前年两总统争立，都城纷扰，枪炮及于使馆，亦由各驻使解纷。旧总统意沙里阿逊让而去，嘉西勒士所欲得遂，宜可即真，乃屯兵都城，因让部臣摄政，必候各省公议无哗，乃应乐推之运，从容就理，似极沉毅有为者，然不两年部臣几十易，朝令暮改，亦难久谋，固圉计也。

现尚有省一十八，曰利马、曰亚骂嵩拿士、曰莺架即士、曰亚布廉嘛、曰亚利兼巴、曰亚夜沽租、曰架监麻儿架、曰沽士个、曰汪架未列架、曰湾奴过、曰衣架、曰富宁、曰滥话益记、曰利温地厘、曰罗列度、曰标鳟、曰股奴、曰登拿，各省均无口岸，惟嘉里约、打鳟罗、家磨娇华三埠不成省份而有口岸。现有府九十五、州六十六、县七百六十五、镇六十八、乡七千四百八十五。统计秘鲁人数约二百六十九万九千九百四十五名口。华人来秘始于道光二十八年，即西历一千八百四十七年，散处各埠，亦将六万人矣。

华人将近六万

秘都吏、户、外、兵、刑五部外有按察司十员，分管命案、钱债、水道、商务、田寮、矿务、漏税、监狱、戎政、庙宇各事，略如美国规模。此官不随总统为转移，例由律师举充，设不愿就，罚银百元补充之，权操自各部，此与美政异。该司所管皆地方庶政，而各国领事又不能以

14,5,22

公文径达，遇有交涉之事，仍由公使照会外部，咨吏部转行，动形窒滞。该司若自犯奸赃，总统亦有权以易之也。外此则正副知府两员，管理地方庶务，略如堂属。又街道厅员八名，内一员领袖，馀则有事会议，如遇起造修改房屋，必须该厅给准照方能兴役。每以清查街道，剔除污秽，讹罚华人店铺，然通衢粪草悉由该厅清厘。晚十点钟后即有夫役扫街，尚不失其本职也。月捐诸费不菲，秘库贫而街政富。又上下议院，上院约数十员，下院约百员，选举之法亦略如美，惟每年开议之期总在西历七月二十八号，盖其自立为国之日也。散院则无准期，视事之繁简，遇大政事并请各国公使、领事会议，亦敬客之意。郑光禄抵秘时，有秘人而充义国领事者，当新旧总统兵争之顷，曾返戈利马，事平应定其罪，议者纷然。各公使亦有左袒之者，得郑光禄一言而决，遂科以罪，秘人韪之。刻将开议之时能免此等牵率为幸，不与于会，亦无懵焉。

选举之法略如美国

晡后英、法两使同时来访。法使曾在埃及读书，询以埃及出土石幢，其参赞略能记忆。英系三等使，有勋爵，而颇类商贾。

二十二日癸酉　晴。西人礼拜之日，循俗拜客。顺道公家花园重观花叶不分之树，实系藤本，特蔓生不远耳。园中博物院极宏丽，重门深闭，从窗隙窥之，桌架徒存，院中器物悉为智利辇去。秘之近状宜卧薪尝胆，而乃上下晏安，徒树私党，恐将为智并也。今日园亭有音乐，游人颇盛。

二十三日甲戌　晴。使馆楼上有高窗透光气，然须自开阖，屋老则机棙不灵。午后义使来告别，未请见，但属林和叔转致耳。日参赞来，久谈而去。晚八点钟赴房东觥筵，子初返署。

二十四日乙亥　晴。嘉士马代理领事河西嘉厘庐遥上颂词，令和叔为书答之。此间来客太多，只可随时答拜，我用我法而已。午后赴义使署送行，便道至总按察宅，此老既先施，又扶病出迓，所居极宏赡，秘之富人也。琴师嘉士弥士打见赠银饼一枚，不方不圆，两面花纹不整，云系西班牙初入秘鲁时所制，并无机器，以锤凿为之，历年甚古。又见赠珐琅花篮、花瓶各一，纤小如豆，云系智利女尼手捏者。西人尚机器，然手制不假机器之物，则尤矜重。厄瓜尔多代办公使来访，未晤。晚十点钟赴秘绅茶会。座有厄瓜尔多国故总统之女，中年已寡，侨居于秘，闻在本国时曾统兵战陈，枪林炮雨之下驰骤如飞，亦奇女子也。

美利坚开国日

二十五日丙子　阴，雾。今日为美利坚开国之日，即西历七月四号也。美使贻各使馆书，升旗为庆，美兵船亦为公会请客，只是昏雾沾濡，上下三板船梯均不便，但赴美使馆致贺，而令领事翻译赴兵船一酬应之，殊歉然也。美馆遇英使，略与寒暄，领事在兵船亦遇之。此为美叛英之始，美之利英之害也，而英美于此等往还绝无痕迹，盖两忘之矣。今日风浪大甚，美兵船倾侧不定，舞者多倒。

二十六日丁丑　阴。南墨洲诸国兵孱民惰，宜为西班

14,5,27

牙所踞。西班牙又横征暴敛，不恤民艰，徒以威力吓人。及国势一弱，则诸国皆叛，无能遥制矣。以形胜衡之，自华盛顿创国后，隐为南墨洲屏蔽，欧洲兵舶不能飞度鸟约，亚洲兵舶不能绕越旧金山，南墨洲首尾悉为美包裹中。惟古巴一岛可以轮帆横抵哥浪，不与美相涉，然美之兵力犹能控制及之。故巴拿马一岛，水土极恶而美总领事必派干员，美于此席固宜重视。现虽南党司令，此缺却属北党，不能不为地择人。古巴当衰弱之馀，土人不安于日政，时思叛乱，日其能借古巴一隅规复南墨洲诸国哉？然南墨洲久隶于日，渐染风气，疲软亦略相似。他日能自振者，当为智利，充其量不难蚕食，即观其驻使气宇，亦为南墨洲之冠。晚赴善会听琴歌，秘总统、美公使均预会，总统旁侍戎装军校一人，体制较美为隆。夜雾如雨。

能自振者当为智利

二十七日戊寅　阴雾。小吕宋设官事外部无可推展，特贻书驻华公使代达总署，申明藩部专政而于外部叠次。允诺之言，抹煞不提，意以总署催余速办，故为此釜底抽薪之计。前此总署复奏，方谓与日使蹉磨无济，兹日廷乃令日使面达总署。有此宕笔，数年心血均付子虚矣。

二十八日己卯　小雪，阴。外部送到秘总统答书一封，外粘国印，另译照会，无非仰慕中朝之意。此为前使所无，当复外部一笺，允以咨送总署代呈御览。秘能慎顾邦交，良可嘉也。即草疏具陈抵秘情形。

二十九日庚辰　晴。秘鲁沿西班牙风俗，每于礼拜日斗牛。惟其天气则以夏为冬，然不甚寒，略如都门初秋时耳，斗牛之会以此而停，亦甚善也。午后拜客十一家，得晤者九。曾至义使馆，极华赡高爽，义使已举其半售诸义商。分东西石梯出入，坐中帘幔、枕函诸物悉缀义国徽帜，西例公使不能售卖，不解义使何以至此？义商则糖寮主也，久来修谒，适遇诸义代办坐中，遂并访之。华商备公宴于永安昌，坐有黎亮甫，番禺人，年仅三十，中西文并精。曾乘帆船归粤，途经马蘯国境，日晡下碇，遥见隔浦灯光楼阁，隐然一都会，船主视船图无此画境，上下柁楼三遍三次检图皆不能举其名。翌晨视之则荒岛一片，同舟诧为奇事，或亦海市蜃楼之说欤？秘鲁永安昌为华商之冠，南墨洲诸国如巴拿马、智利都城，皆有字号分托商伙经营，而受成于香港总核之人，层叠约束，条理精密，数万里外不能欺饰，故能持久。

海市蜃楼之说

六月初一日辛巳　晴。署中循例贺朔升旗。今日为鸦毡颠国开国之日，西历九月九号，各使皆往该国使馆致贺，余昨甫与周旋，因令林和叔代往致意，驻美则无此种应酬也。美总领事柯林臣来书，附日报一纸，岛酋谢余抚恤火灾事。

初二日壬午　阴。西例各国银钱铸造皆属国家权利，惟秘鲁则人人可铸，但将银两送局，请模纳税便可通行。近见秘鲁银式多异制，询其官局，情形如此。客夏道出英伦，刘芝使为言香帅托制银模，彼国靳之。

秘鲁人人可铸钱

初三日癸未　晴。乡人言粤中积雨，长官求晴，断屠逾月。督抚亲验各属围堤，当兹江流汤汤，风雨交集，断

14,6,4

非民船能占利涉，即勉强行之，亦非计日可达，若无轮舶则两帅旌旄岂能分历哉？西法之贡效于中国者，此其一，然有轮舶而长吏无恤灾之心，高坐堂皇，貌为镇静，亦莫如之何也。

初四日甲申　晴。金山华人月为联社，措语间有可观。利马踵而行之，阛阓中不忘文字，且在利马尤难得，聊予评阅以遣客愁。夜露如雨，阶沿沾湿。

初五日乙酉　阴。去年查寮之役，游、莫两翻译会同秘国武员爱斯哥霸同赴各岛，不惮烦劳，顷爱斯哥霸求见，因接晤而慰劳之。晚十点钟得总署电，美约本及增句均到，惟须美廷决无更改，始能奏请批准用宝，候复等因。当电进斋转询外部。

初六日丙戌　晴。西历七月十四号法国复立民主之日，法使假公家花园设乐以迓游人，并招朋好，午后循例至法馆致贺，饮酒一卮。各使陆续至，略周旋即赴公家花园，较寻常礼拜日游客稍多，亦有执微物求售以凑善举者。秘总统到在余之前，少坐即返，晤其宫内军官。又至旧博物院一览，空无所有，黍离之慨，宜总统之不耐坐也。 法国复立民主之日

初七日丁亥　晴。午后答拜俄、葡两总领事之代办公使者，又答拜巴西代办公使，并到美日两使馆，晤日使，云上礼拜晚日国爵绅为公会，候余不至，甚以为怅，因许以今晚往赴。葡总领事缕言此间未有华官以前华人吃亏实甚，伊屡与地方官争辩，颇效勤劳，亦见事理不平难为袖

手。今者使、领两署并设，华人蒙庇实多。余婉谢之，并告以中葡近已立约。

韩以津约三端为辱

初八日戊子　阴。北洋密电，韩以津约三端为辱，托美使转乞美廷为之设法生光，美使答以美为民主之国，向不干预人事云。余意中韩交际美廷不合议，即论情势，美岂肯附韩而抑华？设竟出意外，余必与驳难。上年照会巴夏之文，巴夏照复并无异词，曾几何时，言犹在耳，美其肯二三其德乎？即电复北洋。晚访秘前总统霸拉度，逊国之君，居处服用仍较他人有别，以貌取人，亦自魁伟。

初九日己丑　晴。进斋电，述外部云约款决无更改，蒲约在京都换，即电复总署。此间竟有枇杷，固不足以拟洞庭佳品，亦复清腴可味，不知从何移植，或曰移自东洋，恐未必然。

秘刑部又更换

初十日庚寅　晴。秘刑部顷又更换，投刺告别，云将养疴海滨。秘政纷纭，部臣屡易，殊有举棋不定之势。秘都无甚火灾，而水车会则英、法、义三国皆有，秘亦自设一会，至其街车公司仍系英商办理，太阿倒持，固宜贫弱。西班牙设有援救会，不设水车，但遇失火则纷往援救，冲冒烟焰，拯人热火之中，甚善举也。秘不自倡而让美他国，亦殊可惜。

十一日辛卯　晴。秘鲁旧都曰般奴，距利马三百馀里，然迁移亦二百馀年矣。其地去海远，非如此时之利便也。秘民素惰弱，近以蔗园生意日减，遂亦种稻，赖华工为之，岁仅一获，米却不恶。蔗园糖业煮糖、管机重要之

14,6,11

工亦华人也。大约华人心智较灵，每习一艺，容易见长，但使工价稍优，决不避就，嗜好较西人为多而不饮酒，故西商每喜招置之。此间无争工者，故相安也。

西商喜招华工

查岛委员王荣和、余瓗会禀客腊初六日自新架坡附太古轮船，初十日行抵暹罗。该国王派副外部刘乾兴率闽粤商人到船迎迓，且备客馆。刘乾兴为潮州大埔人，生长于暹，女选为妃，得补今职，专管华商事务。越日刘乾兴偕晤国王胞弟，现作宰相总理事务大臣，暹语称为琴麻二王底华王司罗布斡。曩闻暹王深居重闭，不轻见人，故以王弟代面耶？刘乾兴述王意，告王、余以向来修贡取道云南，跋涉诚苦，往以滇中用兵，贡典久阙，可否量为变通，由海道抵津云云。此事关系旧制，该国既思改道修贡，应备文商榷，即由刘乾兴代达，亦应予王荣和、余瓗文牍，若泛泛一言，颇难措手。王、余禀末亦谓副外部一己之私，言非出自国王之口，未足执为实据，而请余察核变通。又不向该国索一文书以备核奏，为此神山缥缈之词，增闷而已。又请援照高丽办法量为变通，一则准由水路入贡；二则派立办事公使，兼设通商领事；三则设立公使之后，相机联约友邦维持保护。所陈不为无见，但该国副外部有请由海道复贡之言，该员既不令具牍，且禀末又谓未足执为实据，而条论暹事，猥欲中国准之，究凭何核准也？据查暹地北通云南，西连缅甸，东接金边、安南，南至于海，东北距西贡英里八百三十迈，西南距新架坡英里亦如此数。间于英、法之间，不受制于英，即受制于

英法足为我边患

法，现允法国设副领事官于郎百蛮地方，与云南毗近，又允英筑铁路，由滨角直通缅甸，至嘉厘加打省，皆足为我边患。特该员条议三端，不先与该国略示之意，且索取改道修贡实据，徒深南顾之忧耳。今春李傅相函言暹罗自帝其国，履霜致警，而该员禀内尚不知其窃号自娱，又不及见国王之面，然该国假馆相迓，似仍不失藩属之礼。该员有此一行，庶他国之眈眈虎视者，不敢谓中国置之度外，未始无益，一切办法当与津粤统筹之也。该员又查暹罗国王百年前系潮州郑氏，在位十数年，为妻兄弟所篡，传四代五王，以迄于今。以滨角城为国都，合土客之民不过百万，华人居其大半，其入山种植之华人亦三十馀万。暹于闰年人抽身税四铢，伸洋银二元四角，他国商民则不抽，华人遂纷冒他籍以图免。英、美、德、法、和、丹、葡七国均设总领事于暹都，兼办使事。德英有巨商三两，法有巨商一，美商民寥寥。该国岁入之款仅一千五百万元，官俸甚薄，非剥民不能自给。国俗淫惰，以同胞姊妹为妃，以后族诸弟为相。寓暹华民，潮为最，闽次之，广肇、海南次之，惠州、嘉应又其次也。华民生计大率开垦田园，其富商大贾或设机器米廒，或置轮船航海，岁输暹税数百万，他事之不便者，亦自不免，既求设官保护，殊难恝置。

王荣和、余瓗暹事查讫，即于本年正月八日赴西贡，十一日晚抵岸。王荣和在船得瘫痪病，乞假回粤就医，未了之事，悉属余瓗。与西贡将军沙纳同船，抵岸后粤商张

14,6,11

沛霖、闽商吴翼谨均来导引，觅得法文翻译梁福庆，偕晤法官沙内哪威士。游历西贡、提岸两埠，为华人商免枯骸出口税。又乘轮船至海防，经内埠五。正月二十一日过平定省之新洲，停泊八点钟。该埠华民二千馀人，生意以出口豆油为大宗。又经广南省之会安。二十四日抵海防，该埠通市仅十三年，郑德、陆建勋到船迎接。华商约五千馀人，附近之河内、南定亦有数千。二十七晚乘浅水轮船至河内，二十八早抵岸。此为安南黎王旧都，华人商旅于此，已逾百年，地经法据，新设陆军总统，管辖安南、西贡、金边三处军务，驻兵老城内，又设全权大臣，管理十三省通商事务。余瓗曾往晤之，据查西贡、提岸、海防、河内各埠，法人征税增减无常，身税专征华人，尤不公道。拟请西贡设华官以保护商民，至于海防则津约具在，将来应可相机派设云。据查西贡、提岸两埠毗连，属安南国嘉定省，法人在此开埠二十八年。又西贡附连六省之地，平阳千里，岁产米稻，运粤销售约八九百万石。西贡立埠在内河，距海口一百三十里。两埠生意大半属华商，统计华民六万馀。出口以米为大宗，鱼干、豆蔻、燕窝次之，入口以中国食物杂货为大宗，绸匹、药材次之，洋货进口以洋纱为大宗，香港白糖次之。开埠之始，湿热熏蒸，旅人多病，渐乃疏通衢道，广植树木，气候渐佳。洋楼大厦纵横十里，大都法人官舍、兵庐、教堂、医院、酒肆及各国领事之居。西商行店除法国轮船公司、银行外殊寥寥，其馀洋货店及华人杂货行、木作店合有数百家。提

身税专征华人

法人苛政西贡稍减

岸铺屋二千馀纯是华式，皆华人产业。法人苛政，视西贡稍减，即西贡设关亦自前四年始，每年递增，各国商民均以为苦。据查海防属东京，距西贡合中里二千三百六十馀里。先是，华人与越南立埠通商约十三年，近则法人鹊巢而鸠居矣。地在红河之内，距海口四十馀里，华人铺屋约五百家，工商约五千人，公推一人为帮长。该埠别无西商，亦无领事，其附近之河内、南定约华人二千馀，内埠如广安、北宁、莽街皆有华人，未悉其数。海防、河内各埠毗连桂滇，法人屯军储粮，时存枕戈待旦之想。又明年准开铁路，一通谅山，近接镇南关，一通老挝，接近滇界。海防出产以黄丝、薯莨为大宗，次则东京粉、玉桂，近日清花桂不易得矣。此因兵后岁歉，米之出口固稀，且须运米入口为食，进口货物略如西贡。华人帮长权利略如副领事，尚能办事。西贡华人分作五帮，曰广肇、曰潮、曰漳泉、曰客家、曰海南。五帮之中各有正副帮长，正帮长岁薪一千二百元，由本帮取给。本帮每人身税外加抽洋银五角，法官倚以办事，帮长往往借端肥己。西每月一号帮长将华人姓名、出入口数目具报公堂，提岸情形亦相似云。其他征税款目、承充烟税新章，亦经查悉，尚为详尽，当并咨粤督。

西贡华人分作五帮

十二日壬辰　晴。游历司员已抵金山，暂寓领署，意必略停征旆，以便游览。外部已致书米西斯比河堧官绅，他日途经其地，可资引导矣。林和叔工映相，午后天气暄和，与同人共照一帧，又独照一帧。今日为可仑比亚开国

14,6,13

之日，循例为之升旗致庆，并差贺。

十三日癸巳　阴。金山同文社联会间关送阅，賸以六金。巴西代办来访，云将请假归国。叩以程期，自秘至智利十二日，自智利至巴西二十日，若从美国鸟约起程循西洋以行，亦须三十日，可云远矣。巴西王年逾六旬，因病就医法之波都，几旅殁，近始有生机云。利马花园之胜，咸谓不止一处。午后乘车北行，过石桥至伞波德萨，山麓有铁栏，环绕花木石人像数枚，栏形如椭，四围皆可骋车。栏外有音乐一部，不得谓之花园，大约利马热天，西人于此跑车为乐。旁有酒肆，亦殊浅狭，荒陋无趣。远望诸山，上凝云气，石势奇古，却有可观。桥跨沙河，此间终岁无雨，河水则山瀑所流积也。 花园之胜不止一处

十四日甲午　大暑，阴。总署电，约本大致妥叶，惟未立约以前回华者，若有眷产在美，仍应准其回美料理，不得拘泥新章，应与外部商添此节。即电复，正草电稿，窗外鼓乐嗔阗，香烟缭绕，四红衣老脚夫扛一土偶，满缀鲜花，又四人以手挽铜炉烧香引导，男女百十簇拥而行，略如吾华赛神之状。其土像白面长髯，衣白缎绣衣，冠如行脚僧，手持一物如红橙。询之和叔，谓此神像为保护地方无地震之神，所持之物则耶稣心也。西人崇奉若别有说，秘沿西班牙俗例，男女生时每祀一神，以神诞为生日，亦或有生符神诞者，称觥之日，非尽弧帨之辰。

十五日乙未　晴。英伦西七月二号得雪，西人诧甚，援以中法则为灾异也。钱涵生旅榇将归，近与英美公司船 英伦七月下雪

商载运，颇烦唇舌，中西殊例，然不能不强人就我。

十六日丙申　晴。进斋电，美廷已另备洋文约一本，总统盖印候换。

十七日丁酉　阴。定派杨建勋运送钱涵生旅榇回苏，并檄沪局料理。午后，总署电，新约限禁二十年，与庚辰约并非禁止前往者迥殊，各口怨谤沸腾，布为说帖，本署暂不能具奏，等因。自禁之议倡于郑光禄，其致总署函云："此举虽我自弃约，然我不禁而人禁之，不如自禁之为愈。"郑光禄当日未尝不知自禁与庚辰续约有异。余初抵美时，美议院议例限禁华人，原有二十年之说，余力驳之，钞稿寄总署。自禁云者，有激而为。譬之邻里之间，比邻以我家童骙往扰为嫌，至于挥斥而棰楚之，我乃愤不令往，其势不能告邻人曰我暂禁一半日，过此仍相扰也。此理可以相喻。旬日之间，三接署电，固非电复能详。

十八日戊戌　晴。北洋函论韩事，因缕复并述美约近耗。沪关函送陈善昌禀讦纯甫案，语极矛盾。子豫四月二十八日抵古巴。

十九日己亥　晴。明日船期不果，前致京津两函须二十四日乃能寄也。涵生旅榇回华已极费力，因并买保险万金，较稳妥。晚十点钟街道厅约观烟火，具体而微，在秘则为佳玩。

二十日庚子　阴。秘鲁开国之期，向以本日开议院，距今六十七年矣，外部备文请赴。余早起嚼枇杷过多，遂

赴秘鲁议院

致腹痛，以高丽姜解之而止。两点半钟偕和叔赴议院。美

14,6,20

使、义大利、巴西两代办先在坐，馀亦陆续至，副外部手持坐位单相告，余位次在日使之后，英使之前。英使到国虽久，然系三等使，故先之也。美都公会亦与日使联接，可谓凑巧。巴西代办告余以数年前各驻使为秘定乱，咸集于此，复述当日情状，犹有德色。届三点钟副外部导入议堂，极狭隘，堂中平列两坐，上悬红幔略如暖阁，则总统与掌院坐也。正中一案置笔墨，前供耶稣被刑十字架，左右列坐，则上下院议绅也，各部暨水陆提镇东西分列在议绅之前。堂之四角分建四楼，驻使为右客，左则按察司也。其前两角楼司记载之人，楼浅仅容一行坐，参赞从官不能容，则移坐左角楼。气象尚静穆，少顷总统戎装入，掌院同行，总统坐定，旁有军官初递眼镜，续递谕文刊本，总统起立宣读。约一点半钟掌院者接论一遍，阑外前楼拍掌赞美，总统遂返。各驻使咸往贺，先集于外部署，旋由外部署廊绕至秘宫，按次与总统握手，并及诸部臣。总统约至后阁观兵，又导见其妇子，徘徊数刻，仍至外部一周旋而散。秘崇旧教，遂以教使领袖，其实则同是二等使，到国亦不久也。外部署中陈设小铜像一区，云石为座，四角为铜人着翼吹乐。中一铜像手举大旗，五铜人戴之，制作工巧。举旗之人即波里瓦尔，首倡自主者，合五国以叛西班牙，卒行其志，至今五国人不忘所自，故于开国之日特陈于外部，犹有饮水寻源之意。五国者，秘鲁、智利、威厘苏威拉、鸦毡颠、可仑比亚也。返寓五点半钟，腹痛虽止，极疲惫。 波利瓦尔

二十一日辛丑　阴。秘人为赛马会，马却不多，天气暧晦，拟不往。今日公家花园较前热闹，两承邀约，亦不愿往，意兴萧然，腹痛愈而齿痛增。

二十二日壬寅　阴。秘国以开国前后之期给假四日，昨礼拜，今日仍补假，不办事。秘国服色，总统与提镇均戎装，各部臣则民装，内缀两黄绦露于祛外，按察司则以红绸作搭领，馀皆民装，与美俗无异。前日议院之会，一色白手套，亦甚新鲜。秘都东西南北各设乡约局，管理钱债，细故不决，则转送副知府，按例只羁留被告二十四点钟，过此则无如之何矣。钱债不系狱，其狱囚大都命盗重案，每礼拜有省狱官就讯于狱，转报按察司。似甚有层次，然皆可贿弄而释。总统今日率诸部院至公家花园，散给各堂学生奖赏，花园今日不收入门票钱。午后至外部家，晤其母，兼拜数客，多得晤，客来投刺，每日至少亦八九人，此种酬应，只可以不了了之。

秘国服色

二十三日癸卯　晴。秘总统阅武围场，兵只数百，亦复疲惰。马队炮位极精者，格林小炮，前在秘宫略见一斑。各驻使多不往，刘伟臣赠美使古巴烟卷一匣，美使乃函谢余，岂误会耶，抑以领事官不足与投赠也。晚为杨建勋饯行。

秘总统阅武围场

二十四日甲辰　阴。秘俗亦喜豢狗，然遇野狗辄击毙于路，又不检拾，夜则有鸟群啄静尽。此鸟夜集昼散，遇街衢屋瓦有秽必啄之使尽，工于逐臭者也。华人目为红头鸟，秘人则曰神鸟，谓上帝使之临凡净秽者，异哉，然去

14,6,25

来无踪，亦别一种类。

二十五日乙巳　晴。美使日在醉乡，比乘酒殴妇，其妇控诉于秘都，副知府为之劝息。盖交失之纵酒任性，固极卤莽，为之妇者乃控诸奉使之国，亦殊无谓。酒德之不佳，盍明日戒之也。西人曲生之好季常之惧，往往兼之，美使乃独有轻重于其间，禀赋异矣。前日秘总统阅武于郊，马枪内夹沙石，随弹子而出，误伤二十馀人，领队官不能辞咎，和叔以余未往为幸。利马学堂请听琴歌，晚八点半钟入坐，每歌一阕别一人讲论一遍。余不谙西语，既不能为周郎顾误，亦难为顽石点头，不待江上峰青，索然思返。

马枪走火误伤人

二十六日丙午　晴。恭逢皇上万寿，率参赞领事各官望阙叩祝。午后秘总统遣侍卫官来称祝，先致总统之意，然后自申嵩祝之私，可云得体。少顷外部来贺，为言秘例向送音乐，今年因他处使馆以为烦扰，遂不敢送。各使馆循例升旗，各驻使暨按察司并诸秘绅杂遝满坐，款以酒面。最后则秘前总统霸拉度，曾游历京师者，久谈而去。竟日款接，尚不觉疲。使馆既升旗，今日诸华商行栈亦升旗，放假一日，由领事官先期晓谕志庆也。晚赴前总统宅谢步，繁星丽天，秘都仅见。

二十七日丁未　晴。巴西公使归国，三点钟赴车房送行，各使咸集，外部亦至，各握手为别，交厚者送至嘉里约。昨来函告别并声明代办某人复偕来相见，巴西用葡文，字母无异，其串字亦略如日文。晡后往秘宫，晤秘总

巴西公使归国

统称谢，宫内外均有军官守卫，视美为肃。见总统后，其军官导至外部少坐，即赴各使馆谢步。

二十八日戊申　晴。傅楙元、顾少逸抵旧金山，各有著作。顾撰《日本新政考》二卷，为部九，曰洋务、曰财用、曰陆军、曰海军、曰考工、曰治法、曰纪年、曰爵禄、曰舆地，九部之中分目七十三。傅撰《游历日本图经》二十六卷，为类十，曰天文、曰地理、曰风俗、曰食货、曰考工、曰兵制、曰职官、曰外交、曰政事、曰文学，为子目一百七十，有图。黎莼斋序言，顾详于近事，傅兼考古。

二十九日己酉　阴。播里华公使移居后，有书相告，今日值其开国之喜，亲往贺之，便道拜客。晚赴前总统霸拉度寓茶话。

三十日庚戌　立秋，晴。杨建勋昨抵惠爱矶，今早电言各事办妥。暹罗拟请改由水道修贡一事，备文咨商津粤酌办，并批复查岛委员。又致北洋书，缕述其事。

七月初一日辛亥　晴。秘鲁杂花，最重山茶、栀子，非如美洲知有玫瑰而已。贵无常品，南北花旗易地不皆然也。昨在秘绅家见一五彩宣窑瓷坛，上大下杀，其盖上连一碗，储水以验蒸气者，疑为前明卤水坛，不解何时流至外国，惜坛口补绽，非完物。

初二日壬子　阴。仲兰归思甚切，南墨洲风土殊非所堪。

初三日癸丑　阴。秘鲁铁路本不甚广，近日英商为之

14,7,4

订办推拓，已有成议。智利起而阻之，谓秘负其国债，英言铁路广开，秘容有偿债之日，智或绌于英，而不强梗也。此路开妥，华人商务当有起色。今日厄瓜尔多开国之期，晡后往贺，坐中一教士，年未四十，曾任刑部大臣，充慈悲之念，作理刑之官，宜无枉决。

秘廷新例纯用银钱

初四日甲寅　晴。秘廷新例，纯用银钱，前发银纸概行收回燔毁。昨经秘宫，西人簇绕于丛火中，殆烧银纸也。秘人往挟藏以称富者，近乃付之一炬，略如淮商之根窝，一纸之贵贱，殊无定程。秘馆华仆汪九，安徽泾县人，其父汪朝选，曾为粤东三水令，卒于官。汪九为人诱导至此，人颇伶俐，久已忘却本来面目，近忽有归志，因给以盘川。

初五日乙卯　晴。西人礼拜之期，午后客来甚烦。晚复金山领事长笺，述美约为难情形，并令转语华人将眷属财产报明合众国衙门立案，以为换约前回华换约后来美之据，庶免他日折辩。

初六日丙辰　晴。将美约筹议始末缕致总署一函。春间《鸟约日报》刊总署致英、美两使照会，秘都僻陋，无从复。按中西文义，虑有舛误，仍属美署详查。

初七日丁巳　晴。嘉里约税关向有经纪代众商完税领票，却非包揽以多报少也。日前华商和昌有货到关，纳税千金，经纪人已收银，税关亦给票矣，乃经纪人亏空潜遁，该关仍向和昌追索，真无理之甚，穷斯滥秘关之谓乎？华人寓秘老疾瞽目无依者，通惠公所为设养济院于嘉里约，以资栖止，近将三百人资遣回籍，无此巨款，此辈亦不愿言旋。公所既乏恒产，月捐众商又不勇跃，窃虞善举中辍，因为月给三十金，自本年正月始，以期持久。晚八点钟发沪粤包封，近因轮船改为上午开行，预于前一日收书信。英智两公司斗捷，限八日到巴拿马。旅中七夕，曝衣乞巧之事，非殊域所谙。

圣母玛丽亚逝日

初八日戊午　晴。耶稣母马利亚逝日，秘俗放假一天。秘有叶子戏曰“洛鉴波”，四人合局，举国嗜之，几于朝朝寒食，夜夜元宵。西人以为极钩心斗角之技，著为成书，亦犹吾华《马吊谱》也。其类有四，曰金钱、曰酒杯、曰剑、曰杵，共十四叶。四者之中弁之以剑，而助剑为用者杵也，钱、杯两种若此。次举似则第七者移作第二，剑第一，杵第三，若剑、杵本门则二者仍二，无升降也。钱、杯小加大，剑、杵大加小。此其梗概。大约此戏倡于无火器以前，意以钱、酒为人人所喜，而无剑之威力以持之，则钱、酒不能久享，且无剑之勇决以节之，则钱、酒流弊无穷，杵殆助剑施功，因人成事，而其器量亦用武者所不废，故四类之内，常居第三。秘人此戏由来久矣，时至今日，纯以枪炮之事，固非剑、杵可以自雄。

初九日己未　阴，雾。秘都连日暄暖，中午夹衣，早晡犹重棉，而秘俗以为反常，虑有疾疹，惟阴寒则喜，华人固安之也。华人散处各埠，五年前秘总统争立，新党招募华人当兵。旧总统言于郑光禄，设法遣散，令翻译游德隆往瘠既拉柔埠传谕华人，或曰改易西装以便行路。游

秘鲁募华人当兵

言：兵荒之际，此去生死莫卜，若华装以去，即遇险亦知为华官，设易西服，死则死矣，渺无知者，易装决非宜。及抵新党营屯，即为逻者导见，兵官盖已预揣其来意，兵官诘游曰：华人健者我可雇，旧党亦可雇，何独责我为哉。游徐徐言曰：华人寓此，遇有战事，均应守局外之规，新旧党咸不趋附，庶为合理。兵官无辞，徐询游曰：欲观华队乎？游曰然。订三点钟列队与观，且款以馇酒，游辞不就食。及三点钟再往，则兵官匿不面，而令麾下人告游以华队应调他处矣。遂反秘都，幸免于难，同人咸为之庆更生。本日嘉士马埠代理领事电称地方官禁卖鸦片烟，华人窘迫，人情汹汹，恐致生事。湘浦复令将实在情形函禀，再为设法。

初十日庚申　阴。通惠公所代杜希猷埠诸华工求设领事，并呈送杜拉备、简答备、直金烈打三田寮华工禀词，大致以寮主虐待，而其潜自卖身供役以偿博债者，则略之矣。杜希猷华工最盛，然寮主多非秘人，秘廷威力不能及，即设领事而地方官无权助理，亦非领事一手一足能使寮主俯首听命也。固是经费绌支，而事势亦有轩轾，只可详筹良法，然后发手。已初美署包封，折子朱批三件，又总署公函一件，论请发时宪书及韩使至美事。津门新设博文书院，拟聘纯甫掌教，而虑脩脯不丰，属余转询。

十一日辛酉　阴。奥国王生日，循例升旗，并差片贺其总领事。奥无公使，总令事代办。晡后美使来谈，询以美都议院散否？美使茫然，但劝余西九月底返美，可避巴拿马瘴气云。晚赴琴师家茶话，出门登车，两马如黑甜初醒，惝恍迷离，御者屡促辔而寸步不移，又不敢加鞭，虑其惊痛而逸，马劣恐不任重。同乘四人并下车，俟其拉动再登，而马之朦胧如故，安步当车，幸不甚远。

十二日壬戌　阴。刘伟臣、陆寿峰奖折已回，各换顶戴。昨梁蓬云书言，金山华商公函诋邝其照，又频询墨西哥通商事，有欲先往购地者，不识确否也。

十三日癸亥　阴。晡后外部来访，阍者误以出门却之，殊谬。晚赴前总统霸拉度宅，晤副外部，托之道歉。

朝鲜遣使一事

十四日甲子　阴。前日总署公函拳拳于朝鲜遣使一事，春暮余咨请北洋诘问韩廷，此文当达署也。韩为中属，其与美立约时已备照会声明，其词曰："大朝鲜君主为照会事，窃照朝鲜素为中国属邦，而内治外交向来均由大朝鲜国君主自主。今大朝鲜、大美国彼此立约，俱属平行相待，大朝鲜国君主明允将约内各款必按自主公例认真照办。至大朝鲜国为中国属邦，其分内一切应行各节，均与大美国毫无干涉，除派员议立条约外，相应备文照会，须至照会者，右照会大美国伯理玺天德。大朝鲜国开国四百九十一年，即光绪八年三月二十八日。"录之，以免遗忘。昨阅中葡约本，却无中国设领事于葡属之条，将来有须设官之处，恐蹈小吕宋窠臼耳。海外屡拟斫脍，而味鱼不易，料物尤难，徒萦秋风之思。此间华人最多，且能种蔬果，万物咸备，但欠鞠华耳。晚令庖人切之，腹腴香饭，各极其妙。

14,7,15

十五日乙丑　晴。粤俗盂兰盆会，风尚已久，犹是佛氏轮回之说，水陆道场，糜费不惜，金山华人时复为之，秘寓尚无此举。近日英、智轮船公司斗捷，各减水脚，华人归里颇多。晚与秘前总统会于法商家，老屋垂五百年，无风雨飘摇，故能耐久。楼中陈设华丽，有蓝缎白花绣幕长幅，雅饬可观，云自吾华定造，有目共赏之作也。华商若能多办此种丝绣运销欧洲，商务应日拓矣。

轮船公司斗捷

十六日丙寅　处暑，阴。美署随员许静山与钱涵生同里闬，函述涵生生平甚详，并欲余函托北洋为之表章，余昨已具疏矣。语曰："一死一生，乃见交情。"

十七日丁卯　晴。市买出售人鱼干，头、面、眼、耳、鼻、口、齿、发皆具，两臂屈伏，十指有甲，胸前肋骨棱棱，宛如骷髅，下半则鳞甲尾翅，依然鱼也。索五十金，湘浦疑为伪造。吉祥谓曾见诸沪上茶馆，似吾华亦自有之，价昂可不购矣。古巴领事署五月二十一日移寓，租钱岁省三四百金，湘浦以旧署为最吉，受代日谆属毋迁移，顷函止之，已无及矣。

十八日戊辰　晴。乌拉乖开国之日，循例升旗，由领事差贺。该国向无使馆，只设领事于嘉里约，伟臣尚有往还。南墨洲民政，总统率四年一易，且有未及瓜期而先谋争夺者，咸存五日京兆之见，绝不为公家筹久远。但使私橐既充，则去住自如，退位后辄携家作欧洲之游。阖洲风气略相似，然视秘鲁犹小巫之仰大巫。

热气球表演

十九日己巳　晴。有美国人假公家花园演气球，观者人各半元，订三点钟往观，音乐喧阗，男女杂遝。因登博物院楼以便凭眺，美使夫妇子女已先踞一窗，正与气球相对。将五点钟气球始动，离地不逾丈，左右旋转，略如醉汉行路，倏而欹倒，观者大哗。遥视美使，遁矣。演球人谓煤气不足，故不能升。球下所置铁管入地当不甚深，意必与他处机器炉附引煤气，何至如是窒滞，或曰另日再演多收入门票钱，此说近之。问询林和叔敢搭坐否？林言往在巴黎屡屡乘坐，不觉其险。记一次气球既升，有女客忽然生子，咸仓猝无措，球又不克遽落，适同坐有医士，为之接生，坐客各以手帕赠之拭秽。此子生于空际，五行不知何属，日者推星命何处，着用神。西俗奇事直多意想之外。此间气球咸不敢坐，演球者亦不肯搭坐。

二十日庚午　阴。昨登博物院楼，空诸所有，窗槅承尘，类多塌陷，秘廷亦无意收拾也。法经德破后，即重建一大戏园，穷极奢靡，以维系人心，此种举动固非秘鲁所能望其肩背。美些岛华人禀诉：元日升旗为地保所扯，乞诘问秘廷。询之湘浦，谓秘外部已将地保斥革，另备鼓乐为之升旗，而诸华人谓秘国曾因误拉法国旗，罚赔五十万金，欲援以为说。西例国旗甚重，然有官商之别，秘政如是，犹能为之索赔耶？既经参赞办竣，自不便再给外部照会。

二十一日辛未　晴。吏部文：各口董事，三年准照寻常劳绩列保，庶与随使各员有区别，仍须先行咨部立案，因日馆保案吏部复奏应准应驳各员而伸明其说。

14,7,22

二十二日壬申　晴。陈霭亭禀：古巴旧署渗漏，壁已裂缝，房东不肯收拾，不得已而迁居，又代译巴西旧约本。嘉士马两案，秘外部复文照办。

二十三日癸酉　晴。秘俗汕打罗刹神诞，放假一天。神为秘国女尼，距今三百六十年矣，举国奉事惟谨，秘总统率诸部臣赴教堂顶礼，独示优异。美国人今日三点钟复放气球，不收钱，且先质千金于街道厅，又将前次所收之二千馀金并以为质，若放不起，则以此示罚。两点半钟往观，行不半里，沿路延颈以望，已口讲指画，即停车仰视，球果升矣。球旁字母隐约可辨，又时放碎纸，大约弄球人自志所升度数也。风定球行甚缓，旋至公家花园，犹见之。五点钟回寓，遥瞻天际，则不知何往矣。园中遇华商王运，佛山福禄里人，余任，西樵人，自言屡欲来谒，恐为阍者所阻，因前数日有习西教之华人馈竹笋至署不纳云。晚赴秘绅霸沙葛烈地公会，总统在坐。 复放热气球

二十四日甲戌　晴。昨日气球三十里而坠，弄球人甫至地，忘记撤气管，球仍上升，追挽不及，至于巅踬自伤头颅。球之工本须三千馀金，局外方为之叹惜，旋知为山诞罗萨糖寮所得，仍还之弄球人，尚不致得不偿失。要之此人此技总未精熟。洋员杜嘉兼使领两署之差，已月加四十金，顷参赞又为请益。洋员不减薪已虑署驳，若请加则尤违署章。

二十五日乙亥　晴。陆寿峰以《鸳鸯宜福馆吹月词》为赠，陈文述之裔，宜有雅音。琴师嘉士丹耶特曾游吾粤

四年，学为粤语，及其返也，聘粤人教习来秘，可谓专矣。阅二十年犹未尽忘，一齐众楚，原非易易。

二十六日丙子　晴。米些埠华人升旗之事，湘浦初甚愤其贪妄，续念其专足来署须四日火车程，为途甚远，因为书促该埠代理领事麦克拿而堆转促福宁知府查照外部前文办理，此函即交来人带去。伟臣今日赴嘉里约阅视养济院诸瞽废华人，不失仁人之心。午后王运、余任来谈甚久，询其来秘之初，王舟行三阅月，余舟行五阅月，同事九人死其七，大都患脚气，余任抵岸时亦脚肿至脐，幸年齿尚幼，得以医痊。远役异国，夫岂浮梁茶贾比哉？

同事九人死其七

二十七日丁丑　阴。秘鲁代理领事三处：嘉士马埠为秘人嘉黎卢，米些埠为美人麦克拿，而堆介益地埠为江苏上海人徐云高，由来久矣。华人散处各埠，既不能随地设官，只可派人代理，亦省节经费之一道。

二十八日戊寅　晴。香港包揽华人出洋之局，包至檀香山者每名九十元。檀岛关吏作伪，先将假照售于驻檀华商，寄回香港售卖，华人不知底里，误买此等伪照，及抵檀岛，不得登岸，其愚可悯。现经董事程汝楫驳辩，关吏已革，此种影射之技亦穷。程汝楫禀请札饬金山领事转告东华医院，遍贴长红，知会华人毋蹈前辙，自贻伊戚。包揽局之害，流弊不仅旧金山。

拟建南海会馆

二十九日己卯　晴。寓秘同邑人拟建南海会馆，工商各捐一月薪工，余亦捐俸一月。闻前数年曾集得七千馀金购一地段，此时兴造不易，出脱又太吃亏，只可作为会馆

14,8,1

公产，不致湮没可也。同邑翰林谭叔裕，扬马渊云之流，屡掌文柄，忽得京察，遂郁郁，曾榜其门曰“未知肝胆向谁是，自坐迂拙非人挤”。逾年擢云南粮道，益非其志，过津门时留书告别，余叠为书譬慰之。顷得粤书，竟旅殁南宁，可惜也。宦海升沉，原无定程，牢愁抑塞，徒自损耳。孔北海谓若使忧能伤人，此子不复永年矣。西俗食水每从湖河引至都会市镇之区，建屋蓄之，其法用砂隔去渣滓，水味自清。居人用铁管分引，楼高数层亦能汲到，庖厨盥浴皆取给焉。间为皮管套搭以灌溉花木，室中秽物别有管流送于河，不相杂也。水质清浊视其地气，秘都虽陋，而水则胜于美都。 自来水

八月初一日庚辰　晴。初拟取道旧金山回美，以避巴拿马瘴气，而船小，又多礁石，只可重寻旧路，已定船期。午访美使，告以本月二十一日返美，仍取道鸟约，请函达巴夏行知税关。

初二日辛巳　白露，阴。进斋电，美议院未散，惑于英国新闻，议绅聚讼立例，凡华工回华者不准再来，即电署一百一十七字。美政决于议院，间年为长议，八月未散，则罕见也。

初三日壬午　晴。今日耶稣母马利亚生日，秘都放假一天。郊原赛马，具柬相招，日晡途远，不愿往也。晚至琴师寓茶话，琴师以琴为业，弟子数百人，但与指拔，秘不一弹。今晚特为余奏技，且能为华调，或以听者非能审音，不妨示人以璞。

秘都街道碎石砌成

初四日癸未　晴。秘都街道纯是碎石砌成，车行甚喧，妇女亦可溺于通衢，尤环球所独。乡约局收马车税每月十金，索及坐车，译官诘辩乃免。往在日都下车之始，日廷即以车牌为赠，虽极喧杂之地，举牌示之无不避让，持较秘鲁，优劣为何如也。晡时拜客，至一律师家，新居华焕，结构甚佳，询为暴富者，去年为人包一田园案，得三十万金，遂大兴土木，不图秘鲁有此巨案。

初五日甲申　阴。进斋电复以美总统虑拂众议，议院新例画诺无疑，外部无能为力云。新约本为遏议院苛例而立，外部初意亦欲力顾邦交，而不洽美西各省之心，受谤不少。今者议院不候此约消息而自立例，外部乘机脱卸，稍纵即逝矣。善后无期，可胜愤懑，即电谕金山华商。

初六日乙酉　晴。刘湘浦等保案，吏兵两部均核准，绝不驳改一字，部章吻合，历案所无。总署寄到中葡新约刊本、堂司住址单。

初七日丙戌　晴。秘都极陋，而水质却佳，瓷碗泡茶，隔宿无水渍。物价不昂，鱼尤肥美。本日照会秘外部以回美之期，湘浦同行，留和叔代办。日使西移，同舟共发。

月饼乡味不改

初八日丁亥　晴。粤人所制月饼，乡味不改，然过食总非宜也。南海会馆供奉南海神，为撰一联曰："星气绛霄澄，抗古衣冠光四裔；乡心明月共，赛神箫鼓似波罗。"此种酬应，近复不免。日晡至公家花园，乘小舠荡桨于岩石曲池，遇义大利新公使。复登茅亭远眺，山翠凝几，云气霞光相间。下视英人球场，方角逐斗胜，杂以胡乐，缭绕花间。

初九日戊子　阴。秘外部照复余起程后认林和叔为代办，且以余此来，彼国君臣未尽东道之谊为歉，措词甚圆到。金山电复，美例前月二十七日已刊布，讼棍谓必不行，行亦可驳，民信讼棍，商助官，故求准新约。晚得署电，新约不过暂缓批准，彼遽另立例，违约背好，应与力辩，并询目下情形，即电美署查复。此时准则众论纷纭，驳则自禁矛盾，宕则美自立例，总署亦颇难决。

初十日己丑　阴。瓜搭梅拉国，中墨洲境也，领署所延律师即该国领事。今日开国之期，差片贺之，日使递国书，前使量移希腊矣。邑人罗杰自智利回，述智利风气略如欧洲，南墨利加目之为小巴黎，华商却无甚利益。该号售丝绣、茶叶，英商亦有运华物往售如该号者，争利之心，英最擅矣。西商近多狡猾，豫制数簿，真伪两本，以备倒盘，类此者数数见之。关税略轻于秘，外埠五六处，华商皆无分庄。无业华民聚于该国约五百人，所业极不堪而获利颇易，且无故乡之思。推此观之，若无限禁华人之令，越数十年，恐华人之流徙外国者，不知凡几云。罗杰此论闻所未闻，要之华佣在外国有无形之利，亦有无形之害，此又非罗杰所知也。

十一日庚寅　阴。进斋电，美自立例，议绅索雷尔力争，以为太遽，仍应由外部电田使问耗，候新约消息，宗文、摩根助之，准十二日复议。晡后答拜新日使，并观斗

秘国斗牛 牛，局面自逊日国，而人与牛斗，非身被重甲持利枪跨瘦马与牛作恶徒残马命者，惟操剑杀牛之技却不逮日人。略坐数刻，往访前日使，已移居俄人宅矣，院宇雅洁，且多华器，铜、瓷、雕、漆数种，皆不伪。瓷为万历窑，雕漆小屏甚工致，背嵌螺钿，山水人物亦极巧，前明物也。铜鼎无盖而腹有识“子孙永宝用”五字甚清晰，馀亦可辨，此鼎的是周器，俄人谓得之日本。其阶下莳花，有高耳铜盘，旁镌“松翠馆”三篆字，则倭物也。俄人往贾于倭，得倭器尤夥。

十二日辛卯 晴。粤人多以香港不守为惜，而深怨叶昆臣。当其事败之日，有乐府三章，首曰：“叶中堂告官吏，十五日必无事，十三夷炮打城惊，十四城破无炮声，十五无事灵不灵，乩仙耶，点卦耶，签诗耶，择日耶。”次曰：“夷船夷炮环珠江，绅衿翰林谒中堂。中堂口不道时事，但讲算术声琅琅。《四元玉鉴》精妙极，近来此秘无人识。中堂本有学问人，不作学政真可惜。”三曰：“鬼炮打城破，中堂书院坐。忽然双泪垂，广东人误我。广东人误诚有之，中堂此语本无疑。试问广东之人千百万，贻误中堂是阿谁?”三诗音节绝佳，乡人至今犹能记忆。其时昆臣方信神仙，群情惊扰时犹差弁安慰城绅，谓十五日无事，属勿迁移，而自海口炮台、城内楼堞概不准备。又有童谣云：“不战不和，不守不死，不降不走，二十四史翻完，求如此人没有。”亦极切当。今晚与乡人会饮南海馆，感述乡事，因并记之。

14,8,13

十三日壬辰　晴。进斋电，议院昨又会议，主不候新约消息而自立例者人数较多，已定议云，即电复总署酌度。义使递国书后来拜，未接晤，适往智利使馆贺其开国期也。智利产铜甚佳，然国令不愿穷采，与欧洲争利，恐致暗损。前中国需铜暴长高价，中国有铜矿而不自谋，以致岁流金钱于外，良可惜耳。智利近营织纴，特雇倭工二十四人往指导，可云专矣。智利妇女操工无所不有，街车马车多女工执御，环球所无。

智利产铜甚佳

十四日癸巳　晴。三点钟往秘廷辞行，先至外部小坐。适智使为铁路事与秘纠缠，稍待片刻，秘总统殊有惜别意，外部亦然。旋至吏、刑、兵、户各部一谈，户部赴议院未返，馀均得晤。又答拜义使。

十五日甲午　晴。署中升旗贺节，与同人周旋。午后书楹联十数。今日为西历九月二十号，义大利开国之期，义为君主，只生日知会友邦，开国之期不贺也。义商寓秘者实繁，有徒假公家花园为会，制小银钱分赠会中人，花纹甚新，闻甚热闹。

十六日乙未　阴。秘鲁铁路事，英外部专员来秘营办，愿代秘偿国债。铁路所入，英七秘三，而虑秘翻覆，索税关为质，秘廷欣然，而议绅未尽允。智使又以鸟粪山事与英秘有纠葛，此山秘久质于英，及智破秘鲁则又攫去，智非不知此山已质，秘则以已出之物听客所为。今以铁路之役英允代秘偿债，不免重理棼丝矣。然英非真为秘偿债也，但所有欠主均将欠项附入铁路作股，铁路果畅，

秘鲁铁路事

强于了无归结之期，设不畅则两失之。欠主以英为最，秘假此事清宿逋，计亦良得。议院之意，盖虑英人尽夺其国权，害大利少，自不得不踌躇也。今晚林和叔假法酒馆饯别，法庖环球所推，可喜者烧蘑菇一种而已。席散至房东处话别，问询铁路成否？房东亦以不成为幸。曩因梗议，遂罢吏部之职，故矢志不移。秘鲁国债已积至英镑三千馀万，实难支拄，房东不主铁路之谋，殊有债多不愁之概。子初地震，不甚剧。

禁美商火油入口

十七日丙申　秋分，阴。香帅疏禁美商火油入口，否则另立专条加重税厘，请总署与田使订议，并饬驻美使臣与外部商禁，总署函属相机办理。惟查火油贩运，中国似宜由署檄行总税务司，查明每年入口火油几何，某关经税最多，再与该国商办，较有把握。火油为祸最烈，既伤生命又损生计，能杜绝则大幸事。甲申在都曾与步军统领、顺天府尹言之，自禁民间不用，彼族故无可置词也。江、皖、湘、粤行用已久，穷乡僻壤，肩挑负贩亦购以代菜、豆等油，流毒何有极也。京城内外尚无此风，预为厉禁或可消患未萌。美为民政之国，总统暨诸部殆无钤制商民之

美税华物值十税六

权，极顾邦交，不过将来文送议院一议而已。美税华物值十税六，极无理，只茶叶无税，当时印度、日本均未产茶，非免税无以广招徕。然有此大宗货物免税，美遂有所借口，事非统筹不能透辟，既涉外交，尤当妥为收纵。洪文卿函送疏稿，大都抵任递书及保奖旧员新调翻译之件，原无碍于示人，惟以初抵俄时曾上密折，遂并秘之，不咨

14,8,18

会而钞稿，不愿自乱其例云。

晡后至玻利非亚馆言别，玻使言此数日间该国总统争立，干戈从事，不知机局如何，甚有忧色。南墨洲诸国类此，殊不奇。旋晤智使，知中美新约齮龁，代为焦灼。秘都驻使尚有气味，今日拜客十九处，甚疲苶。秘绅有新婚者，请往观礼。晚八点钟偕林和叔至教堂，坐客已满。少顷男妇两人，吾华所谓全福者，导新郎新妇至神堂前，跪聆教士说法，教士赠新妇约指一枚，为值甚微。新郎举聘钱为礼，新妇接受，即以予教士，视其家之贫富无定数，亦视教士运气焉已。教士宣讲毕，新妇起立，新郎掖之出，无假他人牵挽也。新妇白衣白纱蒙头至足，从两小鬟，衣亦纯白，西俗以为吉也。客至其家，始与握手致贺。此间教堂偶像甚多，西人亦不尽识，大都耶稣故事。

玻国总统争立

十八日丁酉　阴。秘外部照转吏部文，嘉士马埠讹禁鸦片之案，实有不合，已令弛禁，妥立章程，通饬各省云。前日外部闲谈，谓秘人近多嗜此，于关税入口征之，然彼族不禁也。午后到外部宅辞行，晤其母。又访前驻华公使爱立谟家，母病渐愈，乃姊属回美时告爱立谟以一家平安，所以慰游子者，意良切也。随至诸按察司家，皆得晤别。

十九日戊戌　晴。中西殊制，每事相戾，惟伦常则父母称谓，物性则松柏后凋，杂器则博局骰子，中西一致，莫之为而为者欤？秘都之东有高山，曰马杜千那，计高英尺七千七百八十八尺，再东曰志葛拉，计高英尺一万三千二百二十尺，绝无风景，陡峻而已。郑光禄曩驻秘都，登山未半而神色顿变，汗出如浆，病憩山店，进斋尚能凭眺，陆寿峰则委顿矣。以山太高耸，氧气不足故也。郑光禄坐是得瘫痪之证。容纯甫曩登兹山，口鼻出血而返，华人禀赋固与西人异也。仲兰日虑不永年，求归甚切，猥欲往游两山，诚奇想矣。连日送行之客络绎，均谢却。晚饮法国酒馆，晤意使、巴西代办、美参赞之数君，皆不自爨，在此搭食，撙节极矣，甚非华官所能也。今日蔑薜叠士神诞，秘国放假一日，秘总统率诸部到教堂顶礼。相传神为处女，素佩耶稣，又与耶稣之母善，卒登天堂云。

登山太高氧气不足

二十日己亥　晴。中国士大夫留碑识于泰西，古未曾有，光绪六年黎莼斋在英为《卜来敦记》曰：

卜来敦者，英国之海滨，欧洲胜境也。距伦敦南一百六十馀里，轮车可两点钟而至，为国人游息之所。后带冈岭，前则石岸嶄然，好事者凿岸为巨厦，养鱼其间，注以源泉，涵以玻璃，四洲之物，奇奇怪怪，无不毕致。又架木为长桥斗，入海中数百丈，使游者得以攀援。眺桥尽处，有作乐亭。馀则浅草平沙，绿窗华屋，与水光掩映，迤逦一碧而已。人民十万，栉比而居，衢市纵横，日辟益广。其地固无波涛汹涌之观，估客帆樯之集，无机匠厂师之兴作，杂然而尘鄙也。盖独以静洁胜，每岁会堂散后，游人率休憩于此。方其风日晴和，天水相际，邦人士女联袂嬉游，衣裙杂袭，都丽如云。时或一二小艇掉漾于空碧之中，而豪华巨家则又鲜车怒马，并辔争驰以相遨放。迨

14,8,21

夫暮色苍然，灯火灿列，音乐作于水上，与风潮相吞吐，夷犹要眇，飘飘乎有遗世之意矣。庶昌至伦敦之次月，富绅阿什伯里导往游焉，即叹为绝特殊胜，自是屡游不厌。再逾年而之他邦，多涉名迹，而卜来敦未尝一日去诸怀，其移人若此。英之为国号为盛强杰大，议者徒知其船坚炮巨，逐利若驰，故尝得志海内，而不知其国中之优游暇豫，乃有如是之一境也。荀卿有言树国惟坚凝之难，若卜来敦者，可以觇人国已。黎庶昌记，凤仪译文，光绪六年七月勒石。

巳初得署电，田使来询约款准否，答以三端：一年期减少，二约前回籍之工，三千金以下之财产。田以电外部未复云。晡后答拜英国铁路委员。晚赴永安昌与诸华商别。又至前总统霸拉度家茶话。子初返寓。

二十一日庚子　晴。晨起早饭。十点钟登车，华商送者数十人，李杰代检行李最得力。总统派军官到舟中送行。智使、巴西代办、法随员两人均到。日使柯希特先登舟，安顿既妥，往与周旋。三点钟展轮，国旗高悬，风浪平稳。

二十二日辛丑　晴。早饭后泊萨罅猾儿地岛，即杜希猷之海口也。华人两名来递呈，一东莞，一新安，询其呈禀之意，乃茫然。呈内有近扣工资每元五毫之说，应予查理，馀皆老生常谈也。船头官来送，婉谢之，并托代达外部。晚与日国水师兵官卡多那手谈。十一点钟睡。

二十三日壬寅　晴。检绣画缕丝银篮赠日使，志同使同舟之雅。午泊派伊特，前寄徐进斋书之地也。船泊中流，为时不久，售物者不获来，此出秘鲁境矣。

二十四日癸卯　早阴，午晴。泊惠爱矶，钱涵生旅殡处，感悼何极。乡人潘节之来，言钱柩回华时所需各费已由杨建勋开发清楚，讵此五十四日，犹在途中也。潘又言前晚地震约十分钟，室中簏橱锁钥自开，屋亦摇摇欲堕，为时既久，势亦甚烈，每年一度，但难定准某季，无缘移避。南墨洲人尚以惠爱矶为极乐世界，果何所见耶？中华分馆馈波罗、椰子，纳之。

前晚地震

二十五日甲辰　晴。西人礼拜仍上下货物，此间西例不严也。跟役阿发购得海蟹数枚，两螯八爪，无异华产，惟壳如霜柿，爪如胭脂，未熟而本色如此，视鸟约之软壳者，又别有致。有鱼盈尺，跃入舟中，汪九得之，欣然以献，略如卫河之回网，头扁须长，无鳞而力甚猛。今日为刘湘浦生日，因令放之中流。饭后为日使画山水册一帧。船将启碇，子刚在窗外絮聒，因黑仆登岸未返也。平生不耐者，闻俗人谈雅事，闻贪吏述政绩，闻村夫作省会音。入夜北风颇摇。

二十六日乙巳　晴。晨起风渐小，中饭后仍能手谈。有英人作贾于惠爱矶者，昨美领事黎士璧介绍来谒。该商现办厄瓜尔多国铁路，自惠爱矶至该国都城仅三百馀迈，而山路崎岖，若无火车，只能马渡，向须八日程，有铁路则两点半钟可达。出观各图尚精细。晚餐后船主述英国近行火葬之法，省却身后无数烦恼，此法本于佛国，近日枯

英国近行火葬之法

14,8,27

僧茶毗欲求舍利，徒存其说而已。秘鲁则穴墙而厝，不知马鬣为何状？殆终岁无雨，故能久支，亦各国风气之别。舟中饭罢，就饭桌吸烟，妇女不避者，亦惟秘鲁至巴拿马船能之，他处几如厉禁。

二十七日丙午　阴雨。刘湘浦谓寓秘三年，久无此境。午后风甚紧，舟行颠簸，天气渐热。有黄雀一枚飞集船樯，大海汪洋，船主亦不解从何而至，鄙意衡之，或是化生之物。

二十八日丁未　晴。未申之交，抵巴拿马岛。泊定乃大雨，旋辍旋作，入夜不止，热不可耐。日使谓往在中国曾阅六经，惟《易》最难谙。余谓不外理、数、象三者。理则随人学识而悟浅深；数却实有可征，精之可以前知，即射覆、藏钩之征，亦皆有验；象则圣人因之以画卦，亦确乎不拔者也。日使谓“飞龙”“潜龙”之义，西人实难索解，殆亦略闻中学而未得门径者欤？ 抵巴拿马

二十九日戊申　晴，热甚。巳初美领事来，促趁潮登岸，否则踩行泥淖甚不便。纽阿连船期无定，仍附哥浪船至鸟约，明日即开行云。当与同舟人言别，饬仆从检拾各物，犒赏船上侍者、水手。正欲起行，日使为公函赠船主，述其好处，属署名，又复少留。船主自驾小轮亲送登岸，美领事导至永和昌。子刚押行李先赴哥浪，本拟即晚乘车去，火车公司已备专车相候矣，因巴拿马诸华商谒留一宿，亦须回拜美领事，遂仍寄拓蒨客寓。夜雨连宵，气候益坏，客寓奇热，劳顿之后，幸能成眠。或言此水逐日

见山，虽失事亦有可依傍，不知有山之处，暗礁林立，每出入口则暗涌不止。航海条规，出入口系船主专责，船主以此水为最难云。

14,9,1

卷七

九月初一日己酉　雨。晨起。八点钟美领事来寓，同赴火车，因头眩不获远送，令伊子代行。途次停车十七次，又分车头牵过高山，遂多走一点钟，抵哥浪。方下行李未半，而风雨暴至，衣簏不免沾濡矣。哥浪华商李乾初，鹤山人，远贾南花旗逾十年矣，其居在佛山，殆近邻也。鸟约莲芳公司陈伯旒已写定船票，船公司以美例近禁华人入口，遂将船价还之，不肯搭载，陈窘甚。余令译官与船主辩论，以此等华商原有任便往来利益，岂能不载，船主谓作为公使跟役则无不可。既缮票矣，余终以华商本可任便往来，不应改易名目，隐似公使庇一私人，复令译官重与申说，乃就范。而此华商其形状衣履又绝类华工，美例固不情，而华人在美工商无别，亦难为之设处。三点半钟展轮，五点半钟晚饭，睡至九点半钟起而觉饿，嚼红绫饼一枚。 美例近禁华人入口

初二日庚戌　晴。广东生齿日繁，产米不敷民食，间遇偏灾即告籴广西，又苦滩河难运。阮文达督粤时，弛洋米入口之禁，乡人赖之。又建学海堂，课士经术词章，咸有成就，遗泽孔长。其时学海堂上梁文为谭玉笙手笔，以“梁卵梯黄”对“虹粉藻棁”，“梁”从木，“梯”从木，当系传写之误，“粱卵娣黄”出《龟策传》，岂谭玉笙未之见耶？今日风浪平稳，舟行七百九十八里。

初三日辛亥　晴，热甚。晚饭后眉月初上，银云欲凉。来船鼓浪而过，亦美公司船也，彼此放气筒相应。今日舟行八百七十七里。

度古巴诸山

初四日壬子　寒露，晴。晨度古巴诸山。晚六点钟至例泊寄书处。塔灯远澈，船仍驶，遥见船桅一灯，不辨为何船也，船主放号火三次三色，此船亦回放一次。海风浪浪，气筒不相闻者，则各燃号火，航海恒规也。十一点钟又遥见一灯，疑为来船，子刚以火有明晦，决为塔灯，若船灯则一光而已。船行近果为钵洛岛，译言鸟巢。

初五日癸丑　晴，热甚。竟日不见山。湘浦述其家藏端砚一枚，琢为琴式，砚材绝美，有冰纹七条，鸜眼十三，恰符徽轸之数。先世当乾隆时开坑所得，子孙永宝，载诸县志。湘浦之族逾二万人，已极蕃衍，又藏兹佳器，宜榜曰琴砚刘家。

初六日甲寅　阴雨。晨起雷声甚烈，舟行入热线度，虽雨犹酷。灯后大风，船极颠簸，莫力侯呕吐狼藉。夜雨不辍，房舱亦漏，然视鸟钵船差胜矣。屡闻船篷放气筒，

14,9,7

昏雾四塞也。风雨交至，又值大雾，行船极难，全恃船主稳练耳。此船主由水手递升，垂三十年，来往此水一百八十三次，船小且旧，而坐客安之。

初七日乙卯　阴雨。风浪极大，早饭懒起，中饭两餐犹强食，颠簸之甚，刀匕杯盘皆倾倒。饭后闲谈，胡床亦倒。船主言六点钟必有北风相激，浪益豪，宜戒备。届时忽见星月雾雨并散，偕湘浦登柁楼看月，则西南风也。船且张帆，哥浪美领事曰再阅三点钟则热线过尽，可以出险，明当陡寒，盖抵美境也。舟有嫠妇，十指只存其三，贫甚，诸客悯之，为集票分掣，得彩者取回十金，馀概予之。余适获隽，尽举以赠，合之得百馀金。

初八日丙辰　晴。西北风，略如吾华高秋天气，船亦稍定矣。舟中一缧绁者，系义大利人，手刃别船大副，因执解回美定罪，以船为美船，然大副亦美籍。哥浪领事押解以行，舟中供顿而防闲之。闻海船行凶，按美律尚可减，较陆地为轻云。今日两点钟船主尽将行客衣箧放入大船，用药熏透，乃准起运登岸，虑巴拿马瘴气传染也。夜月半规，海色苍凉，带水人来导引入口，每费百金，以柁付之，如瞽者之相。 药熏衣物防传染病

初九日丁巳　晴。乘曙光起，日将升矣，景象奇丽。五点钟小食后，医生登舟验视无一病者，遂无留滞。忽烟雾迷蒙，对面不辨，船主频放气筒，不敢急驶，至九点钟时乃见石人像，过此则天气开霁矣。税关来查，颇于华商陈伯旒有难色，译官详与言之，乃无异词。船即抵岸，计

程六千五百二十四里半。徐进斋等自华城来接，傅楙元、顾少逸并在码头相迓，同至领事署少谈而散。进斋留述别后各事，曾照会外部，以余将返美重订前约。外部照复，但将总统批例录送，祝余平安，他无一言。随阅美例，较前约加厉矣，可愤！又闻初三日张东岩病殁，古巴此行仅五月而失两人，可胜痛惜。幸杨建勋已于本月初四抵沪，钱涵生旅榇安归矣。进斋为傅、顾两员借支薪资，征帆甫驻即须会计，自乏肆应才，奈何？电北洋达署代奏自秘返美日期，并差期将满，求署先期奏换。

古巴此行已失两人

初十日戊午　雨。晨起电金、日两署。旋阅总署函，新约正在具疏，因北洋电阻，又资送商禀，属以妥筹。此时美例自行，前议民谣均成画饼。

十一日己未　晴。刘芝使函商请代之事作何辩法，当电复以业电北洋达署先期请派云。梁蓬云电，商新到华工登岸讯未批，乞催外部。又华工四名自金山绕道英属坚弥地省来鸟约，为税关扣留，欲回则英属索人税各五十金，进退维谷。此项华工本有美关护照，且在美境，不应阻拦，惟绕越英属，则美有词。该工禀求领事，当为设法。

十二日庚申　晴。照会美外部返美之期。蓬云电，言美例决难驳，曩谓例必不行，行亦可驳，系借讼图利辈惑民之语云。仲兰先返使馆，当检日来文牍，令带回分别办理。沪局包封递回折子朱批，钦遵恭录咨行。仲兰返美后归思顿窒，总是客心未定耳。刘芝使电，已咨署请代，或可同行。

14,9,13

观耶稣受难图

十三日辛酉　晴。画园主人约观新画，耶稣钉十字架之景，纡绝阴天，极愁云惨黯之状。架旁跪一少年妇，云系娼妓，佩服耶稣，因而改行，故于耶稣被刑时哭泣而送之，此妇续亦为神云。此画工本十万金，观者人各一金，早八点钟至夜一点钟，岁获亦复不少。议绅湾克约乘船游观海口，不果往。

十四日壬戌　雨。容纯甫来谈，允就博文书院席而不愿教读，但愿总其大成，专力技艺一事，欲兼带两学生，而此学生又须津门领给一年薪水，俾在美卒业乃行。

十五日癸亥　晴。张东岩柩如何运送，取道巴拿马径由水路，抑运至鸟约附火车，至金山附船，电陈霭亭妥商办理，身后一切，均准作正开销。梁蓬云电：海上华工案提讯不直，拟上控美都。又寄到《商务刍言》，力沮新约不遗馀力，特废约后如何补救，迄未思之耳。又缕言华工在外洋佣力，较中国获利数倍，会计而衡量之，合一年运回中国银一千馀万。又言出洋华工多不逞，聚则为盗，发捻之前车可鉴云。展转传播，惟恐其说不行，设西人译作洋文，流布各国，则益坚其拒我之志。华工获利之厚，西人久已妒之，何可复为表曝？即无赖之徒，谋食海外，若尽数归国，则为地方之累。余初抵美时，曾密疏言之矣，然此岂宜布诸新闻，授人以柄耶？他日英国挟此为言，恐总署亦无以自解，盖未有广驱丑类入他人之国，而自谋利益者，迹近壑邻，虽强贪之国，亦难自圆其说。

十六日甲子　晴。新约既废，署禁亦可不算，宜乘机结束。因电署一百四十七字，并请拔经费，若署章收回，此间诘驳更无挂碍。外部前月接田贝电，述署意添商三端，巴夏只复以来电收到，未赞一词。美廷已决意行例，姑令田贝一询总署，以自文饰焉已。鸟希湏律师阿卢来谒，为陈善昌求情，呈出陈善昌所致华洋文书函。

十七日乙丑　晴。昨夜霜重，天气稍寒。午后湾克约仙打园嚼鲜蚬，味逊鲜蚝，较难消化。纯甫将代拟新闻稿寄回，博文之席又不愿就。

巴拿马美领事代理华人事

十八日丙寅　晴。郑光禄照会美外部，请以巴拿马美领事代理华人事，系光绪十一年七月二十三日行文，美部复准系九月十七日，巴拿马文武官复准系八月初八日。惟美外部文内援美例，美籍官不准兼充别国职任，亦不能收受薪俸，既为美领事即不能盼可仑比亚国复给文凭认为中国领事。不过中国现未设官，暂借美领事转达之力，遇有华人呈请之件代为出力而已。至于哥浪华商损失索赔之事，即援美例亦不以领事为索赔之官。美遇此等案皆专员办理，美领事只能代讨别国人同有之利益，不能代肩索赔之任，亦不能指实失数云。至巴岛总督复美使文，有美领事代为照料，华人甚为欣悦之语，其如何权利，亦未详言也。子豫函述东岩弥留时，属将积存薪俸交其母妻，慎勿交其昆仲。

十九日丁卯　霜降，雨。沪局包封，总署函件，署意亦虑此约不行，或别出事故，属俟英国禁议之请果能，再行函知，有所依傍，刻晤外部，宜设词缓之云。署意极

14,9,20

慎，无如美竟废约行例，何哉？署函八月初三日发，朝邑不列衔，想已开去一切差使矣。邸钞朝邑折子有“在告日久，本可有可无之菲材”数语，证诸年来际遇，似非然也。

二十日戊辰　晴。古巴、巴拿马有华人二十名回籍，道出金山，税司不准过船，蓬云电控户部得直。推此以驳新例，或有转圜时也。前滞留英美界上之华人四名，易希梁准税关复电，系由波士顿、虾味河、诗家谷三埠首途，均绕英界而抵美境。美例以为出境矣，领事料理殊费唇舌。外部照复回驻美国之文，又请核收赔款。 华人回籍不准过船

二十一日己巳　晴。总署电询美废新约，不允再商，有无明文，速复，以便具牍等因。当缕复之。明晨译发。

二十二日庚午　晴。科律师来晤，与论美廷废新约行新例，未免太不顾邦交。科言总统批例之期只十日，过此不批，议院作为已准，不候之矣，否则批驳。然当总统更替时，其肯拂众心耶？议院之意则疑总署与余串宕久候，则华人乘隙纷来，因毅然自为厉禁。叩以美廷此次立例究以某年约本为凭？立例而不根诸约本，则何事不可？设自立一例，尽杀华人无噍类，总统亦将准之乎？科谓此皆远道迢递之误。余言总署亦谓略有斟酌，暂缓奏请，并非驳煞也。迨院例已呈总统，田贝复询总署准驳消息，总署即与添商三端，并无非此则新约不准之语。乃田贝电美后，总统即就此三端层层披剥，遽废此约，不允再商，岂人情乎？若虑华人乘隙纷来，盍传语公司船，俟定约乃载华

人，固非难事，何必作此拂理之举也。科谓总统若透悉此中底蕴，决不速批，现在赔款照缴，似仍顾睦谊，宜即核收。余谓美廷近状如是，区区赔款尚岌岌收受乎？迟日当拟一照会请代订政，诘问巴夏，科唯唯。为言英使威士贻书寓美之英人助南党，此书漏于外，北党固愤愤，南党亦不怿，意谓南人归南无假他国助力，威士恐不能久于美云。

晚赴格总统夫人之会，子妇四人，杨约翰、士丹佛夫妇均在坐，余偕子刚往赴。席间杨约翰潜言美约中辍，美例自行，各事已频为中国助力。现当美廷易统时，无从着手，总统位定，必有自行悔悟时刻，宜勿露声色，照常办事，照常酬酢为是，斯言近理。因询士丹佛近日仍用华工否？答言现尚三千馀人，此中为难处，骤难剖说，总是士雕鹘作祟，致此抵牾。席散后谈至十一点钟，各别去。

二十三日辛未　阴。英使威士函护南党之事，北党持以为今总统附英之证，否则英使不如是拥戴也。今总统无以自明。巴夏函询威士此函确否？威士答曰有。美即诘问英廷，又电请英廷易使，无非南北争立之见。本日总统在鸟约登台讲说亦及其事，且谓三十六点钟后英使去留便见分晓。又言北党喜华人，南党不喜，如附北党即不能拒华人云。华人寓美十馀万，竟不能自成风气，徒为南北党争立时作一关键，可慨也。

二十四日壬申　阴。午间草疏一折两片，恭报自秘返美情形，为张泰请恤典，巴拿马岛酌派董事各一片。

14,9,25

二十五日癸酉　晴。闷雨两日，忽逢霁色。午后度铁线桥答拜提督阿倾，便道钵仑园。临水静坐，林木将赭，凫鹭出没凉波，天气甚清，树后一方亭中藏酒家，巡捕导往薄酌御寒。连日气滞胃痛，肝气复发，医生屡劝游行，强于服药，惜鸟约可游之地不多。

二十六日甲戌　晴。霭亭电东岩运柩事，美医局已准入口，惟火船公司近不发华人票，无论官商，须与再酌云。当复以查取不发照凭据，以便诘问外部。晡后往唁湾克丁艰，湾克他出，乃郎亲到车前道谢。西人无苫块之礼，母丧未殡，照常奉公。湾克为北党有力人，此数日间纠合争锋，一息不懈。

二十七日乙亥　晴。英使之事，英竟俯就美国，另派使者来替，已足以谢美矣。美外部昨又致英使一函，附以护照，所以逐客者诚亟。美于此事愈着力，愈以明其不附英，以免北党借口也。英使极稳练，使馆相近，往来最密，有此意外，深为惜之。晚九点钟南北党各列队游行，和以军乐，相值于途，因而互斗，伤二十五人。

英国替换大使

二十八日丙子　晴。寓美华人各联宗盟以结党与，咸谓前总领事愤三合会之狂妄，而权力莫压，遂语乡人自立堂名，毋蹈覆辙，微寓合纵连衡之意。于是刘、关、张、赵四姓援三国演义而自为龙冈公所，榜曰“名义堂”，已觉遥遥华胄矣。有高姓者约百馀人，自为一堂，供奉高柴。苏姓一堂约百十人，供奉苏轼。曹姓百十人，供奉曹植。真可发噱。

华人各自结党

二十九日丁丑　晴。金山臬司批海上华工不准登岸，案判甚长。本月十四日北京船来，续到华工百人，税关仍嗔令回华。香港包揽局只知人取百七十金，及不克诞登而回，索押头钱则又支吾不予，乡愚无知，被害殊惨。此船经领事与臬司辩论，得上岸者五十六人。美廷废约行例之始，自必加酷，无论如何讼争，恐骤难取赢。连日气滞不舒，美廷易统之际，是非甚多，总宜退避，因如医生之言，薄游哈佛，访容纯甫。四点钟登车，适与布琅值，车中可免寂寞。六点钟经鸟希渍就后车晚饭，饭罢即抵哈佛矣。乘马车至纯甫寓楼下榻。

三十日戊寅　早起，凭窗遐瞩，风景清凉，无城市气，无车马声，大可习静。早饭后阴雨至晡。北党拟今日合队，因雨而止。检金山臬司判牍及陈善昌控案洋文，属纯甫译说。晚晴甚佳，夜大风，林木振响，星斗澈霄，明日意必无雨，可跨游车。纯甫为购销滞药水，饭后吸半匙，仍和水加糖，颇有效。

十月初一日己卯　晴。都中颁朔之期，春间疏请宪书六十本，已蒙俞允，道远不知何时奉到。早饭后偕纯甫、湘浦赴花门顿就客寓午饭，前年柏立避暑处也。沿路所经山湖三叠，澄泫鉴人，长林已霜，孤松特翠，回镳暮矣。散步园外，殊有桑者闲闲之致。纯甫尚于灯下课子，以英文译腊丁文，两子极俊且勤，以貌取人，当系华产。

初二日庚辰　晴。纯甫偕访其邻人看菊，几二百种。主人只一子，夏间乘独轮车颠陨，西俗每令童稚习劳，而

14,10,3

往往有惨事。今日北党出队，观者甚众。此数日间南北党争立，稍有关涉者，即招口舌，英使误涉其事，至为美逐，墨使亦有类此一事，乃直答以公使不应干预，而将来往书函并送外部，论者嘉其有识。余谓此等书函驳斥之可耳，必送外部，未免过于见好。

初三日辛巳　阴。假纯甫《骈字类编》一部，聊供獭祭，哈佛藏有此书，已出意外。纯甫谓天一阁书籍间存伦敦书院，索还则难，若假以翻刻，则无不可云。十二点钟附车回鸟约，纯甫相送至车头，匆匆即返，盖南北党投筹之日也。北党人众，何差纯甫一筹？承检池州铅矿质交余融化，不知成色何如？三点半钟抵鸟约，天气晴煦。各党投筹，电报络绎，又于五大街设高台，用电光映照各路筹数，卖新闻者纷扰于途。富家巨室，大为酒宴，广邀同党，以听消息。

南北党选举日

初四日壬午　立冬，晴。梁蓬云来，言华人乐美新例，意谓总统苟易北党，则新例必不行，殆非真乐之，但冀其不行耳。顷美总统已举定哈利顺，北党也，或当别开生面。午后徇北党之约，为钵仑铁桥之行，北党得意时，所遇皆北。

初五日癸未　雨。游员请借薪水。经费自本年二月起至明年二月未抵美以前，既离美以后，均由美署应付核与署奏，暂在各使馆借支之意，微有未符，因电署请示，且及美廷举代事，共四十四字。

两党门户之见益牢

初六日甲申　雨。美廷易统之际，两党门户之见益牢。各省投筹均以该省人民之数以定投筹之数，惟华盛顿都城不在邦属之列，故居民不预投筹，定例然也。前晚企俚扶轮约各部眷属在美宫候信，子丑之交，知北党多六十七筹，索然而散。

初七日乙酉　雨。总署拨汇使费二万两，并属将游员借款扣定，应支之数，随时酌给。此间使费既绌，游员舍此又别无移借处，查照署奏，只合笼统借支，无缘扣定。款目借过若干，应由总署扣算。

使费支绌

初八日丙戌　晴。使费支绌，合之存项，不满三万金，距差满之期尚有五月，岂能无米为炊？假之银行，却非所愿，然门面又不得不支持，所有六署房租、洋员、洋仆薪工，设靳予势必播诸日报，贻笑外人，故当先其所急。至参领各员冬俸，只可暂停，俟差满回华，总署当必补领。然此数月间总署若无续拨之款，则各员归装无着，其将餐毡殊域乎？抑株待后任乎？去国数万里，颇费踌躇。年来镑价腾贵，每库平银一百两，仅易美银一百零九元或一百十一元，外洋日用、饮食无一不昂，随使各员俸薪减成，已有捉襟见肘之势，当纷求奏带时更不料有今日之境。又况涉历风涛，蒙犯瘴疠，鉴于钱涵生、张东岩前辙，何堪设想也？陈副宪任内镑价每库平银一百两能易美银一百三四十元，郑光禄任内镑价渐高，始则有陈副宪移交之项，续则商亏赔款抵拨之项，银价均不吃亏。然则随使风味，亦有幸有不幸，视乎其时而已。此中情形，当详为总署言之。

初九日丁亥　晴。鸟约菊花会，主人合十二种为一盆以赠，大者如盆盂，佳色可爱，拟携回华城，火车无安顿处，遂转以赠人。午饭后正拟登车，格总统之子来别，旋即就道。九点十二分钟抵署，此行逾半年矣。 14,10,9 菊花会

初十日戊子　晴。率从官恭祝皇太后万寿，游历两员随班行礼。早晚为酒醴相庆，殊方食品无以娱客，宜灌夫之数数也。邻人知余返署，频来问候，且有馈遗，因答拜之。谈臣来，订后日五点钟观传话机器。

十一日已丑　晴。傅楙元所示《米西斯比河考》，河源甚详，治法稍略。顾少逸《日本新政考》二卷，所述日本有海电，通至香港、上海、新架坡、旧金山、琉球，殆夸诞之词。日本水电接至香港，皆他国商人营办，更无水线达旧金山。此时金山传电仍由旱线至鸟约，渡水总汇于英国伦敦，与日本无预也。去年檀使方欲联中、美、日本、檀香山制一太平洋水电，费巨无成。乃谓日本有海线至旧金山，抑何可笑。海外记载，宜折其浮夸，考其利病，庶不致以耳为目。午后访科律师家、前察院威地家，谈臣、柏立、英使，均久谈，墨馆投刺而已。英使行色匆匆，拍卖什物，即便起程，述美廷不情之举，并未与巴夏相见，日报之言不确也。墨使馆剪寄新闻纸，言美告墨廷不准华人假道，墨不允云。 海外记载宜折浮夸

十二日庚寅　雨。外部文，言米苏利省坚沙士官医赞费函称，有华人永利患疯，其产业约值四五百金，别有数华人拟为承领，恐不殷实，请酌复。当照行鸟约领事查明

办理。今日两点钟英前专使詹卜纶娶兵部女恩梯特为室，美总统往贺，英使却未往，两家均不发帖，余更省此酬应耳。谭子刚电本日登舟往古巴，须五日始达。本谓纽阿连取道较近，仍须五日，则不如鸟约尚省两日车行之烦。科律师由墨回美，假道古巴，因电属霭亭为之照料。五点钟谈臣偕友携传话机器来署试验，以足蹙机，以皮管附于小柱，就管发言。下有纸筒，别贯一铜管，其纸筒以药水炼成，质薄而轻，上边铜管动则纸筒擦出黑粉无算，所传之话即在纸筒内，取筒寄远则声音宛如。然必两家均有此器，始能相应。每器只索百金，拟购两架，骤不能得。此种新法，亦从德律风悟来，其为用似逊电线，而强于德律风。曩闻陈副宪谓美有此器，今始见之，犹是不全不备。

传声筒

十三日辛卯　晴。朝鲜朴使奉撤归国，托病遣书记官李商在持手版告别，馈红白参各一匣，清心丸一包。朴使在美却无跋扈气，特矫诈误国耳，韩廷以撤回为解，然往返浪费不赀，殊无谓也。正与李商在笔谈，适两英人持曾劼侯荐书访参赞随员，欲考中国语言文字及西人不能道之字，有心求学，然非英人也。饭后往外部，诘问巴夏议院新例凭何约而立，巴夏托言事前从未寓目，而检总署前年致美、英两使照会刊本相示，谓议院此例系仰体总署之意，必以为然云。

十四日壬辰　晴。朴使屡馈红参，于其行也，酬以江绸一匹，为书送之，并电署。午后拜察院梅拉、布勒持佛，又访倭使一谈。返署则传话机器人复来，因荐之

14,10,15

北洋。

十五日癸巳　阴。中饭毕，为苏遮士龛之游，寒林黄落，颇有萧森之致。访律师哈伦乡居，遇现举总统哈利顺之妻父，年八十九矣，尚强健。坐客皆北党，有询余曰美国总统愿北党乎？南党乎？余答曰此非使者所应干预，然鄙意极欲恭惟今总统企俚扶轮，但虑如英使之被逐耳，坐客皆胡卢。主人留款午饭，又赠菊花归。

使者不干内政

十六日甲午　雨。前日朴使函报归国及留驻衔名，当令参赞将光绪八年三月二十八日韩王致美廷照会申明藩服中国之说钞与阅看。朴复参赞书，言到美既呈报，归国亦应照办，但津约前后三端，却无归国呈报之条，故应函呈，庶无碍于事理。朴之狡辩，层出不穷，津约各款，朴岂概遵乎？其言尚顺，姑予照咨。昨托参赞寄与金银五枚，属购竹沥姜二斤、干姜三斤，寄来美署。朴允代购，而不肯领价，其复书曰：设有奉求中国药饵，其能收此价乎？造词甚婉。朴使行矣，乘兴而来，兴尽而返，徒费一番笔舌。日使函送游历护照各一纸，即转送傅、顾，又杨约翰赴欧洲，贻书言别，当缕答之。

十七日乙未　晴。秘使送到游历护照，两员合一纸。本日发傅楙元、顾少逸借款，供其游历。法使自欧洲回，晤谈皆如常，惟以英使补逐，不无怏怏。询余在华城过冬否？意亦虑有芥蒂于美也。朝鲜代办李夏荣求谒，未晤。

十八日丙申　晴。外部照复米苏利省之案，候鸟约领事查理。旋得希梁书，言遍询寓鸟华人，不知永利之事，贻书米苏利省查明再复。美国境内各口船期，邮政部每月刊送一单，金山船期别刊一单，以便使署邮书也。游员访古巴，船期即以此单付之选订。晡时倭使陆奥宗光来谈，因约其二十一日七点钟饫华馔，补予一柬。

船期每月刊送

十九日丁酉 小雪，晴。各埠华董之得力者，例奖以功牌，不逾六品，因刊刷式样，以备差满时酌给之。波斯初次遣使来美，而其通中国则最久。波使来访，屡屡皆值他出，参赞彭小圃曾于朴使处晤之，为述殷勤，当往答拜，不遇。瑞、法两使亦不遇。至智使署一谈，智使初到，英语尚聱牙也。比邻毕顿客夏避暑，浴于海堧，几淹毙，阅两时乃苏，今夏竟死矣，顺道存问其家。英使拍卖什物已竣，贻书来别。

二十日戊戌 阴。英使去非其罪，深为叹惜，今晨特赴车头相送，法使、日使暨余三人而已。美部则水师大臣汨尼之妻，馀却漠然。美俗向无迎送之礼，各驻使亦各不相送，英使此去为美迫逐，固非寻常归国比也。詹使挈妇同车，避人先发，燕尔言旋，意味迥殊矣。未正访巴夏，商禁火油。巴夏问中国欲禁民间不用，抑禁洋商不运？余答以禁民间不用，此其末也，必须洋商无此油入口，民间乃不禁而自绝。巴夏谓火油贩运中国，俄商亦有，不独美商。余答以俄商路远不如美商之近，然销广东者大约纯是美商。此时商禁亦自广东始，因频遭火患，光绪八年连烧数街，损失赀财千百万，上年烧一火船，毙命七百馀，广东遂奏请禁止，总理衙门令我来商。巴夏谓此事煞有关

美俗向无迎送之礼

火油贩运中国不独美商

14,10,21

系。余答以即备照会候复。巴夏唯唯。又询其考究行船防险会各国已否派人来美，巴夏谓届时当必专员来此，亦极要紧事，中国专员来则更佳，否则请公使赴会，余答以咨商总署酌夺。

二十一日己亥　阴。纯甫函商美国人威露健臣在美都综领技艺牌照事，垂二十五年，欲与偕赴中国天津技艺院添设领牌照局一事，就各国办法，折衷一是，必可取信天下。使领牌照者源源而来，不特拓华民识见，且使环球奇巧之物，踊跃运华，不费丝毫之赀，每年且得牌照费甚巨，一举两善云。纯甫饶有思致，惟于中西情形尚隔膜，往往能言不能行，此其一也。今午秘使前邮部亚倾先后来谈。晚七点钟倭使陆奥来会，与傅、顾两员同为右客，席间问答，进斋代为英语，时或笔谈。倭使以前赠徐孙麒诗见示，依韵答之。又絮絮述长崎械斗事，诿为小民无知，无预邦交之要，力求联络，意亦良善。傅、顾盛言倭为天堂，美为地狱，故特延倭使共食。且以余初抵美时倭前使九鬼曾为余设馔，故酬之也。傅、顾与倭使曾识面，而绝不交谈。

二十二日庚子　阴。答拜秘使，又赴察院梅拉处谈天，梅拉亦以美廷近逐英使、禁华工为不合，两事既行而总统乃属北党，徒供笑柄云。巴夏全眷将回住乡中，殆与总统为去留者，民政之国，一解政柄便如平民，总统亦何莫不然。夜大风。

二十三日辛丑　雪。照会巴夏禁贩火油入中国。电询傅烈秘，美例行后，来美华工提质公堂，能否准其入境，抑准其假道檀香山、域多利等处谋生，抑必须全载回华。刘伟臣函言，秘外部又有招华工之请，已婉却，以杜希猷埠办理尚多轇轕，刻无可商。

秘外部又招华工

二十四日壬寅　阴。朴定阳行抵金山病甚，或曰朴因中国撤黜德尼，断其通美之线，以致愤恚成疾，其臆度之词乎？英使去美后，英议院询宰相何日派员接替，宰相答以从缓，或俟美廷禅代后再派耶。然美之轻薄者乃播为日报，谓今总统必将驻英美使撤回，盖激之也。美英虽有违言，尚不致交绝使命。顷傅烈秘电复，新例行后，华工到金借提票登岸者一百十九人，不准假道，载回中国三十八人，续经户部准往别埠者八十二人。

二十五日癸卯　阴晴不定。巴西代办送到游员护照。外国旗式最为郑重，颜色绘画咸有等差，亦有官商之别。美则有总统旗识、水师部旗识、水师提督及部下各官旗识，商旗则一律也。英官书局温士德送阅现刊各式，请余鉴定，所刊龙旗绘画未精，缺去红珠，其兵衣所缀之方块则绘一猕猴，尤误也。因属参赞检查《会典》，别绘一纸示之。又诸国皆无朝鲜，亦并告官书局补刊。晚至邻人益鹡处闲谈，偶及英伦孕妇近多被人剖胎致毙，凶手迄不获案，或曰医者欲得胎以配药。进斋谓此即吾华采生折割之害，此邪祟也，例所必惩。姚祝彭已附西医之林，叩以医者取胎配何药，姚力言医者断不为此，指天誓日，词色悻悻，坐客咸揶揄之。

14,10,26 美俗酬神之日

二十六日甲辰　晴。美俗酬神之日，洋员放假一天。后邻皮槎约晚餐。皮槎，南党也，谓南北花旗战事后乃有酬神之典，南党人不应欢乐。续询柏立，谓此风由来久矣，但始自三两省，近则举国皆然，亦必于西十一月末之礼拜四，总统循例宣谕，实有常期也。科律师自墨西哥取道古巴回美，顷来晤，述古巴领署东道之厚，代携子豫一函，两领事并于本月二十五日交接篆务。科劝早收赔款，否则议绅之无理者或竟改议，恐未必然也。

二十七日乙巳　晴。谭子刚十七日抵古巴，途经纽阿连。船小如鸟约之摆渡，本三日可到，延至五日，沿途泊岸两次，水程不及覃坝之速，惟覃坝近有黄疫，禁止车船云。游员已自订覃坝船票，即令参赞转告之，听其自酌。中饭后复蔡毅约长笺，又致香帅书，论新约始末。晚赴科律师之约，家人妇子言笑自若，科力劝无因废约而闷，曩出使西班牙，亦有此窘，意外之事，度外置之，忧愤无济也。又述墨使询中墨立约事，余曰美约悉有所本，尚如是沓拖，何可更订墨约，且俟诸后来者。

二十八日丙午　晴。美总领事柯林臣，诚悫有用之才，任巴拿马六年，行年六十矣。美廷南北分党，不惜以此才置之瘴乡，虽哥浪、巴拿马两岛亦美之近邻要地，然劳逸宜均也。科律师与新总统厚，昨曾托之代言，柯林臣或能量移乎？咘嗟前任外部时，不准英兵船泊哥浪，英廷答之曰：该口泊英船系在美国未开创之前，咘嗟语塞。比者纷传外部仍属咘嗟，恐各国口舌不仅英船一事。

二十九日丁未　晴。傅、顾取道覃坝赴古巴，海道甚近。巳初起行，进斋、静山送至火车头，余送至门，仍令差弁至火车房照料。

议院开议之日

十一月初一日戊申　晴。议院开议之日，向例外部贻书知会各使，随意往观。今年余决意不往，各使亦无一往者，外部漏未函告也。总统谕文甚冗，愤闷之气溢于行间，其言中美新约废自中国，尤谬。然韩事究未论及，六月津电所虑已免矣。

初二日己酉　晴。科律师来，谈总统谕文，余叩以中国废约之说，总署已给田使照会乎？抑余曾予外部照会乎？美廷并未得中国明文而谓中国废约，其理安在？科言中国不准即是废约。余言总署系添商，并非不准，当时议院可添，总署独不可添乎？科言议院系核准此约而添，总署系未核准而添，情事自异。此时新约无可再商，新例亦难驳改，只有照收赔款，尚不致被害之华人吃亏，此次赔款与洛案一例，无所用其踌躇。余谓无论美例如何，总须请旨定夺，科以为然。又携交鸟约富人秘什所赠玉器图映本，计百十种，半多华器。

初三日庚戌　晴。华人永利一案，金山副领事傅烈秘已为办妥，送之回华，外部将来文请余署名，亦通例也。午后答拜新任大将军士哥飞儿，绅士挨林士、阿希及坚弥地眷属，水师部、户部。

中国口岸来美税货

初四日辛亥　大雪，晴。金山领署查复旧年自中国口岸来美税货：白米共税银八十四万零三百六十一元三角二

14,11,5

仙，丝绸共税银十四万九千八百四十一元，鸦片烟税银七十五万四千零六十元。中美续约华人不能运鸦片入美境，此项或系过境之税，非入口税，否则华人托名洋商者也，他项货物却甚寥寥。晚访科律师、倭使，均不遇。

初五日壬子　晴。议绅多福为巴士函求赔款成头，持示科律师，言例所应得，然数目不应如是之巨，拟代告巴士，而为余复多福一书。午后拜客之便，顺访多福，亦言及此，多福为巴士稔交也。又至前邮部阿京洋员柏立处一谈，柏立感风寒颇重，劝以暂憩数日，不必来署。晚访科医生，又至士蔑处茶话，士蔑曾渡北冰洋，留滞两年而归。坐有北冰洋弩矢，又踏冰鞋一双，长约二尺馀，状类小艇，头圆尾尖，以兽筋为之，其图绘冰山之状，则坊刻可购也。

初六日癸丑　晴。湘浦、霭亭自鸟约来，询张东岩身后及运柩各事，均妥。东岩有仆鲍升，涞水人，随同回华。晡后拜客八处，晤议院莺歌。

初七日甲寅　阴，雾。希特国，古巴之近邻，比日奸民为乱，逐其总统出居于外。乱党购军器于美洲，美船运送，希特执之，美不允，调水师三船前往勒还。聚讼数日，希使与外部订以三十万金作质，限日交还，美诚恃强凌弱矣。船为乱党运送军器，希特拘留不背公法，乃如是狂横，颇不可解。此中或别有故，晤希使当询之。 美恃强凌弱

初八日乙卯　雾。为张东岩运送事赴鸟约，为筹拨赀装，进斋、湘浦、霭亭同行。酉初抵领事署，途次大雾。

初九日丙辰　雨。沪局包封，总署准礼部文行封开印信日期，余今春奏请也，即分行各署。北洋函复，美约之事以发自郑光禄，定于总署，余蒙不白之冤，拟以韩平原忠于谋国，谬于谋身，又为余转电总署求代，而于美约已废美例自行并不提及，或不愿尽言之也。许竹筼函言粤游主于香帅，曾为余缓颊，而欲余将现在寓美人数与之订限，新来者必俟有缺，旧在者听其往来，不必再定年数，命意甚善。无如美自庚辰续约后，即断新来之路，现所往来者，皆恃美例关照为凭，若果人照相符，尚不致如是龃龉。且此中数目，领事署向无册档，又安得而核其实数哉？此中难处，竹筼亦未身历，然其谊可感，暇当详告之。午后赴格总统家茶话，格总统之子有驻华公使之信。灯时银行布琅、秘什来访，约明晚观剧。

初十日丁巳　晴。曩阅《申报》，刊黎莼斋疏请建复少时文社会课折子，顷准钞咨，谢疏有“轻议祠祀，镌秩三级”之语，或即此事，部章綦严，可畏也。沪关拨解总署垫款，所扣汇费现准将希九养赡一款解回，谓可作正开销。芜关一款，谓由道赔缴，余不愿累之，俟其解到仍即寄还。湘浦为霭亭作生日不果，今晚适有秘什观剧之约，遂偕往以补其意。

沪关拨解总署垫款

十一日戊午　晴。芝使函，以美约垂成而废为惜，而未及英廷援照请禁之说，即复询之，寄去腌菜两坛。芝使现赴巴黎，仍返伦敦度岁。

十二日己未　阴寒。鸟约制造鼻烟甚得法，而味总不

14,11,13

佳，检自用鼻烟付之照制，色味亦逊。午后蜡偶院观蜡偶弈，进斋初与对局而负，景卿继之亦负，续一西人与弈，构思甚专，为时甚久，而仍败去，难测其妙。蜡偶为埃及装束，蟠坐一桌，棋枰置于膝，左手持印度烟袋，右手举棋。每有妙着辄自点头，若甚得意，间遇难应之子亦点头，若甚费踌躇者，沉吟半晌而下，既下则神理舒徐，隐自立于不败之地也。客或误下一子则摇头，俟客复下子乃应，客或悔着亦然。所弈两种，一为黄黑圆子，不类吾华之弈；一为两军对垒，有王、有后、有相、有炮马，略如吾华象戏。蜡偶随手运动，棋路固无参差，即遇国手亦无能取胜，诚莫名其妙。弈毕视观胸次机杼，密如蜂房，座下亦皆机器手持之，烟袋则电筒也。此种奇巧固非电机不可，然何以能肆应不穷，殊难悬揣。或曰楼下另一活人秋储之亚，楼上下一子，则电气通于下，客行何度，楼下即掣机应之，故鲜不如意。然观蜡偶之坐，可以前后挪移，桌下又垫一毡，似无从透电于楼下。或曰蜡偶腹中别藏一人，则尤不然，微论蜡人胸次纯是机杼，即此五尺之身，亦难孕裹一人在内。设有国手，每局必胜者，亦不肯埋头床下，为蜡偶捉刀矣。展转思之，不能得其要领。蜡偶院中新绘铁线桥油画，亦佳。 观蜡偶弈

十三日庚申　阴。湘浦自秘署请假回籍补制，相将来美。适霭亭亦有回华之行，结伴同去。鲍升护送张东岩旅榇回旗，例给盘川外另赏五十金，别予廿金，属到京后为东岩设供。

十四日辛酉　阴寒。访秘什，观玉器至数十种，非极精美。内白玉雕瓶三器尚佳，青玉笔筒雕镂甚工，质本不良，似无足贵，如意三柄亦不佳，翡翠六七种，皆小品，仅白菜小瓶一器尚相类，其质究粗，移制他器，则不合耳。西人搜罗如此之富，亦殊不易。又铜器数十，大都无款识，然不伪也。珐琅诸器却多前明之物。秘什室庐宏敞，近挈眷寓巴黎，久将旧藏诸器什袭，顷以余索观，重烦检拾。又导登楼房阅日本刀百馀种，装饰极华赡，刀有波纹者只一耳，尤物本难数观也。返寓少憩，赴巴庐晚餐。何天爵方自吾华回，适与共饮，为述李傅相夏间卧病逾三月，谈者颇以为忧，近已霍然，去来均未得晤，惟于都下数与曾劼侯往还。又言今夏京城甚热，不知夏雨应时否，近阅邸报，永定河工则已告竣。何天爵撤差后三次赴华，所谋迄不就，却自忘其劳也。

永定河工已告竣

十五日壬戌　雨。译就总统谕文寄总署。今年此谕多及外交，猥以废约一事，强词文饰，欲盖弥彰矣。

十六日癸亥　晴。博物院添建层楼落成之日，折柬相招，因乘格总统家午会之便，顺道往观。陈设古器甚夥，古玻璃器千百种，多有可观。时日已晡，不及遍览，甫出门遇和兰使，略寒暄而散。归途寒甚。至巴庐寓投刺，不及访之也。

巴拿马运河停工

十七日甲子　晴。巴拿马浚河之役功未及半，曩闻法廷有拨款照办之说。前晚晤何天爵，言此役已停，法廷不能助。盖篱石兴役时，美曾询法以官办商办？法答以商

14,11,18

办，官不预闻，故刻难前后异议也。若当时法廷欲办，则美不允之耳。此为南北花旗关键，美固不愿榻侧有人鼾睡也。今日天气甚寒，晚十一点钟车回华城。

十八日乙丑　晴。卯初起，寒林凉月，景色萧寂。美署幸无事。晚赴巴夏之会，与德使，瑞典、瑞威两使同席，酒馔并美，子初散。

十九日丙寅　晴。长至节，率属官望阙朝贺，早晚并为酒宴，与同僚共饮。又往西人货郎店随意购一二玩物。

二十日丁卯　晴。槐花园五案赔款，九月间外部照会代收，猥以美约中辍，亦遂置之，然究非使者所得专也。美将改岁，顷电署代奏请旨饬遵，并一面照复外部了此葛藤。晡后答拜中墨洲梗稻拉士国公使、倭参赞。

二十一日戊辰　晴。秘鲁之役，往返几半年，检视书画簏尚无恙。晡后至佐知，探便道后山茶话。晚饭后赴外部宅听琴歌并谢酒宴。

二十二日己巳　晴。有客馈花树一株，叶如桂而厚，花则密缀有珠，云自英伦来，戏名之曰“珠树”，客窗清供，慰情聊胜。格长公子、科律师先后来谈，曩闻蓬云言华人乐美新例，因令湘浦便道采访。

二十三日庚午　晴。耶稣生日，西俗以为佳节，距吾华冬至后四日，以西俗今年闰日也。美当南北授受之际，人情散涣，美都岁事亦自萧条，朋旧馈遗依然络绎，俗尚然也。北党已举定哈利顺，近有讹其被刺者，总是异党之所为耳。署电复询新约未批准，美廷何以请收赔款等因， 圣诞节总署似未见总统批谕议院报章也。窃意田贝必已送阅，故二十日去电未详言。

二十四日辛未　晴。复署电，以新约无可再商，各案赔款二十七万馀，美究难赖，新约废后，议院另案议准，午后译发。希九书言日廷各部又将更换，谟烈近已投闲，日政又一变也。绪芝山患疟，归思甚切，因法馆有伴回华，急欲起程，距差满不逾三月，甚不解其如是之急。

二十五日壬申　早雨。昨夜补睡尚酣，特咳嗽发热，感冒仍未退，晨起延医诊视，留方而去。南党有为善会者，户部总办郁文董其事，良家子女登场演剧，有一女孩仅五龄，跳舞应节，欧洲能手无以过之。今日阴晴无定，虹见，尤怪。

二十六日癸酉　晴。科医来诊，谓感冒已退，可勿药，然神理究疲苶。舍路华商电催收发赔款。

二十七日甲戌　晴。午后赴鸦灵顿客寓答拜副提督科露臣，少坐仍乏，巴夏赠远镜一枚，为书谢之。

二十八日乙亥　阴。昨复咳嗽，似复感矣。杜门静憩，或当渐痊。

二十九日丙子　阴雾。寒疾未除，托进斋别请一医，宜有速效。

三十日丁丑　晴。美洲日食，太平洋滨皆见，美都却

西历元旦　不见也。西历岁旦总统仍接见宾客，十一点钟扶病赴之，至外部宅略坐片刻。返寓中饭，少憩仍赴各部及诸察院、上下院掌院、议绅、水师提督处计二十二家，陆师大将军

14,12,1

适鼓哀弦，不见客，馀亦间有杜门者。周旋尚遍，初念不及此也。

十二月初一日戊寅　晴。美约中辍，久拟疏陈，属稿未妥，晨起复详订之。寒疾未瘳，弥形委顿。湘浦已抵金山，吕洁卿为之医调颇效，下一水船始返。

初二日己卯　晴。晨得署电："奉旨：张荫桓电已悉，美缴赔款，着照所请行。钦此。冬。"当付参赞恭录，照会外部。新约已废，赔款仍缴，亦足以间执谗慝之口。

初三日庚辰　晴。华人乐美新例之说，蓬云言之凿凿，昨电催补具公牍，以便奏咨。蓬云复电乃谓所述狂言不足芥意，以极关键语而欲妄言妄听乎？给外部文，钤印送去，洛案成式也。

初四日辛巳　雨。沪关电解经费，当即电复。晚接外部文，订交收赔款之期。

初五日壬午　阴。昨夜大风，似欲酿雪，晨起乃无雪意。咳嗽渐痊，拟勿药，只杜门静摄而已。陈善昌控封容纯甫产业一案，沪关并未详诘，但因美翻译易孟士言欲托美使转达总署核办之语，乃密禀达余，几于谈虎色变。此案华人自相构讼，与美官何干，美使岂能干预？凡事在成见，便多轩轾。语曰"公生明"，信然。

初六日癸未　晴。杜门数日，今午强起，酬应诸察院公会，又答拜波斯公使，久谈，略答其造访五次之勤也。波斯初遣使至美，而其参赞能为英语，无须雇请美人，诚为难事。询其通好之国，则英、法、俄、德、义、美均有驻使矣。其意甚欲与中国通好，亦以同在亚洲，自汉即有往来，自较欧墨诸洲声气为近。

波斯意欲与华通好

初七日甲申 晴。刘芝使函复英属澳大利亚之美利滨、雪黎等埠，收华人入境身税人各十镑，曾于客冬驳令革除。今春阿富汗轮船由港载运华工，至埠不得登岸，又经照会外部速除此禁，外部均已照办。惟澳属议院不允，并欲援美约禁止二十年，坚请英廷与中国立约议禁。当驳以中英条约并无此例。争论数月，英亦自知理屈，然不能檄令澳属遵办。忽于七月停议，潜告驻华公使与总署商请立约，署允立章未允议禁。现在澳洲如何议复，未知其详，因英部久不与议，未便通问。又游历英法四员、义日葡瑞两员薪资均已借支，游员孔昭乾触发疯病，旅殁英伦云。本日西班牙电报王宫炸药窃发，幸君后冲主均无恙，亦未伤及宫人，惟窗户玻璃尽碎，此乱党之所为，欲改民政乎？西班牙部臣屡易，此中必有甚不得已者耳。晡时酬应公会六处。

西班牙王宫爆炸

初八日乙酉 雨。晨起啜腊八粥。午后拜发折子，交李学庵包封附递。复为各部公会牵缀，自晡至灯时而了。日署随员绪芝山患病思归，延希九代请销差公文，去志已坚，不解何故，姑为文寄交希九，仍属以留，俟差满乃行。

初九日丙戌 晴。昨发包封，漏却总署公函，早起忆及，令李学庵补缮，函告沪局并递。美国亦有拐人勒赎之

美亦有拐人勒赎案

14,12,10

案，多系妇女假占算售零物为名，入人室庐，见人家幼稚即设法拐诱至荒僻之境，勒赀收赎，可骇也。今日酬应上议院公会十五处，晚赴科律师寓长谈。

初十日丁亥　晴。午正赴外部，照收赔款二十七万六千六百一十九元七角五仙。签字四纸，一付外部、一存户部、一寄田使、一自存。去年收洛案赔款却无与田使事，此次添田使一纸，或美廷属达总署，亦以当日索赔时总署曾给田贝照会耶？然收文迄无只字牵涉废约，所谓另案赔偿，无关约款也。收讫即电署代奏。晡时复赴公会七处，晚赴水师部，子正返寓。

十一日戊子　晴。本日总统夫人见客，循例往见，顺道答拜一水师官，曾游吾华者。晚赴户部公宴，进斋同席，英、法参赞暨主人亲串共十六人。

十二日己丑　晴。美都冬行春令，今晨闻有在礼拜堂无故眩倒者，大约士颠气之害也。初八日晡时忽起旋风，自边施云弥亚省至英属界大瀑止，伤三百馀人，毙百人，沥定埠织机厂四层楼尽倒，大瀑桥亦毁其一。美都是日只乍雨乍晴，不觉有风，而该省乃有此奇灾。风行极速，幸只一线，不致横扫耳。后邻郁文约听乐，有吹气为歌洞中音节之人，深檐文厦，其声较远，亦奇技也。晚赴外部宅一周旋。

十三日庚寅　晴。粤人李云台控何子刚之案，曩交湘浦查理，此次赴秘，诸同乡复为何子刚辩白，通惠公所递有公禀，大约此案何子刚经手账目容有轇轕，至黎氏之死无踪迹，却非何子刚谋害，公禀亦言之详矣。以钱债而牵及人命，粤中坐此讼累者茫无了期，为据公禀咨粤督行县立案，或免滋讼也。英人代秘鲁建铁路开矿山之事，聚讼经年，秘总统与各部均署押转发议院，诸议绅不置一词，原件奉还。各部不安于位，纷纷求退，总统不准，复檄议院。西历正月一号再集议，民情不悦，群哗秘宫之前，又欲毁拆英人住房，军兵弹压而止。此议中辍，则秘廷永无清偿国债时，而民志不齐，亦有难乎强办者，殊乏两全之策。酬应诸察院公会七处。华民上控新例不准关照之案，美察院已批准西三月十一号提审，布勒持佛特相告语。

十四日辛卯　阴。巴拿马浚河之役既辍，工人无所归，肆为抢掠，美领事柯林臣属华商勿多存银物，幸诸华商尚未被抢。昨询可仑比亚公使，乃谓此役暂停，仍须续办，篱石已返法都重集股份云。

十五日壬辰　雨。科律师钞送美例四款：第一款，不准美国人招徕他国人订立合同来美佣工，并不准设法协助来美，违者照犯法论；第二款，声明此项合同一切视为废纸；第三款，凡立此项合同者，罚银一千元；第四款，禁船户运载此项工人来美，违者按所载名数，每名罚银五百元。此例系西历一千八百八十五年二月二十六号立，载在美国律书第二十三卷三百八十二页、三百八十三页。申初答拜科律师，补交赔款酬劳诸费，顺道赴各部公会。

禁招外国人来美佣工

十六日癸巳　雨。美国航海会，英嗤其所议未备，不允赴，或遂中止矣。然美犹展至明年九月，已分致各国驻

14,12,17

使云。午后酬应上议院公会十二处，九点钟赴总统会，力侯、祝彭相从，十点钟先返，客仍拥挤。

十七日甲午　晴。美例行后，古巴华人假道回华者，轮船不敢装载，拟稿与外部辩论。午后科律师来面订，并代查户部，知税关别无专札，但奉部行新例而已。火车公司亦以此事禀商户部，顷予外部照会，实维其时。晚赴科律师寓，省视其母，甫从乡中来也。

十八日乙未　晴。随员许静山忽动春闱之兴，距差期不三月，前劳可念，因给札回华，购买中西学堂书籍，可免扣资俸，如其获售固所欣慰，否亦不碍保举章程，并为专咨礼部。海外公车罕见之事，然水程计之仅一月馀，视边省尤捷耳。晚七点半钟赴议绅抛麻晚餐，同席十八人，墨使首坐，余次之，多上院北党人，十一点钟散。本日得沪粤包封。

十九日丙申　雪。美都冬燠久矣，得雪可免一切杂病，旅中幸事也。昨给外部华人假道照会，声明新例违约，尚须辩论，正在拟稿。适金山馆董公禀，以约废例行，乞设法挽救。本日循例封篆。午后倭使来，述西报言李傅相病重，证以津幕来函，请假二十日，照常办事，拟续假，不赴保定度岁，西报特为骇人之笔，可恶。 讹传李鸿章病重

二十日丁酉　晴。沪关来电，郑工十九合龙，水东趋，闻之喜慰，了兹重役，普天同庆也。沪电不及北洋病状，自系洋报讹误耳。附近新金山之萨摩夏岛，美始与立约，英、德继之，三国相为保护。近日德国兵轮欲专踞其

地，与美构衅，炮伤美商船主父子，美船与斗，又伤德兵十人，德遂将岛内美民住居村庄炮毁，并及国旗。德美又有违言矣。今日酬应诸察院公会五处，又答谢议绅抛麻。

二十一日戊戌　晴。津关电复李傅相病痊，足见洋报之谬。致总署书，附收到赔款与外部往还照会。晡后酬应公会十二处。

二十二日己亥　晴。日本将沿西俗设议院，拟仿英国君民共主之意，倭使前日曾言之，倭政屡改，或亦嘉其善变。午后酬应公会九处。许静山商购学堂书籍，照来单外属以添购《二十一史弹词》《人寿金鉴》两种。

二十三日庚子　微雨。订定科律师明年脩脯，专办美国徇金山华商之请也。午后酬应公会七处，晤议绅漫迪臣，赠阿米河酒两瓶，系其乡间所产，余亦酬以佳茗。希梁自鸟约来，知鸟约中华会馆已落成矣。有华人刘焕文者，不知何许人，愤广报诋讪无理，遂为长篇驳之，词非雅驯，却无丝毫粉饰，华商中乃有此人，部娄之松柏耶？晚赴总统宴，同席五十二人，七点半钟入坐，十一点散，客皆便衣，惟高丽代办李夏荣公服。

纽约中华会馆落成

二十四日辛丑　晴。静山辰初首途，昨晚已与详论中美交际事，早起不及面别。午后往外部催询华人假道事，并告以新例应驳，巴夏唯唯，又为余电致古巴美领事代为招呼。前日金山华商以约废例行禀求挽救，即批复之，该商及今而知美例之不便，抑何见之晚也。

二十五日壬寅　雨。给外部照会，援据条约及美国外

14,12,26

交案牍，美廷固难强辩耳。晡后科律师、议绅多福来别，少谈而去。余循例至美宫谢酒宴，随赴倭使公会。又至科律师寓，告以别后有事，与进斋商办。美绅埃林臣函约今晚饯饮，猥以事杂却之，仍赴其宅一谈，以慰其意。

二十六日癸卯　雨。晨起，偕莫力侯，姚祝彭，罗佐臣，差弁陈吉胜、刘吉祥起程南发。午正开车，就车中午饭。沿途多松林，每株削皮尺许，云以制油，地多斥卤，松毛遍生，美洲新辟之境也。灯后抵威明玉埠，下车就食。

二十七日甲辰　早晴。车行甚驶，十点钟至萨湾拿岛。早餐后换车，但就后车一移行李而已，仍就车中午饭。晚抵三佛岛，下车就食。微雨，天气甚寒。十一点钟抵覃坝登舟。埔头作板桥四千尺，火车缓行，尽处即见船桅，相距约半里。时适大风，登舟辄眩，有两西人惧风折回。是夜舟中簸荡，似有台飓意，船主稳慎，不敢启碇。 登船赴古巴

二十八日乙巳　晴。六点钟展轮，仍颠簸，早午餐不能食。船主来谒，略与寒暄。晚十点钟泊奇威士特岛，客有登岸者。此岛约万八千人，风气尚朴，华人于此卷烟、洗衣者佥云土人相待甚好。夜凭柁楼遥望，灯光隐现。风浪已平，薄饮三宾酒一杯，略纾胃气，仍不觉饿。两点钟船复开行，望古巴翦渡，舟行最险，无风亦眩，略如英法都化海口。

二十九日丙午　晴。六点钟抵古巴，子豫、子刚、藻亭、慎仪来迓。云此两日大风，海中电线亦断，乃知前两 抵古巴

日所历之境，幸新船机器足，船主亦不孟浪耳。登车至领事署，早餐毕，栉沐少憩。行李遗却一件，属火车公司电促之，约五六日可到美。总领事来谈甚久。此间剃匠仅两人，传呼半日而至，年逾半百，且戴眼镜，请之奏技，不无戒心。晚饫乡馔。今日殆岁除也，偶为一诗。

光绪十五年正月初一日丁未　晴。寅初率属望阙朝贺毕，爆竹竞放，声闻数里，绝域而有中华风气。同人团拜后，诸华商来贺，并接见久谈。学堂华童来见，薄赏之。日岛总督遣参赞官来，美总领事威林士差贺，循华例也。

绝域有中华风气

初二日戊申　晴。晨起致美署书，属催巴夏速定华人假道事。晚访美洲故人，询此中风土。途经衢道园林，灯光如昼。

初三日己酉　晴。火车公司寄回衣簏。饭后栉沐易单夹，适水师提督意那士架来访，不及接见，两领事代应酬。

初四日庚戌　晴，立春。领署各员、各埠商董及同福堂、结义堂诸商来贺，差片答之。晚观大功园法人新剧《古巴杂记》，指为环球戏园五名以里，犹是溢美词。

往拜古巴各部

初五日辛亥　晴。早饭后往拜日岛总督马连、知府意班耶、巡抚伯的士打、陆师将军美拉、水师提督意那士架、粮台乾丹拿、美总领事威林士，均晤。意班耶随来回拜，约观粮寮，诺之。意班耶管理本岛地方公事，领事署常与交涉，其室庐宏富，多储华器。总督各官所居皆崇楼广厦，足征日国昔时之强。巡抚伯的士打云于日都曾相

15,1,6

晤，余却忘之耳。渠为古巴土人，八岁即赴日都，近乃回莅此岛。日廷迁除罕见之事，新政且风烈，不名一钱。总督为言华民于此甚相安，特花会则禁之耳。余答以吾华亦禁，以其类于吕宋票，贻累穷民，总督语塞。此外各官文仪甚优美，总领事尤融洽。途经古庙，即可仑比亚葬处。以从日国扬帆，初寻得此岛，继及南北花旗诸洲，及其殁也，远瘗遗蜕于此，以志前劳。此庙盖数百年矣。

华民于此甚相安

初六日壬子　早晴，午雨。旋风骤起，气候陡凉。粮台乾丹拿来晤，缕述奥国形胜，以为胜于法都。又言奥世子近忽枪毙于房，其为人谋害抑自击，莫知其详。日后为持服三月，日后盖奥之郡主也。昨拜客之便，薄览兹岛形势，仍有城内外之别，以傍海为城内，近陆为城外。当日西班牙初踞此岛，土人不服，因就海堧筑城以护舟师，与土人敌。此时城迹已湮，徒存其名。

初七日癸丑　阴寒。总署修辑电信新法，咨送两本，微有增易，属以密存。又寄回秘鲁折片，代奏秘总统复书，钦奉批旨，钦遵分行。客腊二十七日香帅电：郑议自禁，未晓工商维系关键，谬极。今日事甚难处，执事本三端立说，具见调剂苦心，鄙奏为粤民生计起见，虽未悉底蕴，亦只就事论事，非敢苛责阁下，当邀亮鉴。美不应创例废约，拒绝商改，我趁此撤去自禁章程，便可与其另议。是禁似宜另筹抵制之法，稍示报复。我声言禁内地传教、游历，彼必悚动，特不知署意肯否，裁酌示复，等因。蔡毅约电，尊府经帅饬卫护，帅奏不因广报而起云。

即电复以署意难遥度，且先驳美例以尽使职，济否再布。晚六点钟总督马连来拜，未接晤。

初八日甲寅　晴。粤东陈独漉《邺中怀古》诗结句“七十二坟秋草遍，更无人表汉将军”，此诗脍炙人口，同时申凫盟《铜雀台怀古》诗结句“七十二陵空感慨，至今谁说汉将军”，两诗运用无殊，独漉似较隽永。国初有骨董以申诗讹为米南宫，书末缀虞伯生、吴匏庵、沈石田跋，以重值售于朝贵，为识者觑破。设移书独漉之作，转不便于伪售也。谚曰：“画鬼易，画虎难。”昨与杨慎仪论书画，因并识之。

伪造古董遭识破

初九日乙卯　晴。古巴移署既定，或拘泥日干，先往下榻，厨灶未备，仍是东食西宿。晚赴洋员溪理察乡居，距此十馀里，中经石桥，风景不恶，但途道多确荦耳。各国领事眷属多寓此，而于贸易繁盛处别赁一写字楼，既省费亦舒畅。溪寓高悬光绪十一年总署给与宝星札子，装潢甚珍重，英人固知宝贵也。旋赴知府意班耶公会，水师提督在坐，意班耶将交替，糖寮之约须改期。

初十日丙辰　晴。昨晚就枕，热甚，须摇扇，将曙则重衾不温，气候怪异如此。饭后移寓新领署，房阈较适，楼地皆文石骈凑，如茵锦，古巴俗尚也。楼三层，有机器升梯上下，却便，但非数日不能安顿妥当。李骀选为子豫绘一小照，神理逼肖，利玛窦所谓二我也，进乎技矣。东莞、新安、增城三县就西人市集之上联一公所，旁为剧场，局面不宏而甚整洁，晚徇乡人之约一往观，故乡声

15,1,11

乐，聊摅旅怀。

十一日丁巳　晴。古巴岛人肄刀剑会，率礼拜日比试，大都贵游子弟借此为乐。两人对舞，护头目以铁丝面具，护手以革，互有胜负，可免损伤，不失古来肄武本旨。比者枪炮火器盛行，虽公孙大娘无所施其技矣。便道观奕，有奥人炽铃涅士，俄人痴哥连拿，国手也。两人于房内对局，旁置双表如天平式，甲下一子则表缀一边以验下子之分数，乙亦如之。所以表用天平式也，微细极矣。又旁坐两人为证，别一人为之传报，外间高悬棋局，每行一度，则传报者就外间之局为之照摆，列坐五六局，亦照摆。以意揣测之，新闻馆人执管以待，橘游之别调也。终局则俄胜而奥败，奥本老国手，每局主人悬采三十金，胜者得二十金，败者得十金，胜固欣然，败亦可喜。坐客欲与博，则万金之彩，国手亦不吝，盖已遍历欧美诸洲，无与为敌，鸟约蜡偶曾为所窘云。棋如象戏，英语曰“车士特”。两国手终日对局分先，奥人多胜，今日其偶然耳。观者甚众，总督在坐，略与寒暄，主人坚乞留题，并赠天平表一枚。

刀剑比赛

观棋赛

十二日戊午　阴。黎莼斋丁亥入都日记，川陕道里形胜甚详，丁文诚政绩时有访录，尤勤勤于贵阳专祠尚须集赀营建，山东专祠则戊子十月初二日落成矣。古巴学堂今日启馆，即在领署之内，便于照料，充十年树木之意，或当有成。

古巴学堂启馆

十三日己未　晴。中西殊制，或曰西俗妇女以约指为饰，已字者约于中指，未字者约于食指、名指、枝指，既嫁则随意为之。附会之徒乃证以《五经要义》银环、金环进退之说，枘凿之甚矣。西人父子无亲，其略知慈孝者，难求什一于千百，因悟西人鞠育之道太简，欲报之德，昊天罔极，此中似微寓感应之理。西俗生子无乳哺之恩，但饮以牛羊酪，别制小几榻以栖息之，未周晬辄令学步，所谓子生三年，然后免于父母之怀者，诧为奇事，故人子之报也亦薄。晨起赴学堂观课读，类能成诵而文义懵如。诸童皆生长于此，父则华人，母则西产也，而其口音尚如中土，水源木本，固有得于天者。惜其父母皆贫窭，略有进境，辄欲其舍学而营生矣。若为兼筹衣食，庶免歧向，特公家乏此巨资，即捐集亦虑难持久。

十四日庚申　晴。总署电，大婚自正月二十日起至二月初九日，除忌辰外均蟒服，等因。谨分电日、秘两署，特告日、秘两国如期称贺，函致进斋告美廷电贺。午后答拜领署律师，便道映相，相馆以油画求售。丛芦白鹭远水平沙一幅，颇饶风致，索价五百金。又水画两帧，绘粤中附省海汉佳胜，各式船艇悉备，拟购之。别一帧为园亭景，俗不可耐，虽工不取也。晚赴同乡公所春酒，十点钟返寓。

上元节

十五日辛酉　晴。上元节，升旗庆贺。美署译寄美外部照复，于前文要义靳不能答，惟力辩。前此所云议院设有苛例总统必加驳改之说，以为误听翻译之言，殊矫强。前言凿凿，柏立犹能复述，岁底检点尘牍亦记存此说，当

15,1,16

缕驳之。陈霭亭电正月六日抵沪，诸事办妥云。西人好善者合唐茂枝等设局上海，集捐以赈沿河灾民，贻书相告，当与参赞各员商之也。电气传话公司函述此器之妙，愿分寄吾华官署，以求品题。洪文卿函论美约始末，以使事棘手，辄叹归欤，且言四度俄都，水土极劣，阴寒锢沉，非善地云。

十六日壬戌　晴。领署左邻有德商北士，向与领署交厚，承邀晚餐。席间出鹅脯，云伊母自德国寄来，意甚珍重，味亦甘旨，他物称是。食竟，观主人打球。趁月色归，气候不寒不热。

十七日癸亥　晴。希九函商大婚公宴日国各部院，即电复照办，并告以二十二日返美。午派姚祝彭赴医院阅视华人病者，量加周恤，宣布皇仁。古巴诸华人既弛官工所之禁，又设官以保护之，苦乐迥异，陈副宪查办之功，诚未可泯，华人至今尸祝之，不忘本也。华人假道事，巴夏初云候户部定夺，近须取决律政司，总是虚宕而已。赴城内酒肆，美总领事之约，酒馔极丰，咸以此君素俭啬，诧为创局。　阅视华人病者

十八日甲子　晴。昨睡颇酣，梦至一客肆，售中西什物，有晶章两枚，一刊“石函”二字，一刊“剑潭”二字，又田黄石章一枚，刊“佛即是心，心即是佛，是佛是心，是心是佛”十六字，均朱文。又李文贞行书未竟之屏轴，有名无姓。醒而异之，梦境原无足凭，然此印章字画清楚可纪也，东坡春婆之喻，亦于海外得之耳。古巴　春婆之喻海外得之

初设领署时有华人报一重案，牵拉多人，情节杂遝，翻译随问随录，汗流浃背，极半日乃了。录竟复述之，其人曰此昨夜梦中所见耳，翻译愤甚，其人已去如黄鹤，古巴至今传为笑柄。此辈既被鬻，又历种种苦役，心智迷罔，类此者何足怪也。领署今夜公宴岛中官绅各国领事，丑正始散，此中风尚犹以为早。

十九日乙丑　雨，午晴。乡人李朴存谙风鉴，与谈畴昔，坎坷尚能印证，特谓此三月内必有佳兆于耳色，卜之恐未确也。同福公司假领署为饯，就中主人及司庖者悉被拐至此，万不料有今日之会也。同福公司创首者，南海九江人区某，久乃自堕其规，潜减货价，以累同业，卒至疽发胸背死。当时对神盟誓之言，乡人犹能述之。

二十日丙寅　阴。宋张择端《清明上河图》，南渡后代有临本，图中汴京景物纤悉靡遗，宜动偏安，君相北人归北之想。明时图藏太仓王氏，后归严世蕃，钤山籍没乃入御府，有亲藩以十万金赂阉寺窃出，深夜不能越宫门，潜置御沟，翌晨乃取，是夕沟水忽涨，此卷竟为龙伯攫去。盐官王笈甫为言，“一捧雪”传奇即指此事，所谓紫霞杯者《清明上河图》也，莫怀古即王龙池，汤勤即唐荆川，莫成即王成，至今王氏祠祀及之，笈甫即其苗裔，真定王午桥亦云然。顷阅《在园杂志》，“一捧雪”确有是器，有人持此求售，玉情果美，水色亦佳，漫应之曰，不知是莫太常家藏抑莫成伪造者。后据杨次也太守云，乃祖雍建为少司马时曾见之，气魄甚大，情色俱美，持向墀

一捧雪传奇

15,1,21

下映日细看，杯内雪片纷纷如飘拂状，以是知真膺有别，命名不虚云。此与以画为杯者别有说，或当时严之豪夺有类此之事，而附会之也。前晚观剧，偶忆及之。

晡时赴美总领事威林士乡居，洋员溪理察寓言别威林士后圃有架非树，高六七尺方结实，然则华医谓架非即巴豆，误矣。其对门亦有花叶不分之树，如秘都所见者，炎荒之地随在可种耳。复派祝彭至老人院察看，华人共九十六名，多患瞎，分别周恤之，该院饮食床褥尚洁云。晚饭后赴水师提督意那士架之约，主人甚殷勤，总督、巡抚、陆师将军、粮台均在坐，就地为别，不亲拜也。归寓与领事论学堂事，寅初睡。

二十一日丁卯　晴。早饭毕，学堂诸童来见，切实勖勉。又酌助医院经费。十一点钟起程至码头，水师提督差官驾小轮舶候送，领署先已备雇，遂婉谢之，领署各员及众华商并相送。登舟后美总领事、美副领事、德商北士陆续来别。一点钟展轮，风日晴美，仍觉微晕，盖古巴至覃坝系对渡大西洋，水直冲而下，渡口极险恶，喜其大程稍捷耳。若取道鸟约则系绕越旁渡。风静舟行尚稳，仍经行覃坝之嘴，舟人亦有戒心，去年往返南墨洲并经此水，西人谓无风亦浪者也。晚八点钟抵崎威士特，少泊，登岸游眺，直一荒岛，黑人纷邀乘车，粗野之甚。回船时有土人售蚌壳花、海桔诸物，戏购数种。十点钟船复行，搁于沙碛，极费力乃脱，已渡大西洋海矣。渡大西洋

二十二日戊辰　晴。会稽诗人施山姜《露庵笔记》：

楚人汤云山年一百三十九岁，沈归愚叩以养生之道，曰“健饭多睡”，次及方药，曰“平生无病，不知药也”。舟中人言一法国人年一百四十岁，叩其术，曰眠食有时，亦无所谓方药也。以意测之，眠食有时，养生之正，健饭多睡，亦非有时不可。然此可语于家居无事之人耳，若碌碌行役及于海外，几不知眠食为何事。晚三点半钟抵岸，税关盘查甚严，余行李概不验，随登车。六点钟起行，至覃坝岛一小饭店，不敷诸客传餐，仍就车上小吃。关吏来，言户部电谕刻始奉到。

眠食有时养生之正

二十三日己巳 晴。凭窗晨眺，沿途桃李已花，美国南境气候殊暖。十二点钟抵萨湾拿尖，有黑侍者能为粤语，颇解颐，伺应亦周到。晚八点钟抵威明顿尖，火车公司之饭店也，肴馔不恶。十点钟睡。

二十四日庚午 晴。早八点钟抵威路顿尖。十一点二十分钟至华盛顿，天气奇寒，衢树甲坼之象，相距一日程，而凉燠殊趣若此。参赞各员来迓，同抵使馆，即电总署自古巴返美之期。古巴出口货物以烟卷为大宗，环球称最，蔗糖亦极销流，若无萝卜糖，则生意尤盛。然现在货车挽运仍昼夜不停，意其土人必富，而乃穷困不堪，且多盗贼，推原其故，则日廷横征暴敛害之也。古巴土人仇视日官，时思叛乱。

日暴政致古巴穷困

二十五日辛未 晴。皖中故人郑雪湖，年七十九矣，寄赠山水一帧，仿董北苑而深得神韵，绝无枯索气，老笔如是，宜为寿征发春，得此心目为快。拟驳外部稿，交翻

15,1,26

译分缮。朝鲜使员李夏荣、李采渊来谒，未接晤。

二十六日壬申　晴。给外部照会。午后赴总察院勒福、哈伦、梅拉、布勒持佛四处公会。总统夫人饬宫官贻书告别，晚九点钟偕参赞同赴，各使先后到，咸有惜别意，而无可置词。徘徊逾时，啜茗一瓯，听歌一阕。遇外部巴夏，言华人假道事，本无窒碍，前已照复徐代办，余答以既无窒碍，宜转行税关。巴夏请给予一函即照转，或讶巴夏于公会中谈公事，盖不亮其日内交替也。

二十七日癸酉　晴。皇上大婚，寅正二刻率属望阙朝贺，并为酒礼志庆，专延科律师、柏立两家，以其受我薪修也。朝鲜使员李夏荣、李采渊来贺，仍守属藩之礼。美廷电告驻华公使诣总署称贺，现当新旧总统交替之顷，犹不失礼，尚非尽昧邦交者。今日恭逢庆典，而朝鲜馆适为公会，李夏荣殷勤请赴，亦乘此答拜之。朴定阳行后令李夏荣代办，其来文曰临时代办，意其照会外部亦如是云云。盖本派李完用而令李夏荣暂代，其曰临时者暂代之谓，余却能会其意，而美外部则未必了了。及李完用到谒，外部即不认为代办，李完用乃自贬称游历官，而与书记李采渊并挟眷而作久住计，另侨新居大为宴会。殆为洋员阿连所愚，以美俗重女，且非宴会不能联络，朝鲜近状犹不惜此费。昨晚遇李夏荣于美宫，见其携两妇，装饰甚陋，宜西人指摘耳。到会之客咸就余为礼，疲于酬接，其从乡落来者，且谓借此瞻仰，措词弥圆妙。七点钟返署，自为宴乐，似较慊他人之慨者，尤能尽欢。 光绪大婚

二十八日甲戌　雪雨，奇寒。美商丰泰兼充朝鲜驻鸟约领事，午正来谒，借筹赈豫皖饥民之事以见好。却欲专售传话筒，特携此器来，较客冬谈臣导见之人操术尤捷。用湿电搭线，无须以足运机，邮筒则以蜡代纸，声音较亮。其公司在鸟约，主者曼迪臣曾有书求荐，今此丰泰之来，是否该公司代理，无从悬揣，不便滥许之也。丰泰极苍鹘，希梁曾与同车，昨又遇诸朝鲜馆，不得已一接晤。今日各部公会之末，冒雨周旋，遇日使，询以美廷易统，伊国致贺否？日使谓驻日美使若奉告于日廷，外部有电来即照办，否则听之。饭后往观墨西哥小女人，年二十五岁，身长一尺八寸，五官四肢皆小，鼻特高耸，臂长腕短，手如周晬婴儿，操英语，如蝇声，善笑。旁立一人，自认小人父，观者各予半元，合前游欧洲所得，已二十万元云。

新式传话筒

二十九日乙亥　阴。昨观英剧，情节甚佳。一老妇乡居，有客访其仲子，适他出，长子游猎回，客以其面貌相似，询之，乃其兄卢意士也。与客对谈，自述孪生，同气异体，两人如一人，弟往巴黎五日无耗，今晨出猎，忽心痛，窃虑乃弟为人谋害，展转不释。其母屏后窃听，卢意士乃设词宕之。饭毕各睡，卢意士忆弟心切，伏案作书，乃弟忽从台底突出，欠身急行，呆立案侧，瞪目不言，闪烁自灭，其母则梦见其子惨死状。后场以纱幔蒙罩，西剧梦境之式也。卢意士因往巴黎迹之。伊弟恋一妇，与土人拾逋吝士争锋赌剑而毙。拾逋吝士既得意，偕友间行，途

观英剧

经冈岭，车轴忽折，请樵者另觅一车，憩山麓以待，即前日斗剑地也。俄而卢意士踵至，拾逋吝士骞讶为鬼，卢意士曰："我非鬼，乃鬼兄耳，今日相遇，此仇必报。"拾逋吝士之友曰："此五日间事，何得信之速？"卢意士曰："吾弟鬼魂相告，鬼行较人行速耳。"拾逋吝士不得已以身后事托友人，乃与之斗，其气已馁。卢意士许其少憩，而剑忽折断，其友解之曰："如此，可不再斗矣。"卢意士乃自断其剑相比拟，以帛缠于手若匕首然，复相搏。拾逋吝士不敌，遂为刺倒，观者拍掌大快。卢意士至是乃大哭，谓冤仇既报，将从弟于地下，其弟复现形，若相引导者。卢意士归而病，日夕寻死，其母训谕之，而死志甚坚，其弟又现形于病榻，卢意士卒援同生同死之义，溘然逝矣。观此足动友于之情，惟知有弟不知有母，所见犹偏也。华人之谈西学者，每谓西俗无鬼，然此剧则鬼形三现，虽坡老观此，亦难靳于说矣。西俗伦常之道漠然，此剧殆仅见者，因撮记之。午后赴议绅公会十三家。

三十日丙子　晴。巴夏照称航海会期改订九月十六日，胪列各国愿赴而有回文者，亦行洋之要事也。午后正拟出门，波斯公使来絮谈，以同在亚洲，与中国往来最古，刻拟立约通商。其词甚恭，不便直却，当答以代询总署。旋赴柰其拉瓜国使馆，室狭人稠，偶触炭气，面赤头眩。晚饭后应善会三处，强撑而已。接家书，塾师黄孔芬公车北发，代者未定人，殊系念。希九电催游员借款，不谅此间经费之绌，且游员曾假诸法馆，何必舍近图远？即

波斯公使拟立约通商

电复之。

二月初一日丁丑　雨。外部照复，造词尚圆活，前文所引该国外交文卷、议院报章，有以杜其口也。外部又钞录鸟约、纽阿连税关回电，假道旧例照旧可行云，且看下次古巴船来再酌。即函达总署，附钞往来文件。

初二日戊寅　雨。外部函约明日新旧总统交替赴议院观礼，又约明晚赴外部观烟火，遍及随使各员。晡后答拜格兰忒。

归政大典

初三日己卯　雨。恭逢归政大典，寅正二刻率参赞从官望阙朝贺，礼成宴饮。巳初偕进斋、力侯、祝彭赴议院，各使咸集，列坐上议院墀子，九察院并至，十二点钟下院议绅二员、上院议绅二员，分起往迎。总统逾刻不来，议绅将檐沿时表倒拨者再。俄而旧总统率六部同至，坐于掌院案前，察院左右，三面相对，不交谈。俄而新总统至，与旧总统并坐耳语，若甚亲密。俄而副总统至，径登掌院台级，旧掌院莺哥起立，举右掌与语，副总统亦举右掌应之，语毕握手，副总统即履其席。旋有一人登台，张手闭目喃喃，总统以次皆立听，惟巴夏垂头默坐，亦若心领神会者。颂毕，书记者唱诸议绅名，分起趋见掌院，大率新任及留任诸绅，亦各举右掌相语。窃讶其状，进斋谓即佛氏偏袒右肩之义，似也。诸绅归座后，楼上喧声如雷，则各散矣。余亦至更衣房取回斗篷，往下车处招御者，车马拥挤，新总统方于议院正门宣谕。雨重，彩棚已撤，不能往观，亦不能至美宫观兵矣。询之法、日各使，

15,2,4

皆不往，愁霖败兴，客主一致。正在觅车时，有素不谋面之议绅的备士邀至公事房坐候，若无此居停，则门洞柴立耳。两点钟人马略疏通，乃冒雨登车，从兵队中绕至大街楼房，解衣纵目，新旧总统同乘游行，诸兵队前后簇拥。雨迄不断，两总统敞车帷而张盖，兵士之沾濡尤可悯也。五点钟余亦归寓。外部烟火因雨而辍。

新旧总统同乘游行

十点钟赴养济院观乐舞，各使先后至。崇楼三层，中一大墀子，音乐亭峙于墀中，正面高悬新总统像。正副总统相偕到会，少立辄行。会者几三万人，公使例请，馀俱买票，人各六金，酒食在内，有屯票居奇卖至十金者。乡间来会之人，远道迟到，而又以预会为荣，遂不惜重赀，此数日间华城多聚二十馀万人，客寓饭馆均获利。四年一遇，今昔差同，乐舞必达旦。余略观场面即返，实亦无可留览。此会南党寥寥，门户之见如此。议绅休士介绍一烟甸人，衣冠整齐，与余为礼，美之土著云。

初四日庚辰　惊蛰，晴。朝鲜代办李完用，美外部摈而不认，凡百酬应，李夏荣任之。客腊美宫公宴，各使皆便衣，李夏荣独纱帽补服。昨美总统新任，各使皆公服，李夏荣乃衣所谓夹袖者，谓此亦公服也。昨晚遇于乐舞会，仍此装束，岂公服亦用于舞场乎？今日久雨忽晴，发沪粤包封，后复洪文卿笺述美约事，不禁言之冗长。晚八点钟往外部观烟火，至则展期明日，观者陆续散。便道画园重观墨西哥小人，其声音之略可辨者，又语无伦次，类于疯魔。循大街归，游人如蚁，间有兵队鼓吹。

美廷新任官员

初五日辛巳　晴。美廷新派外部咘嗹、户部永顿、兵部普乐他、水师部图礼时、内部奴布卢、邮部汪拿美驾、农部夫拉时其、律政味拉。农部盖新设，或位置得力而才庸者虚予高位以酬之也。墨使亲串来晤，索映相去，晚复遇于外部署。外部新旧交替，遂无主人，客自来去，迹如梁燕。外部与水师部、兵部相连，而各分门户。余就外部议事堂坐，檀使亦避寒于此，凭窗对望，则烟火堆也。其放至半空爆散作杂色珠者，外洋常技，瞬而幻出正副总统像，瞬而美宫，瞬而议院，末则无数喷花，煞尾五色同绘，略如吾华之花筒。民主践祚，作此志庆，然诸像与宫院转瞬同付一炬，娱目片刻，虽工巧而乏意味。

烟火表演

初六日壬午　晴。咘嗹照会接任外部之期，循例复贺。格兰忒使华之行未果，士域枯得起而争之，金山律师，光绪六年赴华订约之人，若使华则甚不妥。记前总统时，金山各省公推一人使华，企俚扶轮以西省最怨华工，果派该省人必生无限枝节，似非亲睦中国之意，因改派田贝。企俚扶轮此论甚当，不图北党嗣立，转逊之也。举以讽喻新总统，会当领晤。

初七日癸未　早晴，微见雪花。午后往外部，咘嗹尚在美宫。总统初政，凡百助理，咘嗹虽任外部，隐若一总统耳。哈利顺感其拥戴，畏其党与，每事取决略如权臣枋国，再阅四年，咘嗹得位，无异联任总统也。此时北党气焰方盛，前水师部汨尼之居售于新邮部汪拿美驾，价八万金。各部皆如新燕衔泥，亟营华庑，颇有物换星移之景。

15,2,8

初八日甲申　晴。咘哇新居即二十年前已故外部西华之屋，其时总统灵谨被刺，乱党欲并刺西华，适西华病卧，其子侍疾，乱党误戕之。此屋美俗以为凶宅，而咘哇特购以居，喜与美宫毗近也。修理半年乃能入处。咘哇前综外部，总统加非被刺，今复旅居西华旧庑，西人究无忌讳耶。晚十点钟容纯甫来晤，留宿不可，寓于旧同学威路健臣之家云。金山电：本月二十日发头起赔款。

西人不忌凶屋

初九日乙酉　晴。奉署电传旨谢美总统致贺大婚，等因。即照会美外部，此为前总统任内事，然但论邦交，不问总统新旧，只与外部公文而已。纯甫拟办电灯公司，纯用药水发电，无须机器，价廉无流弊，施之吾华，似亦可行。

初十日丙戌　晴。古巴领事电，华商彭大苏等附船假道美国，当告鸟署照料。午后署电，归政大婚庆典，奉懿旨宴各使，并给如意缎匹针黹，以示睦邻旷典。各使领赐，而田贝拘泥国律，将物缴回，此次圣恩因其国非因其人，该使即不敢受，美廷何妨收置博物院中。请询外部，如何变通不负中国好意，即电田遵行，等因。美例原不准各使在他国受人财物，然非庆典赐物之谓也。署电“因其国不因其人”诚为笃论，直可将各物寄美署转发博物院，仍予外部照会，详述其事，俾美洲存一掌故，未始不可。既属询外部，姑与咘哇订晤再复也。土域枯特已派驻倭，余谈言微中。水师提督波打五十年齐眉夫妇，西俗以为金婚，其请帖皆作金字，客亦以金为贺，余赠以金绣两

五十年为金婚

幅。晚偕参赞赴会，正副总统暨诸部臣均预，总统谓曾遇余于佘文家，余未能识英雄于未达时，殊愧之也。佘文馈火油桌灯一枝，以余将回华，对此若常相见云。

十一日丁亥 晴。沪局包封递回折片，钦奉朱批，钦遵咨行。又吏部文，钱广涛加赠知府衔，荫子入监读书，六月期满，以州判注选。又李傅相咨会北洋海军章程，内多酌用英国法，仍以宪庙军规为依归。旅顺、大沽两船澳次第工竣。威海卫为提督驻札之地，规模井然，国旗长方式，尤壮观，海外旗式亦拟奏明仿制也。提督旗本画锚形，刻乃绘龙，其与外洋使领各署有关涉处，摘录分行备案。中国海军之权舆从此加拓，武备日彰，足以威强邻甸藩服，诚当今之要也。近闻西藏事，升竹珊客冬十八九日到纳东，与印度官会晤，惟如何息兵停战、勘定界址，尚未定耳。晡后答拜波斯使，承惠石印文一纸，其他石刻云已函致本国寄来，大约仍是镜照本，而此石印却系拓本也。波使出观该国刺绣桌幔诸物，不甚精致。又出观烟管，以椰壳镌镂，六角镶银，如圆碗而底特锐，中储水，上接银管二，以火引之，旁一管就以呼吸。此波斯吸鸦片之器，拙笨可嗤，且必以手按之，否则倾矣。承赠漆盒、棉纱袜，皆其土产，又映相一帧，纳交之诚甚切。波斯立波斯国史 国在夏初，迄春秋时而国势大盛，后与希腊构兵而弱。罗马暴兴，尽得犹太以西之地，波斯巍然独存。初唐麦罕摩特兴，波斯乃不自保，唐、宋两朝屡贡方物。元附马帖木儿且遣子沙鲁哈据其地，曰哈烈国。明初尝入贡，后为土

15,2,12

尔其所夺，寻为阿富汗所并，我朝康熙三十三年乃复故土，传国至今。波斯王居鲁士诞生之奇、武功之著，波使犹能言之。

十二日戊子　晴。午初晤外部呤嗹，述总署来电。呤嗹以田使拘泥，微有愧色，徐言美国此例光绪六年始定，欲以钤制各使，然中国旷典非可同年语矣。余言此次赐物，凡驻华各使一视同仁，非专给美使也。呤嗹唯唯。云即日电田领寄美廷，或珍储博物院，或径准田使祗领，仍候议院公定。续询中国丝茶近状，并述中美历年交谊，又属遇事随时相商，不必拘定见客之期，深情厚貌，若顿改前习者。返寓电复总署。科律师来，商华人假道事，将巴夏两次照会携示火船公司。外部照会新总统明日十二点钟接见，各使先赴外部同往，均公服。近日美都来一肥妇，黄黑臃肿，面貌犹人而两膀围圆一尺六寸，腹背称是重八百七十五磅，合华称六百五十六斤零四两，新总统同里人也，如此肥硕，能生子女七人。又旁有小女，豢四蛇玩弄如绳。又一男子能嚼玻璃片，嚼烂以水咽之。又一极瘦男子六十磅，合华称四十五斤，娶妇生二子。美都集此怪物，聚于一园，观者人各十仙士。

十三日己丑　晴。十一点钟往外部，各使以到国年月为叙，向遇公会均无陵躐，波斯使到国甚新，乃矫然独立。外部与各使代办随员、暹罗领事之代办公使者周旋毕，乃及波斯，殊觉表异之无谓也。闻其正月赴外部春酒时，座次在下院议绅之下，辄托病起，独徘徊于厅事。巴夏起而周旋，饮以佛兰地酒、柠檬水治病之物，波使仍云不适，遽呼御者归，巴夏以为真病也。越日外部总办遇诸倭署，方询其痊否，波使谓“我昨非病，特坐次不合耳”。由此推之，则今日之不肯与哙等伍，犹故智也。其性似非受忠告之人，不便晓之耳。十二点钟至美宫晤新总统及其眷属，次第握手，间有留立寒暄者。余昨感微寒，且未中饭，亦径归矣。

观埃及石碑

饭毕至博物院观所赠埃及石碑，高三尺四寸，为埃及文，另二石则希腊文，大与碑同，特无额，小则长方形，同治五年出土也。埃及文类鸟篆，不易识，即希腊释文亦极古奥。碑额中画圆珠约二尺，两旁若缀绦，而左右小异。绦下横列两长柄刀，圆珠之上遍画鸟翼，圆珠之下有三字形，碑额之奇者。院主人释此圆珠为地球，旁则两毒蛇也，左为上埃及，右为下埃及，三字形者三才之意，两刀则不知何指，此必意为之解耳，然碑制甚古，喜出望外。院主人求揩绅录，诺之。续观贺璧理寄储华器，类多新瓷。又格总统前游吾华所得馈赠之物，亦专储一龛以志中美之交也。

十四日庚寅　晴。外部照复传旨致谢之文，而有此后中国庆典美总统无不称贺之语，甚得体。昨咘嗹于各使杂遝中犹告以田贝电已发，亦甚周到。咘嗹之子初闻充副外部，近则别派有人，而以其子为外部状师，薪俸较优也。或言何天爵使华不确，昨晚格兰忒复来，美都或即遣之。余谓新总统既有此意，盍早决以免干求，凡事皆然，不独

15,2,15

遣使。

十五日辛卯 晴。北洋形胜，威海卫岛屿环拱，天然一水寨也。乙亥筹防之初，东抚丁文诚欲就此为水师之基，饬余赴津商李傅相，以山东独力难支，俟北洋饷力既裕乃办。山东自为计，宜先在烟台筑炮垒，所以有通伸冈之役。兹北洋海军以威海卫为提督驻处，仍前议也。又大连湾为奉天口岸，利泊铁甲大船。庚辰夏，俄事龃龉，赫德告总署以俄船悉泊于此，语甚紧迫。时枢廷欲得大连湾所在，亟询山东，余告东抚周福帅，曰此奉境也，福帅疑焉，检洋图质之乃信。此皆北洋要区，近已次第经略矣。昨回赠波斯公使雕漆盒、绣囊、映相各一，揆诸古人缟带之义，殊自笑也。沪局包封，总署咨会皇上亲政后折式，又咨会崇上皇太后徽号日期，钦遵分行，今日奉到明文，海外犹及庆贺。总署又咨会议覆洪文卿洋务储才一折，庶常出洋准免散馆一条，毋庸议。总署章京已未传到者准奏带，各使馆人员明定限制准设参赞二员、翻译二三员、随员二三员、供事二员、武弁医生各一员，其兼摄他国设有使馆，准添参赞、翻译、随员、供事各一员，作为定额，不得再过此数。又游历经费并入度支一条，署奏以游员尚未期满回京，是否实有制器，通算测地知兵之选，难以悬揣，俟期满再酌云。文卿向不咨奏，想原折必可观，近日使事之难，却在此数端之外。晚赴科律师宅，观墨西哥金石文字，多象形为之，科允赠一石。又摩啰告国文字，其国在阿非利加之北，地中海堧，昔强今弱，别一种文体。

威海卫乃天然水寨

使馆人员明定限制

十六日壬辰　晴。波斯印文上下九字。自右而左，上四字一曰“哈支”，彼国称谓之词；二曰“贺仙”，其名也；三曰“孤列”，姓也；四曰“干有”，勋爵或特派大员之称。下五字即波斯国公使之文。此虽小品，亦可备一格。

十七日癸巳　晴。晨起率属望阙朝贺毕，草疏一折两片，属参赞往博物院就掌院所赠埃及石碑题识五十四字。金山领事电，言华商以西人为吾华捐赈，特先集万金，请示分拨。当复以皖苏灾重，皖四千，苏、豫各三千，径汇沪上赈局分拨，仍禀候分咨。金山华商此举，诚可嘉慰。鸟约华人亦捐千馀金，可汇志也。今日电汇金山赔款二万元。

海外华商捐款赈灾

十八日甲午　雨。午后循例拜副总统，户、兵、邮、农、水师各部及律政司。英人兰多欲为余画油相，而索价五百金，忒昂，便道往访并面却之，免其呆候。

十九日乙未　春分，阴。外部照会，每礼拜四在署候晤，略改前规矣。格兰忒竟使奥，则华席当属何天爵。闻美之富商咸拥戴使华，冀谋银行、铁路，为之说项者实繁有徒，总统恐不能不俯徇众情也。士丹佛、谈臣先后来访，适理文牍，未暇接晤。

二十日丙申　雨。发沪粤包封。波斯岁旦，波使以交往稍洽，恳电告中国一贺之，美廷亦贺云。无约之国，安有如许周旋。美廷贺之者，以新总统接任时，波斯曾电贺，美故答之耳。余告以前驻日秘各国遇此等事，各使必

15,2,21

盛集，无论有约与否，美则不然，若电达我国，更无其理，既承相告，届时我自来贺。曩既许之，因冒雨往。波斯服回教，而岁旦却不与土尔其同日，且该国一岁两旦，一为官年，今日是也，一为教年，讵今一千三百六十年矣，官年则二千七百年矣，大约自开国起算，教年则从麦罕摩特起算。询其国中今日如何热闹，波使谓国王大会，朝臣各吸淡巴菰，散则各赠以金银之器，国俗之奇如此。便道答拜士丹佛。晚赴谈臣公会，咘哇、摩近均在座，大都北党人，询悉何天爵使华之说，未定。

波斯国一岁两旦

二十一日丁酉　晴。美廷近因镇江闹领署之事，拟留田贝数月，镇江事已见《申报》，此缘英领事巡捕踢死华民而起，美领署无大损也。申初赴博物院，所刊碑侧之字仅得其一，尚须数日乃竣。

镇江闹领署之事

二十二日戊戌　晴。昨经议院，下半旗为察院马调志哀，马调病已半年，竟不起矣。其同官哈伦久鳏不娶，近因频视马调疾，遂与其女订婚。马调勋望远殊威地，美廷饰终之典自当有间。晚至谈臣处，重观墨西哥小人，坐有医士，亦疑非天地生成者，余举聊斋小人之说告之，坐客愕然。王莽时池阳县有小人，景长尺馀，或乘车马，或步行，据持万物小大各相称，又非墨西哥小人之谓也。

二十三日己亥　晴。津商王世英、杨思铎贩运古瓷诸器来鸟约售卖，驻津美副领事毕德格所怂恿也，托一美商经手，不由津商主持，亏本三万馀金。令翻译索阅货价单，美商秘之，云已统寄毕德格，盖托词矣。津商被其牵

华商屡为西人所骗

率赴欧洲，王世英且扶病以行，即到英、法，亦未必能获利。托人不慎，每致吃亏。前准北洋咨会转行各口，日前并欲亲到鸟约观其拍卖，适美廷易统，交际甚繁，未暇遽往，比电询之，则三日内已卖竣，甚不料折阅如是。中西人合股生意多类此，当在华订办时，西人巧为迎合，方深信之，及抵外洋，言语不通则事事受其挟制，其不致亏本者，几稀矣。上年华商杨兴等携什物赴日国赛会，亦为西人所挟，邓琴斋往与料理，始得清厘。此皆不谙西语之亏也。今晚延朝鲜使员李夏荣、李采渊、李完用晚酌，答其正月二十七日公会之意，三君餍饫华馔，欣跃而去。

二十四日庚子　微雨。古巴领事电，华人昨附可伦比亚船至鸟约，假道回华，即属科律师往料理。余十一点钟附车，四点四十分钟亦抵鸟约。

二十五日辛丑　晴。晨起敦医生来诊视，谓心脉较上年稍定。午后署电，闻美派德尼为驻华公使，此人前在朝鲜煽惑簸弄，中国甚不愿意，属告外部。余因美派华使一事已大费经营，曾于四十号公函略陈梗概，今署电亦筹虑及此，然此间未闻德尼之说，当密查明确再与外部言之也。公法不能指明要某人，然能指明不要某人，权在总署耳。申初往格总统家，询其何以改使奥国之故。

二十六日壬寅　晴。沪局包封，北洋咨会海军旗，四图一式，大小各异。正月二十七日庆典，秘使署及诸华商通惠公所，并放烟火花灯。公所门联“四海咸和，资六宫而佐治；一人有庆，合万国以胪欢”，领事刘伟臣手

15,2,27

笔。林和叔是日宴各部及各使，主客四十六人，盛会也。得家书，塾师聘定冯澄江，又今年立春后连日得雪，地气自北而南，其土宇日拓之兆乎？酌定华人假道护照事。前日有一华人舟行遇风飘至美境，税关不准登岸。当托律师与户部言之，户部亦以格于前例为难。律师驳以华人遭风系出意外，税关不令登岸，将长养活之，抑令重回遭风之地，投之水中乎？户部不能答，即檄税关照准矣。德尼使华之说不确，即电复总署一百三十九字。晚约科律师观马戏，大都数见不鲜。惟一女郎右手持伞，足穿缎袜，踏行一钢线，其细如发，去地逾二丈，游行自在，复能转身。旋系两草篓作鞋，往还摇曳，俄而掷其一，俄并掷之，而无碍其珊珊之步，视吾华绳伎殆又过之。

德尼使华之说不确

二十七日癸卯　雨。美派英、墨两使已定，日报言华使必属何天爵，盖何为前使中国议约之率拉士特至好，率又咘嗹旧雨，日为咘嗹掌书记，高桥船案何率之利云。闻法国公家银行倒盘，前年过法都，许竹篔深信其可靠。外洋银行类此甚多，大都股票受累耳。古巴华人假道事，今日科律师与希梁同至税关商订清楚，从此永无窒滞。

二十八日甲辰　晴。昨晚鸟约公所得华盛顿电音，美派华使为柯士迪，系日报馆主笔之人，今早日报则议院恶其曾于南党阿编举议绅时扬言北党受贿，于是南北党交攻之，本派往德国，拟改调赴华，近恐两失之矣。佘文为其同里，现与调停。柏立往查外部，仍是暂留田贝。午后重观蜡偶奕，进斋已两败矣，而不佩其技，谓潜心三月，足

美驻华使人选未定

以胜之，其气殊壮。蜡偶者，英西省不离士顿人嗑婆所造，名曰亚折，同治元年学制未妥，同治六年往法国赛会博观机器，然后制成，始陈设于伦敦，继至巴黎，观者无不诧异。腹中藏人之说，余既辨之矣，或曰楼上楼下有人运机使动，而此蜡偶随地可动，所坐之方桌亦四面可移，虽楼上楼下有人，亦难代为指拔。或曰子落棋枰，电气可达，若电报然，惟此棋枰系木质，非若五金可以通电。展转推测，莫名其理。有登之日报者，索嗑婆七千金，否则揭其术，嗑婆置之不理。要之，此人实无真知确见，徒为大言吓之耳。楼上有人其说近是。

二十九日乙巳　晴。法国银行倒盘之说，询之汇丰，云系暂停，非倒也，或亦同业相倾之言。鸟约电传津沽火车碰撞，伤四十馀人，但愿传闻不确耳。

近得墨西哥测日表，略如吾华罗盘，西俗拜日拜火，宜有斯制也。墨人昔设时历两种，一以定月行轨度并祀事之期，一以定日行轨度并民事之期。以十八月为一岁，二十日为一月，岁三百六十日，岁尽之月特加五日废日，按日行之。度每岁三百六十五日零六点钟，每四年减一日，以五十二年为一周花甲，每花甲计减十三日，辄于一周之期补之，乃复从新起计。此十八月均有名目，或以时令，或以禽鸟、树木、花果得名，即以为字，每日亦仿每月设立名号。月分四期，期各五日，日分八候，以太阳东升始算，如罗马诸国算法。墨都袄祠向有数塔，此石乾隆五十五年出土，即嵌置塔壁，名以墨王之名，曰“文地时马

墨西哥历法

表”。此石围径英尺十一尺八寸，周七尺，亦有雕刻，纯系一石凿成。就西人地金麻尼卑两博士所著录，此石当中吐舌人首系表太阳，其三角形编以 R 字，又别形编以 L 字，系表太阳大小射光，以烟甸人制太阳之象，每用此作射光也。环当中太阳方形，四编以 ABCD 四字，又太阳顶三角形，编 I 字，两旁有圆形，编 BE 字，舌下编 H 字，皆表太阳行度，或表每月所分之四期。所有形象号一至二十，皆表各日名号，至绕此各日形象系表河汉，其波纹编 U 字，则表天云，墨人崇奉为神，号曰“阿路默祈”。其小方形，编以七字，表山岳云屯之处。石上诸孔编 XZ Ⅱ ɩɩW，系放日圭之处。其石竖立，东西一线之平石面朝南，线自顶垂下，按石上之影以定节期时日，豪厘不爽云。中国造字之本象形象意，谐声转注，假借小学家言之详矣，墨之造字命意或同，方言难别耳。又西俗古时置闰多在岁末，与秦历同，无非归馀于终之意。 15,3,1 测日表

三月初一日丙午　雨雪，寒甚。巳初赴丹拿宅观所藏吾华古瓷数百种，光怪陆离，奔藏富矣。用心十五年，耗费垂二十万，乃搜罗如许。间有宋瓷，若前明佳器、国初官窑，美不胜纪。赝物不及三成，惟近与津商所购蓝花瓷瓶、黑色白花瓷瓶价昂而非旧物。返寓仍雨，牙医哈文中饭之约又负之矣。进斋亦患喉痛、骨痛，艰于渡海，遂函谢之。

初二日丁未　雨。巳初附车，申正抵华城。哈富律师所抄陈善昌切结，由参赞署名，交科士达寄去，容纯甫催

审屡屡，明日可到堂矣。晚至科寓，谢其往返鸟约、哈富之劳。

初三日戊申　晴。沪局包封，总署咨奏复御史赵增荣条陈慎选使才折。午后雨雹，雷鸣即霁。晚七点半钟赴希特公使大餐，同席德使、和使、檀使，英吉利、巴西各代办，因有总统之约，九点钟席散，各回易公服赴美宫。美总统以日本王子来游，特兼请各使为此会。王子年仅逾冠，短小而文，携妇游历。倭使陆奥宗光为之介绍，吾辈见总统后与之握手，随意游行。十一点钟返寓。

日本王子访美

初四日己酉　晴。午后赴新邮部、户部公会。议院已散矣，驻华之使未定。本日电汇金山赔款十万元。

初五日庚戌　清明，晴。去国三年，不无松楸之思，同人求归者多，弥增客感。巴拿马总督新政，不准华人小铺零卖，货物均归街市发沽，否则重罚虐流。哥浪华店须关闭者数百家，正苦无设措，美总领事柯林臣力为驳除，华商永兴利等公禀来谢。

初六日辛亥　晴。总署电，初一日奉旨，陈钦铭派充出使英、法、义、比国大臣，崔国因派充出使美、日、秘国大臣，钦此。当即分电各署，归国有期，自应共慰，行篚久经检拾，交替便行。

三月得雪

初七日壬子　风雪，奇寒，隐隐有雷声。三月得雪，吾华常有，雷雪并下，美俗亦不多见。德律风线为雪压，雪花如掌。志五行者以为灾异矣。

初八日癸丑　晴。究是春令，积雪一夕悉消矣。致总

15,3,9

署公函译送美总统新任谕文。本日电汇金山赔款九万元。

初九日甲寅　晴。发沪局包封，中国海军旗式照会外部。晚赴希特使馆谢酒宴。

初十日乙卯　晴。午后鸦灵顿踏青，汲新泉一酌，游人颇盛，卉木皆坼，李花尤繁，山竹数丛，不知从何移植。法使书言丁内艰，即答唁，询其何时返巴黎。

十一日丙辰　晴。萨摩一岛，德、美交争保护，各屯兵舰，未及交绥已为风损，两国各坏四船，各殁百十人，颇烦唇舌。美都画报绘一大象，其面目如今总统，豢象者为外部咘嗹，以鞭蹙之，象若不堪，当献技时，忽踢以后足，情状可笑。民主之国，不以为毁谤也，拟为豢象图歌。

十二日丁巳　晴。巴夏偕巴卢来约晚饭，诺之。卓忌华人禀言，领事示颁赔款，遗却该埠，卷查该埠，惊扰而无损失，郑光禄已函达总署，不向美廷索追也。七点半钟偕莫力侯赴巴夏之约，坐无杂宾，只巴卢一客，酒馔却极精美，又约访其乡居。巴卢约赴鸟约观百年大会，代觅楼房，大约一窗户之地，每日租银三百金。

十三日戊午　阴。秘鲁糖寮又欲招工，送阅章程。寮东先给川赀，立限造工四年扣还，有此机杼，则华工或先期续借，或期未满而他适，均难逃该糖寮掌握，即非卖身仍多轇轕。即函复林和叔止之，别筹善法。谈臣约观剧，墨使在坐，知余将归，咸恋恋。 秘鲁招工章程苛刻

十四日己未　雨。夭厘架岛华人又以赔偿不及禀求，

似此当复不少。卷查此案华人初不愿与地方为仇，冀免后患，续乃自雇状师讼理而负，既负又无一字达使、领两署，此时见猎心喜，纷纷禀求，此华人故智耳。冈州董事李子轩月内返里，留俟四月初三日与李骀选偕行。晚赴议绅马罗七十生日会，坐多熟识，闻俄王近复被刺，仍中副车。

十五日庚申　晴。今总统之子好为议论，诬及致仕巡抚阿罗比士曾赚妇人约指，其人辩属更正，总统之子置不理，卒至兴讼，臬司票传，以五千金保单保出候讯。民主之政，直不足讶。绪芝山自日署来。

十六日辛酉　晴。晨起率属望阙朝贺毕。展阅陈敬如函，寄巴黎富人车奴士机铜器拓本八纸。宰辟父敦、召公尊两器，考之薛氏《钟鼎款识》，以为真品；齐侯镈钟一器，铭识数十字，敬如谓割裂凑杂而成；馀五拓，敬如皆以为赝。且言此老藏器虽富，证以《博古图》诸书，知多赝物。又吝不予人拓拓，虑墨污其器，今此八纸以铅笔为之，或以淡紫色，均与此器无碍。又购赠埃及石印八纸，即为书谢之，并约秋间会于法都。今年屡逢庆典，今晚特为公宴音乐，约外部、邮部、水师部、农部及总察院梅拉、哈伦、布勒持佛、布力尼、议绅多福等共五十二人为大会，余主席，外部咘嗟首坐，馀则以次排定。八点钟入席，十点钟散，复小坐吸茶烟。咘嗟谓此种宴会美都仅见，足征中美邦交，备极周旋，俟诸客将散尽乃去。抛麻奉使日国，复与日使及漫迪臣诸君谈至十二点钟别。

15,3,17

十七日壬戌　雨。沪关电，镑价四一二五，较前月汇到者每百两亏两圆零，沪关若一次汇寄，何致如是损耗。今日为美国释奴之期，诸黑人结队出游，戎装奏乐，经佐知探以至美宫，候总统阅看，亦不忘本之意也。

美国释奴之期

十八日癸亥　雨。博物院所赠埃及石三块装固送来，即转托鸟约旗昌附船寄沪，并买保险。本日电汇金山赔款八千金。前夕之客纷遝投刺道谢。

十九日甲子　早雨，晚晴。香港华文政务司骆檄，乙酉、丙戌余出入香港迎送甚周，顷取道美境回英，途经鸟约贻书相候，情意殷殷，令翻译答之。鸟约电杆遍植街衢，省例所禁，然亦习焉不察耳，新任知府乃一概斫断，不知各商有后言否？晚赴博物院，会室内陈设吾华古琴一张。壁悬《朝贡图》八帧，无款识，颇类仇实父。图绘王者冕旒端坐，旁侍绛衣辅相，左右卤簿森严华贵，阶陛之下，万国诸侯载宝以朝，气象又极肃穆，西人睹此益知中国之尊。

中国朝贡图

二十日乙丑　晴。李骀选、赵福八点钟起程，后得鸟署电，傅、顾两员已自巴西回，明日再晤，若早到一日，可与骀选同行。

二十一日丙寅　谷雨，早晴，晡雨。傅、顾昨附夜车，侵晨至此，预令莫力侯迓之车头，为觅雅令顿寓。使署近无下榻处，只小房两间，殊不足以崇体统。午饭后仲兰至客邸候之，傅楙元与同来，述智利、巴西风俗及该国君相款接之谊，此行不虚，然劳甚矣。顾少逸且患病甫痊，途经瘴乡，水程几两月，游历极远者也。即函告蓬云，俟其到金山时为之照料。申初答拜多惰甫，久谈，适雷雨，遂返。本日照会外部，为游员索美洲银票诸式。又照会绪芝山自日署来美。夜雨陡热。

埃及石碑英文译出

二十二日丁卯　晴。埃及石碑从英文译出，该国祠官颂国王多尼微第三及王后毗连力奇功德而立，大致以王崇信神道，祀事丰洁，此西俗信教之常。然其颂王克服波斯迎回神像，荒年购粮食赈济，此则武功仁术有可嘉者。又王之少女奄逝，铸像于一等神坛，亦感念王仁而充拓之，犹见民俗之厚。按同治五年，德国考古之士立而雅司在埃及苏彝士河堧地名汕得一石碑于土中，高英尺七尺五寸，宽二尺五寸，上段象形字，下段希腊字，续又得小碑，一为通用破体字，悉储埃及波勒博物院。碑纪多尼微王第三之九年太皮月十七日，即西历耶稣降生以前二百三十八年三月七号也。象形字三十七行，希腊字七十六行，破体字七十三行，均纪多尼微王第三及王后毗边力奇加惠及神庙之事，征服波斯夺回神像之功，举国升平，有庆祠祭司感戴德威，崇上王与后神号，增设慈悲神祠，祭司班秩。又每年三百六十日加增五日，以符日行轨度，永为庆祝慈悲圣神之期。所定新历以卑尼月初一日，即西历七月十八号天狼星见之日起算，足见闰年始于埃及，为耶稣未降生二百三十八年之前。象形字即埃及古字，别为破体字，以便于俗。溯耶稣未降生三百年之前，罗马克踞埃及，越五百年又为土尔其所踞，罗马用希腊字，故此碑亦有希腊体

德考古学家发掘石碑

15,3,23

也。午后赴老兵园看牡丹。晚约傅、顾饮饯，十点钟散。

二十三日戊辰　晴。参赞各员约傅楙元、顾少逸访华盛顿坟墓，美游应有之义也。今日为耶稣复生之日，美都童孩咸集美宫之前，扑鸡卵为戏。 复活节

二十四日己巳　晴。游员经费各借一千两，代买车票，电定舱位，顷又决意分镳，进斋遂不复言，又须为之退车票船舱，极烦闷。晚顾少逸来别，求派顾敬之伴送至诗家谷，诺之。敬之本与同宗，且通英语。

二十五日庚午　晴。发沪粤包封。午后外部照复已将中国海军旗式通行美国水师一体知照，应咨复北洋也。灯时赴谈臣晚餐。十一点钟返寓，震东自秘鲁回。

二十六日辛未　雨。谈臣鳏居华屋，子女相依，绰有馀地，子既纳妇，即令赁庑于外，西俗之不可解者。今午赴医院善会，剧止客散，阻雨，车挤于门。女孩约六龄，甫跨车而轴折，急跃下，无损伤，旁立一中年妇忽惊叫昏绝于地。余已行数武，闻而驻车遣御者回视，众方为之扶救。询为母女同行，乍睹折轴之险，以为不救，因而骇晕。属毛离裹之情，发于不自觉，否则当局履险如夷，旁观惊叫，无是理也。

二十七日壬申　雨。屡欲将美国舆图译汉文，苦无暇晷，顷震东回美，即令专力成之。行将推及诸国，务使山川厄塞一目了然，谈时务者所愿先睹也。竟日雨意不断，赛马场既辍，后山之会御者亦以马行旋泞为难。 欲译各国地图

二十八日癸酉　阴。格总统生日，鸟约有公宴，墨使

先往，余拟昨日往，续以事牵，遂辞之。亦幸未往，昨日火车碰撞，伤四人，副总统摩近、大将军士哥非儿均吃惊。连日装固行李十六件，合之马宏、刘吉祥、蒋得胜共二十六件，初拟附慢车寄金山，而慢车无保险，遂改寄鸟约，托旗昌经理。

二十九日甲戌　晴。华童步兰敦耳患未痊，伊母又函求使馆赀助，彭小圃颇厌之。此童不忘所生，根性自厚，当能永其天年。闷雨初霁，饭后徐步士蔑、蛤麻舲两处，复往农部园，牡丹一丛，鲜绿可爱，沿路丁香尚繁。

三十日乙亥　晴。郊原观赛马，遇议绅多福，云将回乡避暑，佘文已赴欧洲矣。美总统往鸟约赴华盛顿百年会，绕越纽折尔士乘舟，盖步华盛顿后尘云。会堂绘像则俨然与华盛顿并列，亦幸际其时而已。

华盛顿百年会

15,4,1

卷八

四月初一日丙子　雨。二月二十六日电请署示美派华使一事，今晨起得复电，但拒德尼，相距月馀，署中何以忽忆及此。旧年南墨洲舟次所为百韵排律有“荒经笺璞象，异派补桑郦”一联，偶检《汉书》“析郦”注，苏林曰“郦，音蹢躅之蹢”，如淳曰“音持益反”，师古曰“析、郦，二县名”，苏、如两音并同。刘攽曰：“析郦之郦，师古于《高纪》则从苏音蹢，如音持益反，于《吴芮传》则音郎益反，于《樊哙传》则音直益反，《郦商传》则音历，不晓所以。”一音数义，古人已聚讼不置矣，考之《广韵》吕支切、《集韵》邻知切并音丽，《韵府补遗》照《广韵》增入，以《史记·建元以来侯者年表》有下郦侯黄同“以故瓯骆左将斩西于王功侯”，则“郦”字收入平韵，未始无所本也。《后汉书》“郦邑公主”注：“郦县属南阳郡，音掷亦反。”

初二日丁丑　早雨，晚晴。昨日鸟约作华盛顿百年会，合九百人共为大餐，各城乡观者七十馀万人，极一时之盛也。华盛顿拔出英籍后，林居十数年，众乃推为民主，时只十三省，近则版图日拓，党祸日深，创国成规亦不甚遵守，识者虑其久合必分也。比以美俗假期郊原赛马，不因阴雨而辍，闻跳沟者多倾跌，徒快博进之意耳。

初三日戊寅　晴。西人碎石具有思致，其制法直如无缝天衣，又能别浓淡浅深，与水绘无异，曩观于日都旧画院壁，乍觀不知为石制也。近从鸟约得两帧。一《狮子得鹿图》，狮子蒙茸之像栩栩欲活，目眶髭须，其细如发，皆碎石为之；鹿血点滴，亦碎石为之；野地草花红萼绿茎，无非碎石。一《文豹攫犬图》，大致相仿佛，惟豹身斑驳陆离，与狮异；又野蔬一丛，苍翠焦枯，各叶皆备，平沙远树，层叠不穷，即名画家不过尔尔，况碎石所成乎？考之西人记载，此法始于埃及，名曰"摩西奕"，译言镶嵌也。阿非利加洲之北境曰嘉蝶池产碎石，具五色，埃及人初取以制环珥之物，渐而宫殿补壁，君主胡床，奇巧莫可名状，罗马、希腊踵而效之，亦能肖似，自威苏味亚士火山陷没。英人近于埃及南之梯亚也、罗马西南之膀髀崖土中掘出此种石画甚多，皆二千三百馀年前之物，西俗以为奇宝。近则义大利人犹能为之，然工巧逊前矣。此帧却于无意中得之，初疑其镶嵌后着色，以显微镜细视，则原石本色跃现，证以西人古记，知此制尚非夸大之词，所购埃及全文亦有印存之本，固知彼族极古之物。

马赛克制画

15,4,4

午后柯林臣来，述巴拿马河工中辍，华商生计益难，曹兆宾亦将归里。询其浚河工程，仅得四分之一，费却工本二万万元。法人篱石无力再集，近发狂病，虱处法都。然当日工钱每百扣十五元，篱石与诸管事人均获重利，附股者吃亏，曩曾讼诸巴黎，当道袒之，篱石免罚而工无成。现在藕断丝连者，则以可仑比亚约有“停工六月，则机器房产尽属可仑比亚”之条，故仍雇百十人从事敷衍而已。柯林臣问何天爵使华确否，前四年派可仑比亚参赞而不纳人言，亦不一云。晚饭后傅楙元来别，留秘鲁小本书托翻译。

初四日己卯　晴。比日咘嗟患病，日报言其瘫痪，有驳之者，曰腰软不能挺立而已，大约病势不轻。英新使到已浃旬，今午递国书谒总统，始与咘嗟相见，咘嗟不赴公事房久矣。其形似丰，其神实涣。此十年间两举总统不谐，仅两任外部，此中要结未始不费经营，宜心血之日耗，往还公牍较巴夏为缓。顷接其来文，述哥浪华商店铺美领事代为料量，免于苛政，亦思见好，余已接华商来禀，当复谢之也。晡后令莫力侯为柯林臣介绍与科士达相见，柯林臣资劳极深，人极质直，特气类甚孤，遂尔久于烟瘴，窃盼其量移善地，然美廷积习固非人事不为功。

美国务卿病势不轻

初五日庚辰　晴。外部送到美国票式两巨册，强半烟酒税，条分缕晰，其银票则自一元至五万元，存卷自百元至五万元，精微不混，每票加制送中国字样，亦殊细密，当寄与游员，并咨达总署。驻秘参赞林和叔寄到秘总统敬贺大婚书，该国现无公使驻华，故由使者代转，若美、日两国早经电贺矣。秘署上年与外部往来文牍亦寄到，即并美日两署抄件统送总署。秘国各部又已更换，嘉西任总统以来，凡八易部臣。

秘国总统八易部臣

初六日辛巳　立夏，晴。子豫寄到古巴橙子一篓，尚清美。闻巴夏自鸟约会场回，晚间访之，承以华盛顿造像钱见赠。又检示日本宫殿印章刀剑图册，绘画精工，首篇一叙仍汉文也。

初七日壬午　晴。金山广联兴伙伴余顺，客冬附火车至钵伦，车行碰撞而殒，索火车公司赔偿不允，禀求伸理。禀内有年月而无日期，须饬查乃能着手。小吕宋设官一案，日廷会议三次，以为窒碍难行，顷希九抄送外部复文。此案窃虑日廷久宕，前数日已函属希九将索偿该岛滥征之稿译送外部，希九迟疑审慎。此稿搁置三年，现在情形如是，若并此不发，更无以对华民。

西人检验钻石之法

初八日癸未　晴。西人辨钻石之法，点墨于纸，石蒙纸上，以显微镜视之，墨点散漫则赝矣。吾华但以能刻划瓷器者为真，殊未尽致，赝石亦能划瓷，曾试验之矣。西俗相传牙医以美为最良，然其技只刮垢以固齿，或齿根腐露则以金银补之，俾勿增剧，齿脱则别制以镶，徒美外观，无裨功用。若治齿痛尚逊华医，特华俗每以牙垢为护齿之要，此则西医所不解者也。偶访牙医刮治。归寓，英使庞而修偕参赞汨鹘来访，深情厚貌，谓曾游历中华，其在英伦则与曾劼侯善。此即李傅相所言庞侍郎，亦即巴夏

15,4,9

礼之亲串也，使美甫递国书，仍须回英接眷，初冬复至云。

初九日甲申　晴。顾少逸呈报离美日期，蓬云函述金山华人徬徨追悔之状，毋亦见之晚乎？昨《申报》述津沽火车碰撞事，来车逾时未至，去车在军粮城交衢之轨久候无消息，司车人孟浪直前，及来车举旗示之，已两避不及，遂俱伤也。火车所经行断无不设电线之理，两车相候既逾时，自应电询，岂有径行直达者，此司车之谬也。比日谈时务者，每欲仿西法而不肯鞭辟入里，睹胪蒙之妍，捻缨求似，可为慨叹。午后柯林臣偕其子来谒，谓明早乃得见外部，如不量移，仍返巴拿马。 津沽火车碰撞事

初十日乙酉　晴。和兰有属岛曰苏里那么，在南墨洲境，向有华人佣工，和使近商总署拟订章程，声明与苏门答腊、哈拉巴两岛不相涉。总署函询应准应宕，属派员查复，等因。当检舆图，苏里那么洋语作苏里南，其地毗连英、法属岛，咸丰、同治之间有人在粤招工，指为西印度。其招致情形略如古巴，该岛亦与古巴相近，版图尚宽。此时华人侨寓情形自应详查，始能咨复，当檄古巴总领事就近派员前往。美有领事在彼，并托外部转询之。特往来该岛船只甚稀，恐须三两月乃得回信。 苏里南岛

十一日丙戌　晴。署章减俸，自前年正月元日起，久已遵办，客腊署奏奉使准随带子弟，略仿汉制自辟僚吏之意，甚盛典也。汉武时用度不足，奉使求不受俸禄，自省其徒众以取其廪所得多于本禄，汉时流弊，不复见于今

矣。西例公使包费，尚非无所本。申正至科律师、谈臣处，忽旋风振撼，尘沙蔽天，热气陡退。晚至后山，林月相映，夜色良佳，访巴夏不值。

十二日丁亥　晴。巳正得津电："二月十九日函悉华工驳议甚好，崔惠人秋初起程，何天爵不使华为佳，定否。"当将四月朔日总署复电大致电达，五十七字。念六月不能交卸，十月不克抵京，仍应敬递贺折，特备印花两纸，奏事处咨文两件，函托北洋照常转饬缮递，电音未详者并赘此函。料量妥定，附车至波渡磨。少憩旅寓，薄游园林，天然结构，中有方亭售酒水、架非。晚饭毕趁船往文劳炮台，船极华丽，一色电灯，游客亦盛。晡后展轮，雾重而星月不为掩。途中所见石炮台，半已倾圮，大都南北花旗战事定后未经修葺者也。

十三日戊子　晴。将曙大雷雨，船幸不颠簸。辰初抵岸，旭曦莹然，徐步旅寓。总统亦泊舟于此，各以避暑来，不相闻问也。旅寓临海，木楼四层横阔，檐前一亭，纳凉尤宜，美俗患病辄于此将养勿药。有喜天气佳也，偶为一诗。

避暑胜地

十四日己丑　晴。文劳炮台总兵官差弁来，言昨日礼拜，未能为礼，今日十点钟放炮十五门致敬，并请示期进谒，余许以两点钟。此行本拟避器，仍难免酬应。傍晚大雾，对面不见，隐隐有雷，方食而阴霾散尽，夜月弥清，甚出意外。西人踏歌跳舞，半夜始散。

本拟避嚣难免酬应

十五日庚寅　晴。萨摩岛事，德、美似有违言，美近

15,4,16

专使赴德会订，当免于战，咘哇候此事大定，即出外避暑矣。巳正答拜文劳炮台总兵官，略览形胜，台中林木甚繁，守台陆兵三百，皆有楼房栖止，并可携眷。台既临海，后路亦引水为沟，建桥出入。药房在女墙之下，大小二所，极严密，石台之完整者也。此为大西洋海汊，固宜严备，台炮却旧式，沿路堆废弹无数，南北花旗争战之馀。台中储英国炮一、墨西哥炮三，云皆战胜而得。前年外部请译之，炮系子母铜炮，当时疑为元代物，亦类朝鲜，颇难武断，对峙一台，则废圮久矣。总兵官殷勤款接，导至其家，饮酒而别。总兵官月俸极优，终岁无战事，即弁兵执枪列队迎送客亦岁不数见，风景既佳，且复闲暇，诚美差也。晡后雾雨，晚饭后听乐片时，欠伸鱼睆，亦寻睡矣。移榻于楼，较酣适。

十六日辛卯　晴。华人提控美都之案，总察院判以议院既定例，则从前税关照皆作废纸，华工须遵例行，与金山臬判无异。余每谓总察院与各省臬司同操此术，断不能自相矛盾。华人客秋不候余返美一商，遽控诸金山，此次专雇两律师提控美都，亦未来谒。金山贪劣律师每袜华人以例必不行，行亦可驳，今果何如哉？科士达贻书相告，甚惜华人不明利害也。今日天气清朗，午不思睡，函询刘芝使交替日期、乃郎春闱消息。 华人提控美都之案

十七日壬辰　晴。《汉书·律历志》“制礼上物不过十二，天之大数也”，然则西俗器物每以十二件为一他辰，亦有所本乎？特以十二两作一磅，此则昧于二十四铢

而成两，法二十四气。十六两成斤，法四时乘四方之象，失权衡之正矣。午后总署电“何天爵狡猾，设法阻之”，当电复以“美廷暂留田贝”数字。署纳北洋之说，故下此断语。

十八日癸巳　晴。外部函约今日游华盛顿坟，为英使也。美例初通好之国，必延其使为此会，英美非初交，或因去年逐威士，特优待新使以修好乎？否则，附英之意，不合独责之前总统耳。余方避热，不能赴，为电谢之。晚八点钟附船回波渡磨，船馔不恶，竟有鲫鱼。夜雾，一点钟始见月。

十九日甲午　晴。晨起七点钟已抵岸矣。趁火车至鸟约领署，气候殊热。金山冈州会馆有林姓人，二月间昏夜被刺，曾于正月与丹桂戏园收票人张姓角口，遂指张为凶手，讼系之。张姓人公函求援，当将原函寄吕洁卿调处，以均为冈州人也。金山命案类此者甚繁。

华人命案诉讼

二十日乙未　阴雨。鸟约人秘十能说神鬼怪异，恒一睡数昼夜，吾华所谓走无常者也。即藏钩射覆诸戏，莫不奇中，富商巨室每招之作剧。一日偶于西商家演技毕，昏昏睡去，仅六点钟而气绝，医士决其已死，且讶其心思灵巧，脑髓必异于常人，遂剖割以验视，其妻得信自乡落赶至，已无及矣。缕述其夫平昔起居，又检遗蜕，果有书一纸，略言昏睡非死，幸勿惊误。其妻痛医士之孟浪也，讼之官，不知若何判结。西俗医生权甚重，然如秘十者，亦以怪诞而自杀耳。医非诧其脑髓，何至汲汲剖视，苟推神

15,4,21

仙不死之说，或指为尸解也。

二十一日丙申　阴雨。傅楙元函报离美赴倭之期，属觅书本。湘浦书言粤中沿海筑堤岸，自天字码头兴役，官为之倡，馀则督商经理，将来有成，可夺香港之利云。不知香港能聚如许华商，以出入口无税厘之故，中国内地岂能虚与委蛇哉？是在招来有道，周官保富之条，亦粤政所当急者，否则商人逐末，未有不营营于香港间也。外部前约华盛顿茔园会，以现派俄使病殁而罢，来筒书笺均黑缘，西俗丧礼之式也。纯甫来，言美商新制炸药，炮子能洞穿十寸铁板，曾与土尔其试验。现义大利国以五百万金镑与该公司订立合同，设欧洲各国拟购此炸弹，须由义国主持。纯甫亦欲中国仿行，以专亚洲之局，而未深计中国岁销几何。纯甫见解往往如是。

香港无税能聚华商

二十二日丁酉　小满，晴。西俗地舆之学，童而习之，自本国以迄环球，往见西童能言中国口岸厄塞，甚奇之，问俗略久，乃悉所学之有自也。其以本省地图作嬉具，如吾华西湖图者，以骰子掷点计数记里，稍能行步即知各省方向、犬牙相错情形，此西学之浅近而有用者。《汉书·食货志》"八岁入小学，学六甲、五方、书计之事"，苏林注曰"五方之异书"。如今秘书，外国书也。汉承周秦之后，学务赅博，白登之围，嫚书之耻，朝野均不平，专意积精，冀湔涤之以纾边患，方小学之初，辄及外国书计，用志良切矣。汉时沿边诸国文字略同，考索尚易，自有轮帆而海外四洲几无隔阂，及今而不明五方书

西童幼习地舆之学

计，尤无所措手，京师同文馆、津粤沪之西学堂，其可缓乎？苏里南岛事，访之希特公使，但知岛有华佣，仍未悉岛酋虐待与否。巴夏解任后，昨始回威明顿乡居，六十老翁，行将纳妇。

二十三日戊戌　晴。巴拿马浚河之役中辍，法国银行多为牵倒。顷美国加非儿银行总办施利又集资本，谋浚尼加拉瓜国河道，以通大西洋太平洋之路。地在墨西哥之南，可仑比亚之西北，内有大湖二，较巴拿马易为力。本月二十六日载运机器工人前往，函请观其展轮，爱立谟前云集款六千万者，或指此耶？此为南北花旗关键，美固不愿榻侧有人，而此海路能通商务，未始无益，美人自为营办，美廷之愿也。金山领事申复夭李架各案，或疏缓自误，或虚伪无凭。华民见猎心喜，局中幸得之心，局外垂涎之意，均所不免。索款难，散款尤难。

谋浚尼加拉瓜河道

二十四日己亥　晴。美洲阿挨贺人李来新制一器如棋枰，横直各六度，弧斜各十一度，其三十六孔，以铜铁点插，每度横直、弧斜须不连碰，遍索解人不可得。美廷遂给牌照，准其专售，价值却廉。领署各员寻绎数月，莫名其妙，函询售者，寄来一图，仍闷葫芦也。今晨饭后无俚，试以象棋马行之度插之，北偏东第三度起，南偏西第三度起，居然巧合，似亦无甚奇难。夜观蜡偶奕，遇劲敌，摇头伸颈，几败矣，各存一子，终成和局。蜡院中储一玻璃罩，观者各五仙士，乍见不过一陈设之物，状如轮舶之天平架式，投钱则电灯自燃，音奏自作，且必限以此

15,4,25

数，过不及皆窒，制器者预蓄其机以图利。美俗心计纤巧，一物之微，无非算学。

二十五日庚子　晴。舍路华商陈宜禧等公禀：收到赔款并馈牌伞扁额。禀内有“泼水难全，收桑少慰”之句，措语尚雅洁。近美绅建议，拟以银元一万万购古巴全岛，年交五百万，以二十年为期，美廷交议而未定也。前月十六之会，日使于余坐中曾告抛麻，美得此岛不合算，岛人强悍，岁须重兵镇压，阖岛所入不敷兵费。抛麻笑谓任其扰乱，不设一兵，似美洲蓄谋已久。惟闻日都官绅多不愿，日国仅存小吕宋、古巴两岛，果以古巴售美，不难以小吕宋售英？回思嘉路第一时，何以仰酬先烈？ 美绅欲购古巴全岛

二十六日辛丑　晴。美近以电击易环首之刑，只鸟约一省刑律且难齐一，所以为合众国也。外部复约游华盛顿墓，仍辞之。 美以电击易绞刑

二十七日壬寅　阴寒。朝鲜代办李夏荣函订五月朔日晚餐，既辞外部，遂并辞之也。鸟约湾克近充鸟约邮政总办，晡后偕按察司摩根来晤，云户部行知税关不拒华童游学，且言美禁为不公。

二十八日癸卯　雨，寒如初冬。檀岛董事程汝楫、古金辉禀复照常任事。两董本郑光禄选派，余援案加札，比该岛华人恨其攻讦会党，衔怨甚深，两董遂辞差，余不愿太阿倒持，仍加委任。人言庞杂，领袖之难也。近秘鲁有华人故倒洋债十四万金，密延律师报穷，债家格于秘例，莫可如何，领事甚愧愤。

二十九日甲辰　晴。得日都博物院造像映本，此像得自阿拉卑亚之尼嘉塞木城。明嘉靖元年，即西历一千五百二十一年，日君主阿尔方疏第一初会埃及王阿思满于此城中，相传为埃王贽物。初藏格兰那达宫，我朝乾隆十八年移置日都博物院。文字甚奇，颇类石鼓。午后答拜湾克于邮政局，规模极宏赡，楼高五层，建费九百万金，落成已十六年矣。邮政工役二千五百，其有昼夜不断者，则分作三班，轮流更替。买保险之信件，每日六点钟时即停代人寄物，无轻重均任之簿记层叠，即失误亦能追查，立法甚善。楼内兼本埠理刑司、合众国委员两署。鸟约地价极昂，有方平一尺价值三百金者，故美俗多建高楼，谚云"占天不占地"也。鸟约之凌空火车，命意亦然，惟车经重楼窗户，可以窥见室家，亦诸多不便。

访邮政局

三十日乙巳　晴。朝鲜朴使二月二十七日函，述别后病滞东洋江户县，缀之甚，近渐痊，可来初，准拟回国寄到代购竹沥姜三斤、干姜二斤半。所言"来初"或即下月初旬之谓，朝鲜文字固如是也。

格总统墓祭之期

五月初一日丙午　晴。格总统墓祭之期，今总统亦至，水陆军兵列队游行。此坟已属之美廷，略如中国置官守冢之意。日报盛述赙花之典以中国公使为最，足征邦交云。子豫函，言苏里南之路，自古巴起程，四日抵波多利哥换船，一日抵散多马士换船，三日抵散多路施亚换船抵千里达，四百迈抵地美拉笠，三百迈抵苏里南，由散多路施亚起计六日，合计十四日，二千四百八十迈。船不常

15,5,2

有，屡烦守候，往返约须三月。当查鸟约有直抵苏里南之船，水程却须二十三日，即电复并将船图寄去。

初二日丁未　晴。总署咨回，客腊折子奉批旨，钦遵咨行；又咨送正月二十七日、二月初三日恩诏誊黄两道；又咨抄更换使臣折，并拨经费数目，分别存复。今日美西省大风，金山火车不克来。

初三日戊申　雨。顷询梁蓬云火车消息，在撖士泊之西，前路风断两桥，后路山石崩，欹压阻车滞于中，进退维谷，幸司车人有电来，车尚无恙。行路之难，车船一辙也。子豫电复，苏里南之行由古巴起程为近。

初四日己酉　晴。美西风灾，山湖泛滥，淹没赞士汤一埠，死万人以外，湖中木排飘失，值三百馀万金，美土人谓创国以来无此奇灾也。日报又言停车之地，水亦淹及，车中人各逃生命，有误坠于水者十馀人。车上储有石灰水，激而热气发，车旋烧灭。闻之焦灼，电线又断续不通，晨令张丁盛至火车房专电司车人，展转绕越六点钟乃有回信，言前停撖士泊之车现已移至阿拉蒿打埠，蓬云当能履险如夷。鸟约银行富商挨士藏古瓷甚多，中有郎窑瓶洗六器甚佳。又印合四枚苹果色，甚可爱。外一紫檀匣雕刻“乾嘉巨公”，题识几满。又黑瓷瓶一枚，中画五采麻姑，上绕一蝙蝠，瓶底有“正德年制”篆字印章。挨士云得之英伦，曾劼侯为之辨正曰“明武宗年号正德”楷书七字，复署英字押，主人并此纸而宝藏之。端医生往游欧洲，求书谒刘芝使、陈敬如。

美西风灾损失惨重

初五日庚戌　晴。重午节，同人照常为贺。刘宝森晨往火车公司，询明金山来车实停阿拉蒿打埠，已脱赞士汤之险。现拟修复桥路，或雇马车载客至哈卢士报埠，换车绕至鸟约，初七八可到云。日报所述及他公司猜度之词，徒乱人意。澳路非奴、亚罅近拿、槐花园、亚罅市架四埠华民冯胜瑞等共为牌伞称颂，各埠赔款想已发竣。

初六日辛亥　晴。游历义、日、葡、瑞司员户部主事洪勋、户部员外郎徐宗培公函借拨各九百金，以英、法使署不能再借。远道函商而不言住址，电汇固茫然，回函亦难寄，殊费踌躇。美都博物院函谢所赠汉玉璧。

美西水灾各省捐赈

初七日壬子　芒种，晴。美西水灾，各省捐赈，五日之间已集百馀万金，足见美洲之富。此次山水暴发，湖河并涨，美都华盛顿纪功碑博物院一带水深数尺，市肆间可以渔钓。把菟麦河坝大桥冲坏，桥侧煤栈冲去，损失垂百万。水漫至火车头，竟须小船渡送，文报不通者数日。

初八日癸丑　晴。何天爵来访，未接晤。客冬希特内乱逐其国主，交恶逾年，国主集兵复战，亦不利，乱党竟自称摄位，坐候国人公推，前派各国驻使行将撤换。希使驻美十九年，资望最深，与交甚洽，深为其惜之。

初九日甲寅　晴。郑光禄乡居患盗，函托鸟署购李枪二十根，大盗固不畏枪，以御偷儿，譬以狼捕鼠。阅邸报潘峄琴近转庶子，同邑多一京堂。南海自吴荷屋后无开府，罗萝村后阅卅馀年，至峄琴乃复开坊邑，运殊弱。

初十日乙卯　晴。鸟约电传香港飓风三日，在晦朔之

15,5,11

交，念李骀选方于此时舟出日本，辄深系虑，顷金山电复骀选所附之船已平安抵港。春闱榜发，李木斋榜眼及第，李玉帅有子矣。眷念旧交，为之快慰。

十一日丙辰　晴。秘鲁学堂经费既竭，参赞禀商月拨公帑百七十金，否则中辍。余以华童生长秘鲁，习染甚深，若不导以诗书，久将尽忘本来面目，视储材之意尤亟。因为切要办法辞却洋教习、帮教习两员，专习汉学，先激其水源木本之思，苟有进境，再拓以西学。前日已准张丕勋假，派教习刘恩荣代之，即令仍兼学堂，兼差向不支薪水。外此月租纸笔之费，余捐俸给之，可不动帑。客岁开办之初，湘浦、伟臣倡率诸华商捐办，规模初立，湘浦乞暂缓奏报，亦虑捐款难持久也。美日秘学堂据历年奏案，本可动帑，余虑成就之难，涩于虚掷，古巴、金山两学悉由领事设法捐办，岂能独厚于秘鲁哉？秘鲁华商生计逊前，通惠局且拖沓未就，语以作育华童之意，犹北辙而南辕耳。梁蓬云、陈芷泉、杨建勋晡后到鸟约，车行脱险，如庆更生，然此数日间旅止仓皇，亦备尝行路之苦矣。 秘鲁学堂经费不足

十二日丁巳　晴，热甚。德商北士来访，叩以苏里南情形生意，以架非为大，糖烟次之，华人旅居数目却不甚详，今年古巴糖务亦大有起色云。天热，蜡偶棋枰暂辍，仅有音乐。

十三日戊午　晴。蓬云此来本买定三点钟车，因病困少憩诗家谷，遂改附五点钟车，而行疾乃越前车，及山水

改乘后车幸免于难

暴发，司车人又急驶山巅，得免于难。前车忽焉在后，竟尔淹没，此中殆有数焉，两车生死只差十五分钟。蓬云既幸脱险，候车修复乃行，暂寓撇士泊埠，有华人三百馀。该埠知府馈问周至，并代查所失行李，云已觅得一皮箱，或不至尽没也。行李应随客车并发，该公司乃别附前车，恰为之淹，公司未始无过。然即此九日滞留诸客移寓埠中，一切房饭公司任之，而生意损耗、铁路修理共耗一千四百万金。该公司讼之于官，以此次遇险系山湖倒泻，而山湖之水则土人储以渔钓者也，索土人赔偿。此为有数之款，若赞士汤全埠被淹死者逾万，其他机房物产亦能尽数赔偿否？天气既热，虑蒸疫气，有建议一炬焚之者。同时舍路亦有水灾，未据华商禀报，能免波及为幸。

铁路公司索赔土人

十四日己未　阴雨。沪上赈局以东赈孔亟，公函劝捐。二月金山华商已捐解苏、皖、豫三万金，分拨散放。其时未悉山东情形，业承南北洋谕饬沪关，移豫款解东矣。此时东灾未淡，海外商务势成弩末，集款甚难，惟当尽心力劝之而已。金山华人近以讼争关照一事，美察院尚未批复，辄潜购新照数万，又在香港搜罗旧照不少。误听讼棍之言，以讼必获胜，遂争占先机以图垄断，不悟金山臬司已驳之案，美都不能两歧也。利令智昏，徒丧巨赀，卒掷虚牝，何如捐赈之为愈乎？古巴电报萱舫苏里南之役，今日起程。

十五日庚申　晴。梁、陈各员所失行李，律师谓天灾所损火车公司例不赔偿，然该公司则已索赔于土人矣，云

15,5,16

须取决于费城。晚饮北士寓楼，在新造园之北。坐有贾于法者，谓中国前年假德商之款，月息七厘太昂，续有假贷，可毋须此。余辩无其事，其人云有亲串在华，买得此项股票。

十六日辛酉　晴。莫力侯母病乞归，今日成行。美西风灾，金山华商亦捐千金，薄酬西人前捐苏、皖之赈，天灾流行，何国蔑有？自应各推好善之诚。

美西风灾华商捐赈

十七日壬戌　晴。萨摩岛之约前日在伯灵签押，美专使将归矣。申正大雷雨，晚霁，郁热顿减。

十八日癸亥　晴。美都有人上书兵部，谓昨日至明日都城大风灾，居民疑信参半，天文台亦诋上书人虚妄。昨鸟约却大雷雨，然非灾也。近因赞士汤之变，论者每讹言美洲有灾，微飔辄指为飓。前日子豫惑于日报，亦为电询，市虎之骇，远近一致。忆乙酉春过日本，方竞传东京西二月十五号陆沉，怯者或谋迁避，亦竟无验。

十九日甲子　晴。金山华商黎强等集赀赴山东营办栖霞金矿，四月十日自香港起程，此时当有头绪。近又有建议在九龙开铁路至省城，冀夺香港生意。计程六百馀里，或承工，或集赀，均可。未审地方长吏俯准否耳？津通铁路时议时辍，他省自难发端。

二十日乙丑　晴。的钦巴埠赔款，郑光禄候查未办，及余照会外部，就领事册报最多之数索偿，美廷照允，并未派查，窃谓可以对华人矣。乃外部刊本并该省巡抚士圭也原报亦附刊于册，美廷每办结一案，必将此案文牍一概发刊，向例皆然。册载华人林威报失一万五千元，林威以洋册有此巨数，频来禀渎，不悟此为地方官据失主所报，非美廷核准允赔之数也。叠经领事开导，犹不释然。且林威已入英籍，失事之初曾禀复欧阳领事，云自向英领事报案，无待华官办理，自请剔除。续以姚、郑两员往查案，乃改报三千元，已照索给之。今挟外部蛇足之册，遂专人来谒，将命者以苏张之舌取盈。

二十一日丙寅　晴。博物院缩制墨西哥石表一枚见赠。

间询陈敬如埃及石幢，顷得复书谓：

埃及石幢

埃及石幢有数十种，一种之中又有前后左右之文，散见于群书中，颇难枚举，亦难收聚。其文销沉数千百年，无人能知，无人能读，不过西人好古者得之为奇异，言人人殊，都无可辨，亦绝无所谓拓本者。郭、刘二星使所存向未之见，不敢妄拟，惟忆《使西纪程》有言至埃及得石碑文，并举数字以证上古制字象形之意，并言刘使君得有大拓本云。季同乘槎三次尝过埃及，颇留意求之，迄不可得，惟照相本或大或小数十百种，刘、郭二星使所得恐即此也。否则即如前月所奉八纸之石印本，指此为拓，亦未可定。西人不知拓法，石幢临空矗立，尤不易拓，良如钧论，不必更赘。按西人咸谓埃及开国更古于中国，此不可信者。考其制字之始，则在纪元前二千一百年，一书又谓在纪元前一千九百年，即如二说亦尚在六书后，是窃苍颉遗意无疑。且埃及之音与汉安息同，条枝即犹太，莎车

15,5,21

即波斯，古今异名，语音具在，是皆臣仆于中国者。独惜其为摩哈麦特一炬后虐比祖龙，存者惟此残碑断简而已，文虽断烂，而光怪陆离、牛鬼蛇神之迹，破碑碎碣，种种皆佳，不仅石幢已也。此处有博物院专售此文，西人游埃及归来，出照本用显微镜摹绘于石印上，尺寸虽大小不同，而点画形体实无差讹，比之照本尤为清晓，所奉八纸即此也。查该院所编出售之号，已过五千，价值昂贵，随印随售，售毕不复印，欲求其全数亦难。且今日有之，明日无之，亦不能按图索骥，殊可惜矣。前往购时见其现有者不过五六十种，除大小雷同及破碎笨劣外，尤佳者惟此八种耳。八种中最佳者乃一人侧立，点滴而下作一小人，屈足而坠，方围许多小人环绕之，似即子孙世守之意。西人谓系三尖古冢中所得，殆矿铭欤，因其状近亵，前书故不敢言及。此冢乃在夏、周之世，为其文治正隆之候，留之以见大端，幸勿以中国礼范之严律，榛莽无知之俗焉可。其次即石幢也。石幢之设在婆罗门教盛行时，自埃及至印度皆有之，而埃及犹夥。此幢断作两段，西人言为最古者，是诸幢中特最，文字点画亦简，似为象形，初亦为指事者。再次则有鬼神之状，满身皆文字，西人以为古佛，误也。殆当时火葬，储死灰之瓮，按其字体似为埃及中古之文，六书备后所作，然亦二千馀年物，似在说文汉隶之前，惜无人能识之耳。八纸中即此三者可见埃及古文大略，其他不过备数而已。近德人著有《埃及古文解释》一书，穿凿附会，尽削象形、指事、会意、转注、假借等

德人著书穿凿附会

法，但以谐音为主，叩之埃及土著，亦茫然不知。犹法人收墨西哥古字数十种为书释之，携示墨使，则曰：非特我不知，即我举国皆不知，敬谢不敏焉。呜呼！赵明诚之《金石录》，欧阳公之《考古图》，号为作者足寿千古，其中亦有牵强间断之处，况德之于埃及、法之于墨西哥，地之相去千有馀里，世之相后千有馀岁耶？夫德人所著亦非无所本也，因二十馀年前英人于希腊地得古断碑，上分三层，首为埃及上古文，中为埃及中古文，下为希腊古文。希腊之文西人知之者众，季同亦谙之，碑辞乃作赞扬埃及王敬天爱民之语。德人用此求其中古以及上古，然中古文谓之谐音可也，至上层分明象形、指事，六法皆有，断非谐音一道可了。且希腊字母仅三十二，埃及字母有三百馀部，多寡之数不相侔，是不待攻而破矣。碑上上半两角皆缺折不全，所缺者不知几何，字并作何写法。是碑今存英国，不甚传，而德则因此人而传，故有印本，曾得二纸，今以奉献云。

求解埃及古文

陈敬如在洋十馀年，怪怪奇奇，是是非非，颇能言其一二，以文人而就武职，用违其才。

二十二日丁卯　晴。巴夏函谢喜物，婚期尚须数月，约余访其乡居。午间令蓬云检的钦巴卷，内林威两次声明已入英籍，自求英领事索追，并外部驳复英使代索之案，示林威递呈人潘明昌，始俯首无言。散款之难，可愤。

二十三日戊辰　夏至，晴。波都沥古岛尚羁禁未释之华人，当令萱舫往苏里南便道查理，并咨总署。天气愈

15,5,24

热，晡后循质成河至吉士寄庐避暑，舟行所经两岸人家，林木相间，略如江南风景。

二十四日己巳　晴。卯初泊船，乘马车至山庄板屋，层楼在诸山之坂，四围茂树，门对青螺，去市甚远。只后圃有农人一家，散牧牛羊，杂莳花果，芍药数丛未败，蔷薇施高树，掩映生姿。惟松鼠甚多，见人不避，然不入屋。每日午，卖鱼人来询盘飧之用，不致绝无兼味。惜书邮稍远耳。比屡病失眠，恐成怔忡，至此可图静憩。寓中百物皆备，陈设不侈而洁，初念不及此。

二十五日庚午　晴。埃及古有勇士，在耶稣未生之前数百年，名曰三蜃，力能拔柱，崇楼广殿随手可倒，勇冠于国，亦颇为邻里妒。时有美女曰杜丽牙，擅倾城之誉，愿与荐枕，三蜃惑之，女伺其酣睡，潜翦其发，嗣是力不能胜一雏。力系于发，理颇难喻，西人著述娓娓言之。陈敬如谓埃及与安息同音，即汉之安息，埃及有大小之分，安息亦然，不识确否。惟《魏略》载大秦国以水晶为殿柱，迄今考之，殆虚语耳。大秦，今之罗马，宫殿宏丽，柱础多文石，非水晶也。 埃及传说

二十六日辛未　晴。西人向以六月二十二号为轨度最长之日，即今年夏至后一日也。远考中西历，当不相远，吾华亦以夏至之日为最长，谙历算之学者当能融洽分明。是日美洲试炸弹于诗家谷，美廷派员往观，若甚矜重。美署寄到例奖清单，日署两员漏叙年岁，尚须复核。晚饭后徐步三四里，遥见树罅白光，疑为屋壁，行近则野草繁花 美洲试验炸弹

如一片素锦，过此乃有人家三两，幽寂极矣。北行五六里，则高树连衢，华屋鳞比，富人别业也。

二十七日壬申　晴。顾少逸四月二十五日抵倭，有书来。房东士雕鹘充上院议绅，叠与华人作难，近因其妻弟亚狒为卓忌华人作律师，欲索未经报案之损失银物，乃函荐亚狒，诚翻复无耻之人矣。夜雨。

西俗喜鸵鸟

二十八日癸酉　雨。西俗喜驼鸟，妇女至以片羽为首饰，诸博物院亦时见之。汉永元十三年安息国遣使献大爵，《后汉书》注引《广志》曰："大爵，颈及身膺蹄都似橐驼，举颈高八九尺，张翅丈馀，食大麦，其卵如瓮。"即今驼鸟也。此鸟之入中国由来久矣。晡后雨重，殷殷有雷声，对门诸山云雾蓊翳，略似米家图画。

二十九日甲戌　晴。观农人刈草，其器着地如犁，而密排锯齿，旁缀镰刀，一马牵曳，一人立犁上执鞭，以机运之，随行随刈，顷刻间可数亩，门外蓬蒿遂无障翳。晡后蓬云、芷泉来别。

六月初一日乙亥　晴。总署寄到二月十六日、三月十七日钦颁誊黄二道，蒙恩荫一子入监读书，幸邀异数，庆流子孙，犬马之报，益当感奋。新使崔惠人函留进斋，原函寄请自酌，并将为司圭也报文事特给外部照会，署押送去。

初二日丙子　晴。义、日、葡、瑞游员洪勋、徐宗培两电拨借，言定十一日船期，而不言住址，从何电汇？英、法馆既不借，此间本甚支绌，若竟置之，虑难成行。

15,6,3

初三日丁丑　晴。蔼呢埃伦今年烟火为罗马火山焚烈故事，烟焰沉黑，殊逊昔观。鸟约新来粤剧一部，西人极讪笑，而访事者乃复络绎，均不耐久坐，以非知音也。其一人坐至两点钟，咸嘉其有听功，越日视之，已头闷不能起矣。西报弦外之音，大可喷饭。

初四日戊寅　晴。电汇洪、徐两游员库平银各九百两，由鸟约汇丰汇至日都，并咨总署近以山东济、武、青三府灾赈孔亟。旧游之地，甚难恝置，勉凑使俸千金，电汇沪局王松森转解山东分赈，并咨东抚军。续得檀岛程、古两董事禀，言今春皖、苏、豫赈，各华人捐银一千四百馀元，上年郑州水灾，自正月至九月捐银三千八百馀元，均寄广东爱育堂转解灾区济用。檀岛商务远逊金山，而能如是勇跃，何可略其向善之美，当据禀咨粤，索扁额以彰善举。

使俸千金捐赈山东

初五日己卯　雨。阅邸抄，登莱青道电禀总署，濮州北岸河决一百三十丈，东抚复奏濮州南岸辛寨新生沙嘴逼溜北趋，幸未漫溢。现在加厢料土，加筑套堤，似此当可稍纾宵旰矣。山东灾况，宫廷廑念，慈圣又发内帑十万金施赈，何可更有决河之报哉？默维濮州北岸近倚金堤，地势又北高南下，往决每在南，殊域数万里，究难遥忖，徒闷而已。晡后复进斋书，附咨稿三件、批一件。

初六日庚辰　阴。环球之民佣趁他国，咸谓华人最盛，近奉使海外，始知德国无业之民散处觅活者亦复不少。甲申法越之役，驻德使者聘德国二十五人，抵津时和局复议矣，仍略任以教习等事，乃纵酒任性，至于讹赖，及遣撤且大费力。固知徒采虚声之无益，且选募不问贤否，不旬日而德人可千万也。

初七日辛巳　雨。美州创国之期，各使向不修贺，总统且移幕千捏底吉省作庆，或曰该省多南党，总统欲保位，特俯就之。然比日画报则谓总统已调服咘哇矣，特绘卧虎于几，总统豢养而呵叱之，局外间观北党气象尚逊南党之固。咘哇为政，树党之机深，谋国之心急，近复多病，宜可少息也。萨摩之盟，德得赔款，英得设公堂，如上海故事，美则虚有外观而已。上海会审局当日地方官厌理洋事，假权西人，方谓摆脱得计，不图彼族已援为成案。中外交涉，喜事固易召侮，过于畏避流毒亦复无穷，不特上海公党一事。希特内乱经年，逐其国主，论者惜之。美廷近派黑人充使，谕以但有总统即递国书，不问乱党与否。美于叛逆之事，视若罔然，即黑人充使，亦骇人听闻。

美廷派黑人充使

初八日壬午　晴。古巴近捕一巨盗，专以掳人勒赎为业，积案累累，越狱而重获之，随身尚有银票十五万元，金钱三千五百元。入狱则乃弟已变易姓名，缧系矣，越日即决。既决，有为之辩白者，谓此盗向不戕害人命，掳勒不应手则潜纵之，今总督处以极刑，未免过重。然则盗亦有道欤？积赀如此之巨，大可骇诧。盗订婚而未娶，临刑之先，总督特准同赴袄祠成礼，俾其妇得领遗赀，亦西俗法外之仁也。

15,6,9

初九日癸未　晴。金山华商黄秉常等拟集赀四十万回粤营办电灯公司，以杜火油之害，命意良佳，所呈清折，尚无讹谬，当为咨商粤督。又檀岛华人古玉芳、张文廷前年经商董禀讦，咨查众华人，又叠禀辩冤，远道颇难武断。细核此案，因会馆被毁，商董集众捐赀重建，古、张两人梗议，商董遂并讦其平日劣迹。人情谁乐捐钱？故于集捐者则怨之，梗议者则德之，古、张被讦后，辩讼结保者不休，职是故也。然会馆究不为异议所阻，商董有志竟成矣。古、张两人又以咨查原籍为惧，犹知有中国法律，设亡命凶徒则并此不知畏也。原其畏法之意，量予自新，因并咨粤督销案。此间后山有高松千章，沿山坂曲折而上，浓绿夹道，松下多秋千、胡床。旁即质成河也，临河有小酒肆，极幽闲。再西行十二里，翠嶂高叠，山店宏敞，西人多于此间买夏。

初十日甲申　小暑，晴。美总统有谕饬议院先期集院之说，盖积压多矣。诸绅方循例避暑，客游于外，恐难如命。外部总办司员布郎从事十八年，百凡熟谙，往者南党司令以其嗜酒而去之，顷闻总统谕令回部当差，果尔则大可为咘哇之助。

十一日乙酉　晴。美例苛虐，腊正之间叠与前外部巴夏辩论，巴夏以英伦日报为解，诚遁词矣。兹者咘哇当国，又性喜展才，无巨细辄援美例，因为文予之。

十二日丙戌　晴。进斋期约不至。山居甚静，早晚间有贫人乞食，或废疾，乞医药钱，均酌予之。门前自燃路 山居甚静灯，此皆小惠，无足言者。而该乡乃合百十人为鼓乐相谢，薄犒以酒，使之尽欢。

十三日丁亥　阴。陈善昌控容纯甫私债，而将公家学堂查封，叠经咨会南北洋，饬下沪关查办。沪关叠次来禀，将并公产而湮之，以宽该商控封之咎，余再三辩驳，近始将学堂撤封。此案沪关于商禀绝不批斥一言，甚不可解。

十四日戊子　晴。费城教士威林匹特函，言华人之至费城者多就其读书，并习工艺，否则流入烟赌局矣。现欲集赀建一公所，苦无公费，拟西十一月作一会场，专陈设中华家常器用，冀收观者之利，以为鸠工之赀，乞届时假以什物，农具尤佳云。此君用心良善，惜余已将行李各物寄华，现只使馆所用紫榆木器、镶嵌玉石画屏、象牙、雕漆、绣屏诸物，当转语后任届时移借，并为函复之。

教士集资建公所

十五日己丑　晴。昨得金山电，李伯行、陈霭亭附卑路积船来美，已电外部转电税关，震东误译跟役九人，复函告之。昨外部照复巡抚司圭也报章，并非核准之数，已详第六十九页刊本云。即批示华人，当了然矣。

十六日庚寅　初伏，晴。今日美洲创国之期，新总统赴干捏底吉省作庆，乃纷传英使同往，此美叛英之日，岂合约英使乎？明系美族得意之词，实则皆知其夸，英宜以大度置之，讵英使亦播于日报，证无其事，未免徒费笔墨。近日英议院以英后用款太多，私积巨而公帑绌，欲与清算，英后近臣乃贡议尽将私财物产撷示于众。英为君民

15,6,17

共主之国，议院故有此权。

十七日辛卯　晴。波斯使者果不安于美，美俗嗤之，波使辩之，愈辩愈不休，遂于今日附船至法，谒护其国主以归，波斯王方在巴黎观会也。朝鲜李夏荣亦归国，此时李完用果充代办矣。朝鲜极贫弱，而各使员于美俗交际，视日本则逊之，较波斯则远胜。

波斯使者不安于美

十八日壬辰　雨。田使所荐鸟约律师巴卢，南党也，与之往还，间有得力处。今春共饮于外部宅，自言向豢一马，珍爱垂三十年，比乃无病而毙，叹惜不置。讵巴卢昨亦没于乡居，闲行失足即已不起，岂马为之兆乎？此老忒肥，重至三百斤，痰病暴卒耳。然以窭人子操笔起家，拥赀数百万，山乡有林圃，都会有华屋，亦不易矣。既与交游，因函慰其眷属。昨秘前总统霸拉度偕爱立谟来访，不相值，拟为书谢之而不得其踪迹。客冬法国决一重囚，临刑时自认为霸拉度之子，恐未必然。

十九日癸巳　晴。《东观记》："羌胡见客，炙肉未熟，人人长跪前割之，血流指间，进于窦固，固辄为啖，不秽贱之，是以爱之如父母也。"此诚古人欺人之语，窦固恩信结于羌胡，盖别有在，岂徒啖炙一事哉？今者西俗款客以牛羊未熟带血者为敬，苟无德意相孚，虽甘之如饴，未见其加爱也。

二十日甲午　晴。喃哇避暑乡居，近乃纷传其谢病辞职，乃郎力为剖辩，事在疑似之间。秘都新建南海会馆，在活地时街，地价七千金。秘鲁铁路之议未成，各部刻复

秘都新建南海会馆

更换，今年又届总统更代之期，能否不事干戈，未可知也。秘署供事张丕勋，性嗜酒，忽得痰病，林和叔、刘伟臣酌雇粤人送之回华。忆乙酉出都，候潮大沽口，张丕勋船舷夜溺，宿梦未醒，蹒跚堕水中，同舟持衰而免，甚不欲相携远役，无如苦求不已，今竟以病归，殊无谓也。今日观乡兵操水车会，甚整齐。房主人寓居质成河西，承约晚饭，晡后驾车来迓。将渡，御者下车取火，以辔授宝森试牵之，两马遽后退，按纳不住，横斜及于河堧，幸车轮为树阻，否则坠矣。野马不驯，未易驾驭。房主人与姊婿同居，亦有园林之趣。此屋已二百馀年，美之旧家也，有方铁几两张甚古，询其产自何处，则祖遗之物，不能指说也。饭毕驾小轮舶渡送归寓，乡操之后，醉汉塞途。

观乡兵操水车会

二十一日乙未　晴。粤中潮桥盐务不属运司，另派专员经理，略如蜀中办法，铁炉无官私概不收税，期以三年，收效可补盐铁之缺。果能便民，变法何害也。澳门近状尚安靖，只界务未清耳。忆道光之季，澳门有邱氏兄弟富于财，以祖墓为洋人驰马践毁，遂募力士狙击其酋，毙于墓道。葡人索凶手甚急，兵船集省河，大府谋之香山山长，诱邱赴省领赏，到案即拟以抵命。邱兄弟无馁色，各争就刑，大府始嘉其孝，旋勖其忠，竟刑一人以弭事。山长得开复部员进京，行次南雄而殁，或曰冤魂索命也。设事在今日，当不致如是含糊。

澳门界务未清

二十二日丙申　晴。鸟约铁线桥初造时，欧洲论者辄嗤其必不能成，成亦不能持久，然即今将十年矣。铁线以

纽约铁索桥

15,6,23

纯钢制炼，合五千四百三十四交合而成，径十尺有半，重力能胜一万二千吨。沿桥用大铁线四根交相牵挽，飘飘有凌云之致。桥长五千九百八十八尺，宽八十五尺，自桥头至桥柱两边各长五百三十尺，此犹在陆地也。桥柱之中则凌空驾海矣，高处出水一百三十五尺。桥分五巷，中走火车，旁徒行，再旁则马车，路不相凌杂，乘马车者不得步行，犹徒行之不能临流眺望也。每车出进给以两角子，徒步五仙士，火车公司则岁输有常，不系乎搭客多寡也。昼夜不舍，获利颇厚。或谓以兵队一千同时并行，重足匀力，则桥可立坠，亦算学家言。戌初抵领署，纽阿连华人假道事未了，即电促外部。夜雨甚热。 桥分五巷路不凌杂

二十三日丁酉　早雨午晴，仍热。李荣邦自金山来，述上年阻约之徒，近以美例讼不能胜，俯首无词，要其所以误会者，皆傅烈秘、利亚顿害之云。外部电复纽阿连事已转咨户部，又照复驳例文收到，容详细登复。此文援据颇多，固知外部未易遽答，且咘哇养病在乡，现系副外部华顿办事。

二十四日戊戌　晴。沪上治装时，邵筱村屡言奉使绝域，不挈眷则举目无亲，情状甚可怜。余以美、日、秘三国相距忒远，挈眷诚不便，且随使济济，晨夕相对，休戚相关，何致举目无亲如筱村所云？迨经事既久，而筱村之言益信。晚九点钟返署。

二十五日己亥　晴。总署咨回二月折片钦奉朱批，钦遵咨行。又美都集议航海会，总署照赫德禀呈，即派理船

厅美民毕士璧赴会，闽厂学生附焉。招商局建议以航海章程本极齐备，只增舵尾汽筒，便较周密，口号则仍旧，强于翻新。援德船近事，两船相对，口号新旧不同，遂致碰撞为证，不为无见也。毕士璧请假回美，迄未来谒，既不悉其住址，又不知洋字姓名，须接晤乃能照会外部。借才他国，实事求是而已。

口号不同德船相撞

二十六日庚子　大暑，中伏，晴。寅正率属望阙朝贺毕，与同人宴饮。午译西报，英都讽议英后私积一事，英后既宣示于众，议者犹谓损公帑而肥子孙，或解之曰：后初摄政时，曾以田地巨产归诸公家，岂营私计乎？议者曰：此产原为公家物，前王以权力夺据耳，今者内库如是丰盈，莫非民膏民脂，自宜酌减赋税，庶得其平。连日聚讼未决。英太子与人曰：众情若此，再越二十五年，恐王族无啖饭地矣。此英之新政也。英使馆见赠坚弥地邦图籍二十三本，曰外务、曰律政、曰报销工款、曰邮政、曰勇丁、曰英国准销例、曰野人、曰山内巡捕数目、曰内务、曰工部、曰内地税饷、曰农部、曰水师部、曰铁路河工、曰商务、曰渔务，另图两纸，可云备矣。游员争译坚弥地税卡一书，几于决裂，因为觅此数册遗之，足资采摭，宜泯前鱼之憾。

俄人修约之期

二十七日辛丑　晴。明年十月即届俄人修约之期，积岁机谋，或将一发。俄志不在通商，前此界务已否清厘妥善，此杞忧之大者，视美约有泰山鸿毛之别。洪文卿书言其略，即缕复之，彻夜不成寐。

15,6,28

二十八日壬寅　早雨，午晴。美俗建屋大率四层或五六层，客寓则或至十层以上，无方向吉凶、整齐尖角之别。无虑高楼广厦，概无梁柱，特先安墙角，四壁坚稳，然后逐层支架，交互错纵，逐层以细条木板钉盖，而不虞颠坠，或曰横木交答，其力较牢。砖用镂空新式，云可通气，且避火患，但偶有失慎辄透顶，其或延烧者火从窗户入，墙壁不倒也。英使馆对面新建白石教堂，未结顶而坠，不数日而英使被逐，风水之说或有征欤？进斋归心甚切，不就新任之招，陈情恳挚，禀乞转咨并达总署，又将三次驳美例文寄署，别函寄津粤，或谅此中抵撑补苴之难。

美建高楼之方法

二十九日癸卯　雨。美民坎丕耶就气球之法以制气船，自诩能操纵如意，不致如气球之一发难收制。既成，其友柯近于十九日午乘之以登，渺如黄鹤，越二日有见此船坠于河者，柯近已不知死所。坎丕耶语人曰柯近性太急，规模粗具，辄即试演，宜其殁也。术之不善，因而误人，尚复自信如是，直以人命为戏耳。或言此气船有铁四十磅，断难轻举，创制之人其肯自试否乎？华商照式外部文称户部遵行，此可无烦多论矣。午后往外部询纽阿连华人假道事，华顿云已照办，户部并行文税关。又催复驳例文，华顿谓来文词意精当，无可强辩，然亦难仓卒答复。啼嗹避暑乡居，十月一号乃返。

三十日甲辰　阴。英人这知可伦自金山贻书，略言近日本埠华人会党有遂胜堂、睦亲堂、秉公堂、协英堂、瑞

华人会党恃众行凶

端堂等，纷纷恃众行凶，在戏园公众之地打死人命，又于本月十四五号连日打死一人，十七号又打伤一人。虽所死伤皆华人，惟恐万一伤及他国人，则土匪不难由此而起与华人为难，或逐出埠，其时虽衙门亦无权保护。今请照会外部行文本埠衙门，将凶手不问曲直即行吊死，又将各堂号拆清，堂号匪类拘载回华，可免匪徒猖狂，可保合埠华人身命，不然一旦有事，玉石俱焚。某在中国十馀年，深蒙中国保护之恩，他日有事，某无权相报，不忍不明白奉告，等语。此亦有心人也。华人私斗，叠经谕诫，此风不息。美俗不禁私会，冀其出力助散各党，断难办到。上年交犯之约未成，除暴安良均棘手，惟饬领事与会馆绅董随时留心，相机妥办而已。华人自伤其类，此召侮之尤者。平日不受教令，及变生不测，又归咎领事不能保护，匿名揭帖蜂起矣。

七月初一日乙巳　晴。晨起谨拟保奖差满各员折、参赞徐进斋改奖片、各口商董附奖片、游历司员出入美境片。差期已逾，迟至此时具疏，因候各员详细履历。

初二日丙午　晴。随使各员酌减俸薪，益形艰窘，客冬咨署请援一减不再减之例，于差旋之日补还二成，窃盼咨复。今午接署电，令自行具奏，前咨未奉驳，亦未阁置，可感也，当复以差旋奉商再奏。

初三日丁未　晴。马邦有老鳏曰毕钝，年九十，饶于财，一子四女，已赘婿矣。此老忽思续弦，密从邻境士丙连非地方订婚一妇，年逾五十矣。届日此老自驾马车超乘

15,7,4

委禽，仍告其女，疑信参半，语婿尾之。及于卑治当车房，婿劝之返，此老潸然，愿竟其志，婿强与同车归。其子女终虑翁有妇则产分薄，因禀官权理其业，并照料此老行止。枯杨之占乃在期颐之岁，诚异闻也。本日总署咨送新电书六本，备分拨各署之用。晡雨，仍热。

初四日戊申　雨。阅钞报，京师五月二十一、二、三等日已得透雨，邯郸铁牌灵贶也，天津亦于五月十六、二十两日得雨，畿辅当无旱患矣。绍勤侄新进邑庠，自奉使以来，吾家岁科两试均有幸获，客怀可慰者也。奉总署电，传旨致谢日斯巴弥亚国主贺大婚归政庆典，等因。即转电希九遵行。李伯行、陈霭亭晚九点钟到，询悉傅相起居如常。

连日得雨无旱患矣

初五日己酉　雨。昨复失眠，委顿之甚，晚假鸦灵顿酒楼为客洗尘，并约参赞各员共饮。

初六日庚戌　晴。午后伯行、霭亭赴老兵院游观，甚嘉美廷待士之厚，美都佳境亦止此耳。

初七日辛亥　晴。金山电，供事张丕勋初五日抵岸换船，病已愈，饭后就寝，越早视之，死，医云痰厥。该供事扶病起程，不死于舟次，亦不幸之幸也。即电复金山领事妥为料理。午后送伯行、霭亭赴鸟约，倭使陆奥宗光适在后车，特来寒暄，伯行兼善倭语，遂同往答晤。倭使持扇为赠，余亦以扇答之。

初八日壬子　晴。鸟约气候较清爽，度铁线桥回辔新造园，游人甚盛，徐步萝径。荡桨湖中，一船可坐四五人，人各五角子，沿途荷花渐多。

初九日癸丑　晴。晨起附片为张丕勋请恤典。访格总统家，已全赴奥国矣。答谢德商北士之招。又至蜡偶院观奕，蜡偶棋枰自英伦赁来，伯行却未寓目。

初十日甲寅　晴。检高丽姜赠伯行，疗寒疾腹痛甚效。申正附船至蒿坭埃伦海坝客寓晚饭，伯行诧为英属所无，以英国海汉不如美之多也。饭罢观烟火，亦胜英伦。水晶宫所演仍罗马故事，烟焰既熄，有煤气，火象一头，能自行走，摇尾卷鼻，运掉如生，仅见也。渡海归寓，已十点钟。

英国海汉不如美

十一日乙卯　立秋，晴。伯行留赠洞庭山碧萝春茶，甚美。以饷西人，加牛酪、白糖、柠檬，则明珠暗投耳。午初送之登舟，即电达北洋，并询崔惠人程期。

十二日丙辰　晴。回吉士寄庐避暑，仍由水道。霭亭拟差旋回粤经营省港轮船，此种船式美制为良，观此可悟矣。晡后抵山居，所植草花均活。

十三日丁巳　晴。古巴供事张萱舫、洋员拉鸟自苏里南回，查得该岛华人自咸丰三年起至同治九年止，共到二千一百一十七名，美利坚埠来华人三百馀名。大埠、二埠糖寮大小一百一十五间，内二埠华人糖寮一间。华人执业掘金者不一，其在各店佣工者二百馀人，开荒耕种二十馀人，大埠、二埠田工四百馀人，在各埠烟馆游闲三百馀人，穷老院二十人，广义堂赡养男妇二十人，馀或回华，或旅殁，不得其详。现存九百馀人，多惠州籍，建有广义

15,7,14

堂会馆，而不能置义冢，馆董冯官祥禀求查理。此岛气候略如古巴，瘴厉甚重。华人佣值银每日一钱五分，亦忒微薄。近以金矿渐旺，因与英立约招印度人往，以瘴盛不安于役，所以转而求招华佣，此和使商请总署之意也。萱舫到时，该岛总督请宴，备极周洽。其土产、税货、兵额情形，拉乌以英文记之，译出补记。萱舫此行往返两月馀，盛夏冒瘴，局蹐舟中四十馀日，项后生疮，当令暂寓鸟约医调。拉乌则先返古巴矣。

十四日戊午　晴。英法海底铁路议而未成，中国之谈铁路者已洒洒千言，记其行度，夸其制作，以自矜博洽矣。年来中国取则西法，十掷未必得犍，而假西法以愚中国者，又类市人骇虎。

英法海底铁路议未成

十五日己未　晴。美属阿拉时驾岛，西华当国时以七百万金买自俄国。其地产海虎，专有公司承捕，美廷限以岁捕十万头，不准捕雌，恐绝其类也。岁缴美饷十万，又每头纳五元，此公司大获利。邻近有卑劳海汊，该公司亦欲兼营，放船往捕，为英所执，美外部不为申理。或质于日使，曰：论公法，海面距本境四迈路以外即属公共地，不能专属美云。夜月甚明，山楼朗澈，惟气候忒寒。

十六日庚申　晴。德人瑞乃尔囊在烟台教习水师，甚得力，东抚为请三等宝星，旋往旅顺口炮台，仍当教习差。近日请假回国，并携学生数人前往德营配练，当更有进。德法之隙终有报复时，德人备之甚周，且虑法与俄合，因与意、奥联盟，近又兼约西班牙，无非厚结声援之意。

十七日辛酉　雨。霭亭辞回，古巴日署之代骤未能决，希九函电两歧，颇难设筹。

十八日壬戌　雨。南洋咨为张祥和附奖照，寻常劳绩，八品虚衔，保以实在官阶。张祥和在秘当差已逾两年，丁忧回籍，本在应奖之例，惟署章只能给予优叙，似无奖以实官之条，当查案咨复，并咨取履历。午得京电，振夔将军初八日捐馆，惊骇痛怆。即日返署，料量仲兰回京。

十九日癸亥　晴。昨附夜车，卯初抵署。仲兰即日起程，函啃景苏昆从，又筹还振夔千金，甲申出都时借用也。电金山领事为仲兰定舱位，绪芝山结伴同去，并为分咨总署，正黄旗、正红旗都统。

二十日甲子　晴。拜发奖折，九月初可到京也。金山华人捐助苏、皖、东、豫赈款银二万九千四百八十五元。顷据领事详为宁阳、阳和两会馆请御赏匾额，援冈州捐直赈之例。冈州之请，余自捐六百金，凑成二千两数，非元数也。又陈姓八人合捐三千馀金，移奖陈芷泉花翎。当照咨南洋核办。宁阳供奉关帝，阳和供奉韩蕲王，因曰侯王庙。金山华人当商务疲敝，犹能为此义举，诚不易易。

商务疲敝仍捐赈款

二十一日乙丑　晴。西人谈中学者每询长城形制，《朔方备乘·图说》北徼图自汉始，秦祚短蹙，又当焚书坑儒之后，固无可铺叙。然秦所以筑长城，亦为边事计耳，其时沿边诸国西人载籍未尽略之也。何愿船以波斯为

15,7,22

安息，与陈敬如以安息为埃及互异，稽其时地，何为近之。刘芝使电伯行今日抵伦敦，伯行踽踽独行，深佩其勇，然亦不能不为之驰念。

二十二日丙寅　晴。美例每年避暑时，九察院分巡各省，就地判案，略如吾华巡按之意，法甚善也。察院霏庐巡阅至金山，几为仇家所刺，幸巡差将凶手当场枪毙而免。凶手之妻讼之该省理刑衙门，霏庐竟须到堂，以五千元保出候断。九察院为美国尊官，美例尚难宽其质讯，民主之政或以示大公耶？闻此仇家为金山妓者，有富人眷之而死，妓遂自认正妻，承此家业，而虑无以压众纷也，因择一曾任臬司之梯利赘之。梯利亦利其赀，遂同诣公堂，援例领富人遗物，臬司苏耶判不准领。上年霏庐巡按判亦如之，梯利曾于堂上拔刀相向，今年狭路重遇，又复寻仇。从前驻美肄业学生多无成就，近闻香山郑兰生苦心孤诣学机器制造，技已进于图绘，特令刘宝森偕来奖励之。

二十三日丁卯　晴。香帅电：华商来粤试办电灯便民，甚好。已咨复请饬该商速来粤。之洞现调湖广，如在汉口、武昌设办亦佳。当复以遵电转饬移办武汉，容筹复。 华商试办电灯便民

二十四日戊辰　晴。萱舫从苏里南携来蓝鹦鹉一头，毛羽甚佳，惜不能言，且生长炎荒，又难携回中国。连日热甚，晚六点钟附船赴山居，船岸之侧围活水成方塘，四周板屋，群儿澡浴其中，人各五仙士，既习泅水，亦除杂病。

二十五日己巳　晴。晨抵吉士寄庐，天气甚清爽。西人近制电扇，中一小轮，翼以四铜片，阔寸许，长约四寸，电机一运，凉风自生，声如山瀑，凡热皆祛矣。每一分钟能运二万二千度，价只三十金，然无电机则无缘激发，仅购此扇无当也。

电风扇

二十六日庚午　晴。仲兰途遇李荣邦结伴，昨抵金山，今日登舟，银票交妥。蓬云电复及之。

二十七日辛未　处暑，晴。金山领事禀：电灯公司现举李荣邦八月初六日回粤投文，择地设厂，黄秉常购机器须十月乃行，并请续办武汉，乞迅给咨，等语。李荣邦即李箬云，八月回华，其意早定，不因电灯而去，即复以务求实际，毋蹈东矿窠臼。

二十八日壬申　晴。美洲气炮前日在费城海堧威苏利亚兵船试演，每两分钟能放一响，能及一迈路，运风机器修理较灵，能连运十五响。美廷派员往观，极赞赏，许为制敌利器。外部照复中国所定官商旗式，美国一体遵行。

二十九日癸酉　晴。金山华商捐赈一案，领事查据光绪四年日本华商捐晋赈一万二千馀元，光绪八年金山华商捐直、顺赈银三万馀元，均蒙李傅相奏请传旨嘉奖，乞酌办。当函商南洋并入前咨核奏，以昭激劝。

西人斗胜愈出愈奇

八月初一日甲戌　晴。西人斗胜愈出愈奇，近有总统同里人名臻，年八十六岁，与人赌饿五十五日不食，但饮勺水而不死，赤松辟谷之方，非无据也。

初二日乙亥　晴。四月托旗昌所寄衣物二十六件，已

15,8,3

于六月十三日到沪，暂储金利源栈。埃石即由沪局转寄津局运京，此时亦必运到，有无损裂，须候都中来信。沪局改派徐建寅。

初三日丙子　晴。西俗有流民，三五结伴共驾一车，沿乡落售卖家常零用什物，日则就食车中，夜则露宿车上，牛马散牧于野。时作鼠窃，乡人戒备之，间有妇女则兼作拐贩矣，西俗名曰褶谢，或曰另一种类也。昨有一车憩此山坡两夕，告巡捕房斥之去。

初四日丁丑　晴。科律师自金山回，述金山情形，近尚安谧，华人多悔阻约之误。近日办妥华人假道一事，往来略免窒滞。

华人多悔阻约之误

初五日戊寅　晴。去山居数武，有画家高雨已谢世，其子请户部总办郁文介绍来见。昨晚眉月初弦，林木送爽，徐步访之。阅所藏画稿，有数名家夜坐，赌画人间极苦之事，一夕而成，各具意味。其一海船失事，坐桅木以招电光；其一狱中与妻拏别；其一拿破仑被困荒岛；其一驾小舶逆溜上滩，所绘景物均妥贴，然犹乎人意也。其一有人齿患方亟，皱眉忍痛，旁立牙医为之拯治；其一画工为小孩写照，此孩四顾靡定，画工举笔辄辍，焦闷之状可掬。两帧殊解颐，略如晋人斗险，盲人瞎马，同一风趣。本日拨解山东赈捐一千二百元，金山所集也。

初六日己卯　晴。船政派定第三届出洋肄业学生五品顶戴千总陈恩焘、五品顶戴生员贾凝厘来美会议航海章程，不知赫德派员何时到耳。金山华人张连珍，制革履为业，光绪五年八月与售屦西人口角，判罚终身造砖，或曰强攫西人时表，黄公度任领事时曾为料理，而判罚如故。张姓公禀求雪，而使署无案，当函查领署中西文牍核办。

山崩压货车

初七日庚辰　晴。金山车路土山崩，压货车十四辆，距仲兰车仅五分钟，险哉。改乘马车至屋仑，幸与李荣邦同道，尚能料理。

初八日辛巳　晴。崔惠人电：初十日附加力船，共三十人，乞咨外部。当转电咘哇，并电金山领署预备伺应。惠人曩函言不赴香港，此行乃附加力船，或径渡横滨就之也。

初九日壬午　晴。近日中国多信西医。记新莽时使太医与巧屠共刳剥王孙庆，量度五脏，以竹筵导其脉，知所终始，云可以治病，此则西医之权舆。

美水师学堂不愿他国人就学

初十日癸未　晴。惠人程期已电外部，仍属参赞往询行文税关之期，免如前此相左。美国水师学堂在质成河堧，而不愿他国人就学，或曰美水师无长技，不愿显曝于人，或曰美有专门秘法，不肯金针轻度。

十一日甲申　晴。总署公函催查苏里南事，并抄寄洪文卿函稿，请准和国招工，官为经理。并言苏里南现查有华人七万三千八百六十馀人，署意不禁招工，而以官办为窒碍。前已据陈霭亭译寄该岛节略，现存华人八百馀，却无七万之说，该岛万难容如许华人。文卿所言或译语之讹，当缕复之。总署欲为华人谋生计，盍准墨西哥议约，较有实益也。午后赴谷当县观农人会场，皆土菜蔬果及土

15,8,12

人制造衿褥革屦之属。会首赠桃三枚，色香俱备，味如杏，非佳种也。场外赛车马，极热闹。会首复备鼓乐迎送，颇尽地主之雅，为之流连半日。返寓得津电，嘉驳例稿详确遒劲，崔惠人九月到美，务属照此辩论，徐冀转圜云。自美约掀翻后，北洋久无书来，但遇要事仍电寄数语。

十二日乙酉　晴。曩在都中所拟照会类多悬空，说理究无实际，今年驳例三稿，北洋以为详确遒劲，因并汇呈醇邸。此皆抉其文籍，援据故实，相与磋磨，济否虽未可知，苟非奉使于此，亦无缘博访周咨也。电古巴将查过苏里南一切文牍交子刚带阅。入夜风雨，林屋震撼。

十三日丙戌　白露，雨。秘鲁铁路议成，需工孔亟，近有华人周福、汤傅与洋人合雇帆船载送华人回粤，领事虑其贩载回秘，严谕禁止，并函致东华医院查验该船进出，亦应有之义也。傅烈秘以惠使到时税关要验行李，特电商重托外部，即为书致喇哇。 秘鲁铁路议成

十四日丁亥　晴。得喇哇复文，却无验行李之说，傅烈秘殊谬。惠使远来，当函告以新旧交替之宜，寄金山领事面呈。檀岛乱党啡厘确曾承该岛派往义大利国学习战事，归而投闲，慨时政之无利于己也，遂于七月初三晚纠党百馀为乱，入踞宫府。岛主潜遁民居，号召兵官，鏖战两日，乱党不支，啡厘确面缚归罪。当肇乱时人心汹汹，董事程汝楫、古金辉惧华人或误罹斯祸，遂先集会馆约束，晚复派人巡夜守街，又备水车以防火患，故经此危 檀岛叛乱

难，华人不致波及，董事未为无功。事定后仅一新闻馆访事人何宽被获，以四千金保单保出，报馆每遇此等事，必派人往观，然究系局外人，不合执之也。程、古两董竟能随机应变，因批奖之。

月圆之夕弥动乡思

十五日戊子　晴。拟定交卸起程折稿，付幕府誊清。山乡农人以余将行，群集寓斋，琴歌展别。三五月圆之夕，弥动乡思。

十六日己丑　雨。午后附船至鸟约，内河行驶亦有风浪，岸堧水涨数尺，海帆益颠簸矣。念子豫、子刚方从古巴来，不无悬系。进斋已自盘谷回，述勃耳哈画海口之胜，强于岛钵。近海诸山云气氤氲，竟日不散，乘马车登陟，为云所阻，甚惜斯游不豫也。

十七日庚寅　雨。周子玉禀报学生陈恩焘、贾凝厘来美之期，前日已接来电，当照会外部可耳，即分别批答。子豫今日不能到，询诸轮船公司，先两日开行之船亦未到。

十八日辛卯　雨。费城有善会曰“隅内威所比事”，会首罗付，次曰威路格士、曰俪士，共万人。以美禁华佣为不公，联集众善士，俟议院开议时力争，先于九月七号即本月十三日在干捏底吉省聚论，以书来告。足见美廷此举，未能尽洽民心，然公道究难湮没也。洋员柏立病滞花门顿，虑新使不予蝉联，来函求荐，委婉之甚。

十九日壬辰　阴。早饭顷，子豫到，舟行无恙，可喜。晡时草疏一折三片。纯甫来夜话，拟今年回华，恐未

15,8,20

确也。

二十日癸巳　晴。未初赴威明顿访前外部巴夏，承立候车房，同乘至其乡居。楼房朴雅，卉树盈砌，楼外遥见长河，风景豁朗。室内藏书甚富，以槅扇作书橱，转侧向背甚便。伊祖曾游历吾华，巴夏能述中美初通好旧事。其妹婿方自法国赴会回，不甚铺扬会景，但言盗骗极多。法若无此会，必致内乱，盖此会赚他国金银不少云。巴夏款接甚殷，但不言官事，亦有角巾私第之概。

二十一日甲午　早晴。中饭后，巴夏自握辔同往特尔拉华河口，观河流入海处。沿路浅草平沙，小黄蝶无数。经多发县境，瑞典人多发初至美洲登岸之地，即以其人名之，地以人重也。有学堂数间，其人所至必兴学，宜美俗之感纫矣。河口有石台三，以备隆冬取冰及泊船之用。往来游船甚多，岸侧有华人衣馆。归途大雨，晚饭后与巴夏别询商谒辞总统仪节，巴夏详细相告，并属预备颂词，略宣己意，设总统避暑在外，不必往谒，留书为别可耳。巴夏语竟，又复坚留，告以返署即受代，不得不行，遂订明日四点钟去。

观河流入海处

二十二日乙未　晴。巴夏译述鸟约所得埃及石幢，富人湾得标捐七万金。访碑人士蔑，自往埃及雇船。幢高寻丈，凿船一孔始能运，经营半年，著为图说。美俗顾诋其好事，访碑人愤闷而死，此图说不可多得矣。埃及译文尚须重订。午饭后巴夏驾车送至车头，适后数刻遂坐候第二车，晚九点钟抵署。

二十三日丙申　雨。料量交替随使各员，各商去留，又不尽由衷之言，殊难代决。

二十四日丁酉　晴。提督魏礼森，津门旧识，近著一书，述中国掌故，西人多购之。中西文理断难吻合，拟购一本，交译官暇时译看。

西人著书述中国掌故

二十五日戊戌　晴。巴夏寄赠陶尊，为英国提督戈登纪功之器，以其曾仕吾华，因以为赠。金山电：新使昨晚登岸，携眷驻义学，随员十三人，仆从十二人，二十六晚起程来。

二十六日己亥　晴。票汇东赈银一千一百五十三元，子豫所劝募也。又金山捐簿统发，沪文报局王松森转解刊布。晚至科律师寓手谈，留赠珐琅嵌五彩宣方盘、雕漆百寿图合各一。

二十七日庚子　晴。电拨东赈一万一千元，此与零捐有别，当转咨东抚并檄王松森收解。晚至后山茶话。

二十八日辛丑　晴。金山、古巴、鸟约乡人求书屏联，积至数束，濒行自了之，初念不及此。

二十九日壬寅　秋分，晴。检拾随身行李，以《四库提要》与参赞易《前汉书》，为舟中下酒之助。

三十日癸卯　雨。美都诸部院避暑未返，威路健臣自法国监督会场回美，知余将行，特来别，并惠寒暑表一枚。午后访议绅佘文、多福，久谈。又至威路健臣寓观法国赛会图。

观法国赛会图

九月初一日甲辰　阴。总署咨美国航海会。南洋据沪

15,9,2

关禀，虑中国商、渔各船不谙外国口号、灯旗诸色，又时有洋船碰撞民船之事，恐一经入会定议，便须一律照办，宜豫为之地，毋碍中国自主之权。所虑极周到。当查外部原议，各国赴会之员各将会中所议具报本国候批，又无论赴会若干员，其所可否只算一国之可否等语。郝德请派理船厅毕士壁赴会申文，末云议成后华船能否照办，系总署自订行止之事，无庸该员作允。合两说以观，又推求美国设会本意，似赴会之员无应允一体照办之权，毫无疑义。当咨复总署，俟各该员到日，由使署检卷示之，俾有依据。又总署咨录皇上答秘鲁国主书，属妥酌送去，当恭录照行驻秘参赞译交外部转呈也。新使今晚可到，原可移交办理，特虑下车之始，无暇及此，因亟了之。起草之顷，佘文、科士达先后来，烦杂之甚。晚八点钟往迓新使，跪请圣安，并将代译各件面交，又复长谈，十一点钟返署。新使到任 新使携眷，徐赞亦携眷，馀十二员多携仆役，同憩鸦灵顿客寓。新使以洋馔不便，属腾使署内两房以使移眷，仓卒颇难就绪，余欲概行腾让，新使又不愿。惜前此来书绝不言及，抵金山后亦无一电来，若非豫托火车公司打听，则并不得消息。

初二日乙巳　阴。晨起新使随员来谒，皆非素识，只左庚为同文馆学生，又张觐卿，嘉应州人。新使旋到，携赠骈金补服、荷包、佩带各二，墨盒四枚，都中嘉制，直如身在长安矣。适何天爵同时来，缴回甲申总署拟借洋款未成之合约，余屡催而得者也，立谈数语送之出。旋与惠

论新旧交接事

使论新旧交接事，订四点钟移寓。三点钟令子刚备车往迎，甫接謦而新使偕夫人并至矣。晚间备馔为新使洗尘，并约随使诸君。外部照复总统准初六日十一点四十分钟晤别。

初三日丙午　晴。科律师来，约明晚小饮，因令与新使一晤，今年脩脯已送竣，使署公事可与商也。此间酬应多在冬春，西人房屋必有暖气，门外则重裘不温，入室则夹衣且汗，非大毛斗蓬不为功，以易披易脱也。检玄狐一袭，留赠新使，媵以东洋画屏、钟表、金山毡各一。

初四日丁未　晴。拜发折子，新使已刻接篆，承将署颁木质关防移送收用。午后往各驻使处投刺辞行，答拜田贝之兄，谈甚久，皆为乃弟报平安也。晚偕进斋、子豫、震东赴科律师之会，墨使夫妇甫自欧洲回，馀皆往来最熟者，十一点钟散。

初五日戊申　晴。美使馆饭食自陈副宪至今，历任均按照俸薪匀派，早晚共食，有事便于商办。新使既移署，爨具未备，当谕庖人供张。随使各员陆续来，又无准数，厨馔无从丰备，取足一饱而已。新使仍犒以廿金，明当自起炉灶云。闻咘哇今晚回，连日促新使照会外部，订期接晤，并豫为译定国书颂词，因咘哇乡居娶妇，极费力牵率之返，新使照会不宜缓。

初六日己酉　晴。彭小圃以留差来告。午妆偕进斋、震东至外部，咘哇立候于公事房，询新使何日抵美，告以新使已备文奉请订递国书之期，咘哇仰视，若有所思。新

15,9,7

使朔夕下车，新闻纸已遍播，时越六日，咘嗹岂不阅新闻者乎？特西例接待公使送旧迎新同在一日，新使照会外部之文，不悟今日仍未达也。周旋毕，咘嗹扶掖余自公事房至外部大门，豫备坐车同乘至美宫，复扶掖至内殿。少顷，总统出，咘嗹亦趋迎肘掖，一如扶掖余之仪。余见总统，自致告别之词，微讽以顾邦交删苛例，总统致答如礼。立谈片刻，咘嗹送总统回内宫，复扶掖余至宫门登车。余属将总统答词抄寄，咘嗹亦属将别词另致外部存档，彼此握手散。余返署与惠使别，惠使询厨房煤炭是否公家钱，余告以冬春各屋煤炉乃公款耳，惠使笔之，辅轩录加圈以识不忘。届三点钟起行，惠使寄请圣安，送余至车头立候展轮，余坚辞之，乃解衣小憩。科律师来别，匆匆数语，车即开行。晚九点钟抵客寓，料量行李，适船政学生陈恩焘、贾凝厘甫到，即接晤，将总署来咨详与言之，并属到美都使馆将文卷抄存，以备开会时论说，并为存书，令访美都当道。

见总统致告别词

初七日庚戌　晴。龙冈公所乡人移席领署饯饮，午初赴席，后往拜端医生、绅士湾克，久谈。返寓晚饭，适美提督魏礼森在坐，就论华事，谆属代候李傅相，又前户部飞呀斋儿亦来展别。杨慎初、龚仙舟派往日署，惠使属与偕行，遂同旅寓。

登船告别美国

初八日辛亥　晴。早饭毕，十点钟登舟。易希梁、宝森、寿峰、绯联、镬侄、马宏、蒋得胜、亚角、张五，龙冈公所、中华会馆绅商，又张丁盛携其眷属子女杂遝相送，咸各别去。十一点半钟船起碇。出山丹曲，余语杨、龚登舵楼眺览形势，并观新制长方式国旗，此余奏定者也。

初九日壬子　晴。客秋九日自秘返美，今年九日自美返华，应为诗纪行，乃乏兴致。舟行大西洋，总较南墨洲为适也。船名辟地巴黎斯，容万五百吨，昼夜不闻机器声，船主来谒，云有美派驻希腊公使同舟，拟偕来相见，诺之。龚仙舟曾习英文，新闻纸之浅近者可以阅悉。

初十日癸丑　阴雾。舟经鸟蚡伦，遥见渔船出没。同舟有美兵官莫理笨，旧识也，此行赴英谋办德律风公司，纯用新法，能达万数千里，曾由美都传音至旧金山，已有成效。询以不假电报之线否，却非然也。夜雨，雾散。

十一日甲寅　晴。有英人好古之士，宝藏埃及绿石一枚，如鸟啄而无首，云系二千馀年前物；又黑石一枚，状如刚卯而无字，绝类吾华旧玉，斑驳可爱；又埃及印章一枚，字三行，皆不易识，印背刻蝉，浅绛色，类桃花石，西俗均难能可贵。以余询埃及古迹，特举以相质。

十二日乙卯　晴。杨慎初亦有失眠之患，为言福建延平府有草曰羊不吃，土人以之治腰痛者，服之却能安睡，允为留记地名药性，以便回华物色，斯言果效，大可高枕矣。今日舟行甚速，浪亦较猛。早晚餐须紧按桌子，否则食器尽倾。

有客自投于海

十三日丙辰　晴。早起，舟极颠簸。下等舱一客自投于海，浪打船梢，有西妇抱子立船舷，为浪卷去，水手均

15,9,14

无从救援。美有木商名确士，经行此水一百二十二次，云此等风浪直不足讶。大海无顺流逆流之说，亦不言潮信，海中潮汐视双丸吸气，如日月正中，则水气上吸，此内河港汊退潮时也；日月行度既偏，则吸力亦散，此内河港汊长潮时也。大海浑茫，无关消长。

十四日丁巳　寒露，晴。舟中人为善会，刊布说帖，推余领袖，聊赠两镑金钱。中饭后微见岛屿，晡时抵坤士汤，有登岸者，有搭船者，舟停一点钟，然已稳定矣。阅日报，知昨日有英公司船过此，大风刮去舵楼，搭客伤者数十，此舟迟发一日，否亦罹此惊险。

十五日戊午　晴。早八点钟舟泊荔华浦。方洗沐，李伯行已来料量登岸，附小轮驳，载诸客急欲诞登，挤壅之甚，从舵楼回至烟室，奇冷。少顷，船内驶，仍附驳船，稍疏通矣。关吏来询行李数目，伯行详语之。余与进斋、子豫先投客邸，关吏不启箧，惠及杨、龚两员，伯行之力也。此英美船入口处，关章最严。

十六日己未　晴。舟行八日，殊委顿，旅憩一日，寒疾遽起，自系昨晨感冒所致。邓琴斋因照料华商赛会，寓法都，遂随伯行来迓。

十七日庚申　阴。早饭后附车往伦敦，火车公司特备专车相送。十一点钟抵英都，刘芝使率从官来迓，同至使署晚餐。前驻美都英使威士知余来，贻书招饮，答以二十日趋赴。晚饭后与芝使谈别况及美国使事，返寓已一点钟矣。蓝甘客馆，前年曾寄榻者也。至英都伦敦

十八日辛酉　阴。晨起芝使、英员马格里及前驻华使杨约翰先后来，周旋毕，赴英馆午饭。访伯行乡居，坐谈至晚，附地窖火车回寓，两岸灯光朗澈，几忘为地窖，特煤气烟熅，虽闭门窗，衣袂仍污渍。

地铁

十九日壬戌　阴。晨起惫甚。莫理笨来订大餐，诺之，而难定期。晚赴芝使华馔之约，进斋、子豫、震东同席，久坐，几不支。洪文卿电询余果到欧洲否，大约阅新闻纸而知也。

二十日癸亥　晴。早饭后一点钟四十分乘火车访英使乡居，译言七橡树，英使备车来迓。从园道绕至石室，周遭约十里，园中豢鹿八百头，山鸡、孔雀之属游行自在，极苑囿之大观。石屋外式如炮垒，中为重门，头门立铜石诸像，二门则其住宅，门洞内有石院子，略如日国王宫之式。楼上四围可通，满壁油画及极古几榻。有英君主临幸之室，陈设皆银器，桌亦雕银为之，卧榻帐幔刻金线织成，费英金二千镑。有雕镂木橱一架，珊瑚作柱，可云奢矣。楼上最古之物则未制钟表以前测日之器，又吾华五彩瓷瓶一，口径五尺，亦非近代物也，其他瓷器多可观。所悬油画皆西俗有名望人，中有少年华人一轴，戴无顶帏帽，短衣马褂，赤脚曳番鞋，款署黄亚东，不知何许人，彼族如是隆重耳。英爵男女并袭，英使新袭伯爵，系母氏所遗，园地广五千亩，石屋广二十亩，自建造至今六百六十九年，世代勋旧。其祖俺麻士得曾派使华，而未竟其役者，现外部沙侯，其亲串也。穷半日之力，不能遍览室

访英使乡居

英爵男女并袭

15,9,21

庐，晚饭后仍备车相送返寓。约记其居石院八、楼屋一百五十、楼窗三百六十六、楼梯七十五，英都极古极阔之居，每礼拜五日准游人往观，如博物院之例。

二十一日甲子　阴。午饭后偕子豫、震东往观万牲园，数见不鲜矣。至蜡偶院，亦无新制，伍怡和蜡像犹存，指与子豫、震东一览。复观拿破仑病没之像，其所陈设皆拿破仑旧用之物，傍立黑女仆，拿破仑生时所溺者。晡后赴芝使西馔之约，席间询马格里俺麻士得使华之事，马格里谓嘉庆初年，俺麻士得奉使抵通州，和世泰往晤，许免拜跪，随即入京。俺麻士得适患头疼，和世泰回京后知拜跪之礼不能免，遂请旨连夜宣召。俺麻士得既患病，且朝服未至，仓卒不克应召，于是和世泰乃传旨不准觐见，俺麻士得所带方物，和世泰代呈云。此马格里之说也，考之吾华掌故，微有参差，西人谓中英之交自此而暌。

二十二日乙丑　阴。鸟约登舟时，容纯甫以哈富学堂变价银四千元寄，请代带回华归款，骊驹在门，直无署名收银之隙，将原票交刘宝森代呈新使。票银系署余名，即令告纯甫，而纯甫已否换票交新使，来电未详，仍是不了之局。四点钟伯行约至乡居便饭，冒雨往返，并观杂剧，叠遇同舟之客，酬酢为烦。

二十三日丙寅　晴。吾华刺绣，西俗盛称之，今日重访水晶宫，购得机器绣画数种，楼阁、花木类革丝，人马、船车则各色绒线，面目虽不真，却无滞相。其法从吾

吾华刺绣西俗盛称

华织阑干花边悟出，每运机一转，得画若干幅，灵快异常，买画即可观其运机也。西人心思无微不至。有瑞典人山达哥专以验铁路为业，结庐水晶宫畔，垂三十年，楼屋宽广，园中葡萄最佳，伯行向与交往，设席水晶宫肆观剧宴饮。饭罢复邀至其家啜茗，摘园中葡萄为赠，极甜，每磅值六金云。子初归。

二十四日丁卯　阴雾。晨望街衢，朦胧不辨，托法馆代定马赛舱位，即芝使放洋之船，闻甚妥当，因就询之，并索食灌汤包子。饭后偕震东乘车观夜市，已散矣。返寓即睡，琴斋来，不及接晤，杨、龚来别，均不获谈，甚怅。

二十五日戊辰　阴。许静山应领归装，合美银四百零五元，检付伯行，俟其抵英时交与。又购小表两枚，印度王定造而未取者也，价尚公平。另经度表一枚，行船必需之物，测算极准，子豫欲购而未成。

二十六日己巳　雨。午初赴湿罢亭英兵官谟士顿之约，莫理笨之婿也，园亭雅洁。中饭后乘小轮船泛添士河，两岸楼台林木相间，清溪碧色，游鳞可鉴。沿河船舶极新奇精巧，有类吾华满江红及粤中横楼者，有如方亭上下两层者，故非轮船拖带不能行也。避暑时游人每于此水寻乐，今则秋林已霜，钓船三五而已。途经英君后行宫数处，风景尚佳。展轮时既雨而晴，且无烟雾。竟日游驶，历三石闸，略如运河设闸蓄水之法，岸侧亦有涵洞。舟将抵闸，先放气筒，闸门遂启，入闸即闭，静候长水，船抵

游泰晤士河

15,9,27

岸数尺乃开第二闸。凡启闭均用机器，甚便捷。三闸既尽，即距伦敦不远矣。

二十七日庚午　阴雾。前年观博物院蜡偶，毡帐橐驼似吾华边外风景，而未得其详，顷重观之，不知移置何处矣。有象牙雕镂楼台人物，两座山石则沉香、松绿石为之。又孔翠楼台一座，上缀珍珠为脊，备极工巧，款识嘉庆七年中国赠法国拿破仑之物。英既败法，英兵船途中截取送还，中国不收，因置博物院云，英都记载如此。晚饭后观杂剧，有倭人踩行钢线，悬空往来，行立坐卧皆如意，行步至极险处，故作摇曳，所习已熟矣，然手必持伞，否亦颠坠。又一倭人仰卧于案，以足承七尺径木盘，运掉如风，脚力已甚健，俄两小儿登盘偶坐，其小者更扒越盘边旋转而下。少顷其人缘绳至棚顶，倒挂一铁架，手挽三绳，有倭童三，分缀而登，就绳上作耍，偃仰蟠跳，挽绳之手力亦强，倭技之良也。晚复周子玉书。 中国赠拿破仑之物

二十八日辛未　阴雾。陈、贾二生抵美都，而使馆不能寄榻，权住鸦灵顿客寓，旅费不赀，禀求监督拨济，并为书相告，殊愧无能为力。午后购千里镜一枚，可及二十迈，别购影画一套。访马格里宅不遇，晚就英馆饯饮。

二十九日壬申　霜降，晴。诣芝使别，遂同赴伯行酒楼之约，席散，芝使偕至余寓，谈至十二点钟，承赠金表、千里镜。此行厚烦东道，重辱佳贶，感篆何已。

十月初一日癸酉　阴。先发行李。十点半钟正欲起程，适前任香港巡抚马士来送，自言年老辞职，家居尚

好，询骆檄，则住近温则行宫云，略与周旋而去。抵车头，伯行暨使署诸君、英员马格里已先在此候送，火车公司特为余备专车。少顷，刘芝使来，即就车中坐谈，美兵官莫理笨自乡来送，芝使立候开车而别。一点钟至都化登车，晴曦和熙，水波不兴，仍赁一房以便坐卧。两点五分钟即诞登矣，从者皆不眩，诚意外也。附火车八点钟至巴

至巴黎 黎，陈敬如、周子玉、梅雪樵、吴翊清、洋监督恭斯塞来迓，同至使署晚餐。车中自买面包、油鸡、火腿，饱吃一顿，到此仍不觉饿。饭后请雪樵起六壬课，谓此行皆吉。谈至三点钟睡，天气较英伦寒。

初二日甲戌　阴。瑞典国人山达哥来见，留赠铁路图说。午后函谢芝使、伯行，又留别洪文卿书。昨晚感冒，不觉委顿，敬如约酒肆公宴、大戏园观剧，猥以寒疾，莫能尽欢。

初三日乙亥　阴。美署函，言容纯甫缴款，惠使以无申文不肯收，寄还纯甫，并将回书送阅，纯甫有年内回华自行清理之说。今日寒疾未愈，差弁陈胜感冒尤重，延西医治之。

初四日丙子　午晴。敬如以天晴，门外较室中和暖，不宜恋病榻，强起偕往通衢，就酒肆晚饭，寒嗽渐蠲，特疲惫耳。西医谓华人啖米饭有流弊，米质积久不化，须药以解。余告以中国数千年皆啖米饭，寿人甚多，彭篯固无论矣，近日百岁以上之人不少，其积滞为何如也？医不能驳。

15,10,5

初五日丁丑　阴。梅雪樵每诧豢蛇人能将毒蛇旋绕于身，无所顾忌，闲饮以水而已。陈敬如曰：此鸦片水也，渴则饮之，使必如醉如痴乃能玩弄，即豢狮者亦以此水药之成瘾，故能驯其猛性甘受操纵。今日始观会场及机器厂制器之巧，莫可名状，百货杂陈，目迷五色，徐步华商厂肆，极逼窄，货物无由显晾，甚可惜也。法国设会之始，曾询留华商厂地与否，法馆以华商无消息却之，及华商杨兴自日国来，陈敬如急切为觅地基，遂落人后，华人作事往往如是。然会场考较，则中国茶叶第一，华商博得银牌。晚观马剧，适得狮戏，足证敬如之言。 西人玩蛇无所顾忌

初六日戊寅　晴。法会场所制铁塔，纯用铁片订缀成之，玲珑工巧。下跨四足，上分三层：第一层用溜梯，上下宽广，可容六千人会食；二层稍杀；三层则及巅矣。高八十四丈，雷轰地震均豫计避之，制造经年而就。有售塔形银钱小塔式及寄信纸片上印塔模，游人多于此寄语亲知，以识游踪。别缘螺旋小梯盘绕而上，有斗室，为会首聚议处，再上为塔尖，电灯逐层，环以铁阑，便凭眺。终日游人不断，甚或侵晨立候开门，务以得登为快。此塔工本糜百万，近收游人买票钱，获利倍蓰矣。今日九点钟偕子玉、敬如、雪樵、翊清、进斋、立斋、震东、子豫同至塔，沿会首处从间路以登，略免挤壅，直至塔顶斗室乃憩，亦属震东为书寄科士达，并购银钱小塔。回至第一层午饭，会首亦来食，坐中执役、女仆皆作了露锡省、罗连省装束，此两省已为德有，愈以激励众心，法不忘国仇 巴黎铁塔

也。此会各国商货辐辏，而德独无。饭罢会首导游阑外一周，购塔影图画，回镳凝望，周子玉讶此塔动摇，殆云移耳。子玉有诗，敬如和之，余亦为长歌纪事。重访旧花园，顺道中国公所啜茗，房屋尚完赡。今晚子玉移席使馆相饷，敬如又约观溜冰杂剧，仿俄俗为之，以木作桥，忽高忽低，用四轮车载人以度，车乘桥势，自能上下，车中人故为惊叫，其实非险也。此戏美洲有之。

观溜冰杂剧

初七日己卯　晴。午后至会场，奥国玻璃器精巧绝伦，惟不便携带，仅购方盒数枚，或如织锦，或如云石，乍见不知为玻璃也。洋监督斯恭塞约晚饭，所居四层楼，登陟甚劳，座多华器。高悬中国武功图三帧：其一帧和琳奏报剿捕秀山苗匪，至湖南界分设卡隘，肃清后路，克期会福康安进讨，乾隆乙卯仲春上浣纯庙御制五古诗二十韵；其一帧福康安、和琳奏攻克高多寨，生擒逆首吴半生，大功告成，乾隆乙卯孟冬上浣纯庙御制七律诗一首；其一帧署将军明亮奏官兵攻克平陇贼巢，乾隆丙辰孟冬下浣纯庙御制七律诗一首。西人考古者咸仰圣朝徽烈，期恭塞谓乾隆时中国觅西人绘此，法国亦有记载云。西俗重图画，若将内府所储战图概仿乾隆时成式，觅西国画工照绘，亦广拓声教之一端。

至俄商会场

初八日庚辰　晴。午后至俄商会场，皮革颇盛，兼售吾华线毛羊皮，价昂数倍。观各国珠宝，真赝不一，极脍炙人口者，钻石一枚，大如栗子，法国王宫之物，独置一桌，下以机器运之，便人观看，面面俱到，虽重价不售

15,10,9

也。归途乘火车，拟观炮厂，已晚矣。所过南墨洲诸国，厂屋皆自建造，均华赡，如墨西哥、鸦毡颠，亦极奢靡极阔大，智利亦然，此皆民政之国，以类相从，为法都助兴。美亦民政，然不自造屋，美商货物均置大厂中，美善谋国，断不肯糜重资建屋，会散而屋亦拆平，只炫耀数月，甚非谓也。前月伦敦所寄木箱九件，已取提单来，可免转折。

初九日辛巳　阴雨。晚至会场观五色水法及铁塔红光，此戏遇雨则停，会首以曾请余往观，遂冒雨为之，不愿失信。会场纵横三十里，今晚楼阁、园地、陂池灯光一片。此种水法曩曾观诸鸟约，从地窖用五色玻璃映照成色，其喷水则机器为之也。铁塔夜间不能辨，因逐层以红光药透发，鸣炮为号，炮响则全塔皆红。

初十日壬午　晴。恭逢皇太后万寿，假法馆朝贺，徐寿朋、梁诚、张桐华、徐学伊、周14琦、陈季同、梅寿祺、吴宗濂随班礼毕，检拾行李。晡后就陈敬如晚饭，随附夜车，周子玉等、华商杨兴、洋教习斯恭塞均在车头相送。车无卧具，伸几为榻，别赁一毡，幸自携衣物尚足御寒。车中不成寐，口占一诗留别敬如，此行牵率敬如至于马赛，深累之也。

十一日癸未　晴。十点钟抵马赛，希九来迓，同至客寓午餐，并为希九补买上下两舱位。日署使事云已交代清楚。三点钟登舟，船主来谒，乃谓法国海部新例不为公使悬旗，即法使在船亦不悬，盖虑沿海炮台放炮，设一船而 抵马赛有两公使，则先后次序必致招怪，皆饰词耳。当告以搭法公司船不止一次，从无不悬国旗之理，前年自鸟约赴哈画，距时不远，尔之公司何以别有章程？与辩数刻，船主乃遵办，殊狡猾。四点半钟展轮，两岸观者如堵，敬如料量妥当，偕轮船公司总办同返，余登舵楼，握手为别。

登船回国

十二日甲申　晴。风日暄美，绝无风浪，午后过一山峡，义大利、法兰西境也，似亦地中海一门户。旧有炮垒，两岸民居甚朴，沿山多帆船，或曰此以捕鱼为业者，山外有道可通，此峡仍非要地。

十三日乙酉　晴。法都会场刚散，此船搭客搭货几满。自马赛至上海，水脚银五万馀元而不敷用，法廷仍须津贴，推此则招商局船出洋恐亦无利。德国派驻小吕宋领事阿苓谒，瑞乃尔之旧交，询瑞乃尔踪迹，四月前已回华供差，并携眷去。又法国新派署上海总领事柏士，其父为算学翰林，敬如与有旧，托余照拂。

法美民主制度各殊

十四日丙戌　晴。法、美同为民主而制度各殊。法有内、外、商、藩、户、兵、海、学、教、农、刑、工十二部，就中商兼藩，学兼教。近以赛会，商部遂兼宰相，大约宰相之任视时政缓急某部兼摄，则知现营某事也，岁俸一万二千，各部亦然。议院权亦隆重，上院议绅三百五十六员，下院议绅五百八十六员，每员日俸五元，微薄之甚。陆兵口粮每月十五佛郎、水兵四十佛郎，持较美国已大相径庭矣。法国向以卖酒获利，近则法之佳酒，各国皆能为之，岁入略减，而犹以纷华奢丽著名欧洲。

15,10,15

十五日丁亥　立冬，晴。有英商以贩丝为业者，贾于沪二十馀年，为言华丝极佳，而出茧不得法。焙茧太老伤其外，蚕蛹不洁污其内，一茧仅中间一层可用，耗损太过，又缫丝粗细不匀，此弊皆易整理。且丝质最良，各国皆逊，稍求精进，获利倍蓰，何可坐失商利。询其岁购华丝运销何国，渠谓瑞士十之四五，法十之二三，馀则运英耳。中国山蚕黄丝，西人初不适用，近亦纷纷购求，以制回绒甚光滑，且能药之使白也。明早此船少泊，同舟人咸贻书亲旧，余亦寄敬如一笺。

华丝极佳

十六日戊子　晴。早六点钟船泊亚罅山打地，为阿罗泊国，土尔其属也。希九登岸迷路，雇一土人导之回船，讹索六金。自马赛至此四千五百八十七里，沿岸白屋类炮台者，土酋之居也，街市甚长，人则白布缠头而趺足。携物登舟售卖，舟中侍役呵斥之，虑其窃物云。吉祥与购镜照片二十幅，略识此中形胜，埃及古迹。早饭后移寓船面，房稍宽敞，能安笔砚。十点钟船起碇，两点钟行，经耐宜河口，此水发源阿非利加洲，北流入地中海，水色微黄，西人谓河水之极远大者也。晚十一点钟泊波西岛，多酒家，灯光甚盛，亦有戏园博局，舟中人辄登岸游，震东托病，力言不往，旋亦潜去。舟人上煤，小船争渡，喧嚷之甚。

十七日己丑　晴。越南北宁省大壮社同人寺僧阮清高，自法回越，以玉桂三枚求售，又出观赠行诗札一束，约百数十首，择其尤雅者录之，如五言律诗云：“已学无

观赠行诗札

生谛，何心斗巧场。风尘犹扰扰，天海正茫茫。放棹开新眼，浮杯问上方。须弥亲到处，好载入诗囊（北江山农杨立名奉饯同人寺上人西行，成泰元年二月下浣）。”七言律诗云：“东来冠赐过重洋，杯渡相寻古佛场。四大云烟双眼阔，三千世界一莲藏。禅心久悟虚空旨，世事难为应赴忙。回首故山栖息稳，松枝挂搭卧藤床（同庆四月望前一日，原北宁总督院玉班奉次大壮同人寺上人留柬元韵，并以为饯）。”又七言律诗云：“斗巧无端盛此行，住持悟道独驰名。波涛赤海千难重，弧矢初心一举轻。舍卫真传能目睹，玻璃胜景入心经。藩方游子如相遇，为整归装共一程（侍读学士东防副使叶扶阮文玢比玉恭和皇南，成泰元年春三月望前二日）。”七言绝诗云：“沧海春潮万里槎，天风飞赐到欧巴。即看马祖西来意，奇语何妨粲舌花。心比莲花不受尘，飘然瓶钵老吟身。潮州衣衲东城带，且自逢场结胜因。不甘拙我守蓬枢，会览瀛寰五大洲。想得拈花天女笑，老禅放胆续西游。铜墙铁壁簇玻璃，星塔天船擅巧奇。何似空王三昧乘，拚将芥子纳须弥。长风吹送火轮船，直到西方极乐天。从古焚书龙象法，凭君妙笔补新编（昨得留柬二章，知上人有万里之行，西望沧溟，不觉悠然意远，小诗五绝句，庶当渭城三叠，尚希郢裁，己丑正月中浣，周原阮启疆）。”又集唐二律云：“浮杯万里过沧溟（刘禹锡），异国光阴老客情（刘沧）。关塞极天惟鸟渡（杜甫），风波终日看人争（陆龟蒙）。尊中美酒常须满（朱庆馀），世上愁痕滴太平

15,10,18

（陆龟蒙）。乘兴轻舟无远近（贾至），愿君到处自题名（张籍）。”“风随蕉叶下泷船（陆龟蒙），何处春光不眼前（王表）。桂岭瘴来云似墨（柳子厚），蓝田日暖玉生烟（李商隐）。孤帆远影碧空尽（李白），星汉通霄向水连（李频）。愿得远公知姓字（卢纶），故园归去及新年（李频）（同庆戊子一阳月杜环友）。”又尺牍云：“善以会试届期，即日就省领凭，不能就候拜饯，敬将乌龙茶二包聊以写诚，希惟笑纳，初年怡胜，远祷平安，同庆己丑春多牛阮惟善。”

今日舟行苏彝士河，两岸沙碛，微有草树。河狭，两舟并行须善避就，西例每点钟只行六迈。午窗萧寂，记兹诗翰以识同文之雅，亦以见越南近状，犹纪元设科未改步也。间询阮思僩，仍健在，越南诗人之翘楚，同治己巳纳贡来京，曾于李仲约斋中相与倡和，回首前尘，不无今昔之感耳。晡夕经两盐湖，水面颇阔，两旁浮标灯塔甚密，能容轮艘之地亦无几。夜十二点钟泊苏彝士岛，停顿三点钟，有小轮船驳载税关亦来查船，犹土尔其装束也。遥见楼屋林木，当日浚河人所营，至此而新开河尽矣，计长七百二十六里。旧例商轮不得夜行，近则船嘴设大电灯，光及十六里，无碰撞搁浅之虑，此法仅行之两年。 行苏伊士运河

十八日庚寅　晴。舟经红海，两岸皆山，水黝黑，译言红海不知何所取义，惟晚云郁蒸，绛色而已。气候渐热，犹可御棉夹，此为阿非利加洲迤北之境。 舟经红海

十九日辛卯　晴。热，寒暑表八十二度。日轨稍长，

六点钟始悬灯。法船饭菜逐日变换，已较英船远胜，惟西馔究难适口。午后别煮鸡粥，晚啜西谷米以清热。

二十日壬辰　晴。热，寒暑表八十八度至九十一度，单衣且汗。船上华佣二十人，领袖者月得工钱二十元，馀则六元，且扣饭食，惟许出入带货，略可弥补。间令拉风扇，薄赏一金，喜不可支。希九以房舱太热，每夕襆被船面，未尝不快，久恐生病耳。

二十一日癸巳　晴。寒暑表八十八度至九十三度，连日吃西瓜，颇讶非时，热甚则甘之如饴耳。希九言日都亦于此时以西瓜为上品，一枚值价六金，豪家宴客非此不欢。日都冬令非热，殊不解也。又日国宫宴由宫官承办，每一客开销四十五金，烟酒在内，亦浮糜矣。

二十二日甲午　晴。寒暑表八十二度。午正泊伊定，

亚丁

又曰亚丁，英之属土，盖攘诸依拉卑亚，亦土尔其旧部也。地居亚细亚洲，陆路可通中国，由印度而西藏，不隔海也。土人多黑，又善泅水，投一钱则入水争取，出没灵捷。有售驼鸟羽者，白色佳，灰色次之，可以制扇，索价颇昂。只购石华二枚，镜片十八纸，聊志此间景物。其地六年一雨，居人即储以为食，得水甚难，岛上遂无草树，英人近作水池以饰观，为功不易。沿岛有楼房客寓，亦有车马，希九、子豫、立斋并登岸游眺。此岛四面皆山，口门不狭，而法公司船于夏间与本公司两船碰撞，遂没其一，虽未伤人而货物至今乃起讫，所损已百万金矣。此船犹在山侧，桅上仍有灯。刘长卿诗“沉舟侧畔千帆过，

15,10,23

病木前头万树春”，此之谓乎？自红海至此四千五百二十一里。今日因增煤，泊至夜半乃发。

二十三日乙未　晴。船行至十二点钟忽停轮，拆换龙骨一节，诸黑人在机器房同力合作，却不忙乱。对海为阿非利加洲。两点钟复行。

二十四日丙申　晴。东北风，船颇动荡，晡时见岛屿，夜浪愈豪。已入印度洋，南行偏东。 入印度洋

二十五日丁酉　晴。西俗贵少贱老，而未始不以高寿为难得。日国每年初夏有濯足会，令都城老人六十以上者十数人至宫内教堂，并约各公使观礼，且须步行。人众齐集，日君后戴法冠从宫眷出，诸老人鞠躬致敬，教士导至浴房，各予一盆濯足，教士洗洒以水，日君后亦手擎杯水分洒之，濯毕各有赏赐。日国大典也。君主之国而信教者行之，或曰此援马利亚故事，却无可考，或曰日君后亲为濯足，亦传闻之讹。要之敬老之意，则大可嘉。

二十六日戊戌　晴。同舟有倭兵官善奕，偶与对局，不觉三胜之。曩在美都，倭使九鬼屡欲对奕而无暇，不悟舟次有此闲缘。

二十七日己亥　晴。法俗不厌白发，且有染以饰观者，相传百年前法后霜鬓皤然，自伤衰老，其宰相乃集廷臣尽染白发，使之晨夕相见者皆此类，俾自忘其老，可谓想入非非矣。然染发之风至今未改，明镜憎白发，未可律诸殊域也。法俗又有为人涂粉可以返老还少，每年一涂，费数百金，然不能盥沐，汗则以绢拭之，亦苦人之具。夜 法俗不厌白发

十二点钟有黑气横空际，初疑轮船之烟，细视之，云也。轮旁波澜白亮，有无数金点，如万星之攒，或曰此水近赤道，中有琉璜，轮铁激水而光焰出，他水则无之，然非天阴则不显，二丈外亦无所见。

二十八日庚子　晴。船主欲得中国带扣以为式，检一枚赠之，乃坚辞。今日寒暑表八十六度，亦不亚于红海。四点钟行经蚊弥哥士岛，树林颇密，中有塔灯。

二十九日辛丑　晴。鲁代伦国，土尔其属也，自为书通于中国，托芝使代进，译其文义，无非仰慕结好之词。土且无约，况其属乎？晚九点钟泊哥龙罢，印度境也，舟人纷纷登岸。英人视印度人如狗马，动加鞭扑。遥望岛内灯光甚密，岛南新筑石堤以杀水势，舟泊堤内殊稳。水中似多礁石，船主谓系沙底，其暗涌则来源使然云。

三十日壬寅　小雪，晴。晨起印度人之售钻石、玳瑁、银器者罗列船面，索价十金，一金可买，亦颇厌其浮伪。进斋、子豫登岸观卧佛像，希九购得贝叶经一张、印度钱十枚相赠。欲往锡兰，须两点钟火车，游客不果往也。相传唐僧取经即此地，其佛像与中土禅院无殊。十二点钟起碇，四点钟经锡兰山，山势蜿蜒，颇秀致。夜色纯黑，十点钟后乃见星。

欲往锡兰不果

十一月初一日癸卯　晴。寒暑表八十六度，午啖西瓜。都中今日始貂褂矣，气候相悬若此。倭人步趋英法，改易西装，衣履固极趋时，即行动、坐立、语默、神理无不曲肖。乃船主每于灯后辄曳倭服，一英商亦然，将以相

15,11,2

形乎？抑各适其适乎？

初二日甲辰　晴。粤中新制银钱，其文曰“光绪元宝”，中为满文，背镌盘龙，文曰“广东省造”，库平重七钱三分，边阑西文译如此语，若能通流，足塞洋银漏卮，且可获利。又新制铜钱文曰“光绪通宝”，库平重一钱，均精致，此则成本颇重，每铸一钱须加六工本。囊中各得一枚，周子玉、延希九欲之，不能分赠。

初三日乙巳　晴。自伊定至此，仅遇一轮船。四点钟经嘉利坝岛，地势绵延，和兰曾欲攘夺，而为岛人所败，岛俗强悍，能食人，无教化之俗也，出产亦不甚繁。遥望林木郁翠，油然作云。至此而印度洋尽矣。

初四日丙午　雨。舟行马离港，水势较平。西曰谛离岛，和兰属；东则暹罗与，英属也。地出锡甚佳，华人营生于此颇众，气候殊恶，易生疟疾。

初五日丁未　晴。未正入新驾坡口，两岸极狭而不能自守，可惜也。英人所置暗炮台，若无所见，曾为俄人图其要妙，至今遂不准外人往观，备敌之意深矣。船主为悬国旗，其岸上公司望楼亦悬旗相答，尖角旧式。三点钟登岸，车行里许，遇衣冠来迓者，知为领事左子兴，闻刘芝使先已函告矣。热甚，偕参赞各员同至华人酒肆小憩，电达广东省城。毕即访领事署，胡璇泽之子心泉导往，遂同游胡氏园，结构平平，惟池荷叶圆，径五六尺，又并头猪，皆异种也。荷叶软浮水面，花则重台高瓣，亦不见茎。主人以莲米赠子豫回粤试种，不知迁地能良否？并头 至新加坡猪略如小兔，用药水浸灌，以玻璃瓶储之。灯后子兴约饮酒肆，复回领事署，子兴谈曾劼侯前办俄约，劾者纷然，其棘手甚于余之办美约，劼侯深谋远虑，尚复如是，诚出意外。一点钟子兴送余回船，又赠干荔枝、吕宋烟卷。新驾坡终岁衣葛，灯后疾风暴雨，几以为例，雨后仍闷热，奉使各国无冬夏均暖帽，边沿或呢或羽纱，略如行营式，惟新驾坡则葛纱袍褂万丝冠。

初六日戊申　晴。自渡新驾坡口，西人名为中国海，意必曾属中国外洋岛屿，记载逸之耳。泰西船主以能走此水者为好手，风雾靡常，又多礁石也。早六点钟启碇，船略北行，气候仍热，多见小岛，均不知名。华人旅居新驾坡约六七十万，皆闽粤籍，会馆颇多，坟墓碑识却不忘本，惟人品不一，地方官幸禁赌，而售鸦片者月饷仍十一万金。本巫来由土地亦有回回教堂，其岛主极能和众，厚结英廷，岁往伦敦一次，英不夺其自主之权，而要以若与他国立约，须先关白。

初七日己酉　晴。午后暴雨，虹见。为函谢左子兴，并寄一诗。夜两点钟入西贡口，有山踞口门，颇奇耸。

初八日庚戌　晴。六点钟起，船行，两岸曲折而狭，口门之山可守，越乃不善经度，深可痛惜。曩在巴黎有新会人李林，游学法都书院习语言文字，知余抵巴黎，特来见，自言乃父李佑宗贾于西贡，求寄语平安，托带一书。顷八点钟抵岸，饬陈胜送去，李佑宗即驾车来迓，至其家，楼房宽敞。希九适患足疾，又为求医药，备极殷勤，

15,11,9

越南情形

与询越南情形，甚熟悉。现在越南自治者，顺化十二省，法人攫去者，东京十三省、嘉定等六省。西贡提岸，嘉定属也。越之精华在东京，刻仍无甚生发，法廷岁输东京银五百万元、西贡银二百四十万元，如获石田耳。法近拟开建铁路，自河内而谅山，意不可测也。西贡一隅极力经营，如花园、戏馆、架非馆皆备，其为地方谋者，则建桥梁、疏沟渠两事，育婴堂、学堂亦具体而微，教堂则入者主之而已。越南人进教，东京为盛，以进教则教堂之利益视平民远胜也。东京十三省土著约千万，顺化十二省六百馀万，嘉定等六省仅百馀万，徒有省名，生齿不繁。法人全力注于东京，西贡则现兵不满千，时有三兵船自卫，实不足以固圉。西贡出口无他物，只米为大宗，又非外国畅销之货，此地商务决无起色，口岸决难增胜，以法国割付德国两省，衡之损益，不可以道里计。土产有盐，价甚贱，将谋运销新驾坡，久恐充入中国境，是当预为之防。李佑宗又导游园亭及法兵官署，观飞走之属，有熊、象，极驯，可喝令跪拜转侧，但予之食，辄随人指使矣。法兵官署外越人古冢，法并不毁，留以饰观，林树茂密，花卉却鲜，孔雀甚贱，一头只值两金。晚饮佑宗楼，有新驾坡华商陈某来，述新驾坡拐贩人口及舟中谋财害命各事，为之愤懑。子兴曾为言之，特不如是之详，归日当与粤督筹商办法。饭罢陈某别去，余亦回舟中睡，希九不良于行，寄榻佑宗寓。

西贡出口米为大宗

初九日辛亥　晴。九点钟起，李佑宗已来约往提岸。

李朴山来见，金山旧识也，其居在提岸，即先返以待。余偕李佑宗乘马车往，途经广肇、福建会馆、义祠，尚冠冕。随至南隆楼小憩，主人刘姓，款洽殷拳，族侄佳植、振锡来询，始知族人贾于越南者，多在提岸。纷邀往访，遂至济昌、隆昌、南隆三处。天气且热，颇难遍及也。老友何竹年亦于提岸作帮长，即商董之别名，别已三十年，不图于此作数刻谈。提岸皆华商，有曰广东街者，粤人尤夥。甚惜为时太迫，并李朴山之约亦不果往。三点钟仍返，李佑宗许饭毕回船。佑宗厚为盘飧，又见赠黄油伽南一枝，余别购黑油一枚，松皮玉桂半段。伽楠附木而生，白油最佳，甚不易得，沉香结尤难。佑宗送至舟次为别，即将陈敬如衔名书予之，俾令通信照料其子，敬如本以李林少年游学，无人约束为言，余稍暇亦为书代托之也。族人赶来送，时已七点钟，船刚启碇，遂于船舷为语。

越南马极小

初十日壬子　晴。越南马极小，《汉书》言“乌秅出小步马”，孟康曰“种小能步也”，颜师古曰“细步能蹀足，所谓百步千迹者也”，持较越马，功用略同。西贡四时皆热，异种良马仅能早晚行，若在午未申之交，则非此小马不能耐热，然而车如鸡栖马如狗，移赠恰当。曩在日都博物院见有嘉定提督关防铜炮旗帜之属，知越南曾被日人寇侵，昨询李佑宗，谓法、日同谋，日受法人之嗤。日兵任攻，会安土人从山上灌毒于河，日兵饮之多死。法人攻西贡，应响而得，日兵回泊西贡，法乃怼其失机，西贡之地日国无与焉。南墨洲诸国日且无力制其叛，而顾听法

15,11,11

率牵从事越南，舍己芸人，得失究何如也。

十一日癸丑　阴晴无定。船出西贡后，船针向北，正迎北风，不免颠簸。又小吕宋昨方发飓，船主谓风线属东京，然飓尾总不能不波及，昨夜复大雨，华人搭坐篷面约四百人，风雨交侵，情状可悯。有高要人已从悦生号交船价而不谙换船票，船主查对以为伪也，欲苦之，陈弁为说情，并乞余给八金脱其窘。今日船行二百零五迈，以风浪故慢耳。傍晚见星月，船主谓明日必晴，不甚戒备，讵半夜狂飙作恶，大副急呼之起，同在柁楼守更，达旦乃睡。此为七洲洋，船行极险，一月前法公司船自香港过此遇风，船面房屋、船旁铁柱均扫去。

十二日甲寅　晴。西贡亦有闱姓，岁投十二万金，承充者闻尚有利，此风由近及远，粤中若不自谋，则利源外溢，更无底止。西贡鸦片烟向亦华商承税，岁百十五万元，酒税在内，近则法人自办，而查私较严。

十三日乙卯　晴。晨起绝无风浪，申初抵香港，诸父昆从亲串多来迓，香港巡抚遣中军官驾小轮船来迓，应接不暇，匆匆诞登，偕震东宿西人客寓，进斋、希九、立斋、子豫住名利栈。 抵香港归国

自马赛开船至香港，共行三十二日，计程三万六百零七里半。港官系巡抚，新架坡乃总督耳，而华人每误以港官为总督，未深考也。英自得占不那惰山，已握地中海之要，过此为苏彝士河，本法人篱石所凿，法国股子较多，英相威令士潜向土人搜罗股票，致令英国股多于法。西例

此等公司股多者当事，则苏彝士河之利英亦垄断矣。格兰忒谓环球三宰相，曰李鸿章、曰毕斯默、曰威令士，即指此也。过红海即为亚丁，英之属土，英船屯煤之地，各国公司亦有煤栈，然英实主之。此地六年不雨，寸草不生，英船入印度洋、中国海，恃此为中站，不惜百计经营，特人力不能回天暵耳。过此而印度而新架坡而香港，英船游驶无可阻碍之者，中英不同洲而海道若联接，以形势论之，尤不可忽。海外来帆，自以香港为归宿，次则澳门，近日两岛情形从何设措?

此行历东、西大洋，环地球一周，甚欲觅一海门能副闭关绝市之论，竟不可得，若是则海军之设，其可缓乎?南洋之吴淞口、专山关、宁波、定海故有备，北洋则兼营威海、旅顺，为津沽北塘添一重屏障，南北一气，足资控制，更于台湾外海设重镇屯大枝水师，敌船往来当不能无所顾忌。若夫高谈制梃，捻缨求妍，徒滋惑耳。荫桓蠡测管窥，无当万一，综计使槎所历，美为民政之国，出产日富，课税日增，鸟约一关日收银至八十万元，通年匀计不爽，此外坡士顿、旧金山各口收数亦巨，而通国额兵只二万六千馀人，此保富之道也。又地僻在一洲，其于欧罗巴则隔大西洋，而鸟约入口之地又极险隘；其于亚细亚则隔太平洋，浑浑无际中，无屯煤取水之地，自旧金山至日本横滨，始有埔头，折而西北为中国境，中日亮无侵美之意，故旧金山一路，美直可偃然不设备，则其岁省边防之费为不少矣。所以藏富于民，渐臻强盛，南则墨西哥，再

美国海防形势

15,11,13

南则可仑比亚诸国，美之势力足以控制之，又巴拿马河道未通，此为南北阿墨利加洲天然界限。所虑南北党门户大严，终恐久合必分耳。日斯巴弥亚国自失地中海之险，国势顿异，南墨洲诸国纷然背叛，各自立为民主，日之属土只古巴、小吕宋两处，入不敷出，国债日丛，而君主体制独尊，积威有渐乎？秘鲁本南美洲富饶之国，而民性偷惰，居处饮食之物多从他国运来，本国金钱日流于外而不自觉。

本日抵香港，即丙戌放洋之地，日记从此结束，亦默附总署奏案：

光绪乙酉六月奉命出使美利加、日斯巴弥亚、秘鲁三国，十月陛辞南下，丙戌二月自香港展轮，历北美洲、欧罗巴洲、南美洲诸岛，山川政俗，义应咨访，而各国交际为尤要。总署奏案责使者以日记见闻所及，援笔辄书，又去国既远，邸报流传，亲旧函牍，即至家书琐屑，有触斯会，既存汉腊，且志游迹。庚寅二月回京复命，仰聆圣训，凡美洲南北分党及华商丝茶滞销之故，指示靡遗，有非华土所及知者，因得详晰奏对。上垂询记载，谨奏言署章须为日记，但芜杂过甚，须大收拾。上谕以收拾完备即行进呈，谨承旨而出。越日，枢中复述旨相促，其时抄稿在粤，行箧仅存草本，遂芟删以付抄胥，五月杪疏呈，奉旨留览。嗣是，署中同僚、京外朋好咸属付梓以便传观。此数年间，春明尘鞅，伏案鲜暇。甲午岁暮复有蛉川之役，往来沪上，假寓同文书局，就草本中重为缀拾，拟付石印。讵展转抄誊，脱漏殊甚，因复重写一遍，就厂肆刊之。安攘之术，本非所谙，言之无文，行之不远，且亦有不愿示人者。比日西士好博，每于华文字句锐意讲求，若但挟持使者笔记，犹其浅焉者也。至事或纤猥，迹近怪异，有累进呈体例，前既删除，兹复补辑。此中撰说惟舌人是赖，殊悔不谙语言文字，滋愧焉尔。南海张荫桓。

张荫桓三洲日记

人名索引

五画

六画

七画

九画

十画

十二画

十三画

十四画

张荫桓三洲日记

译名简释

三画

三多明各

Santo Domingo,圣多明各,多米尼加首都

三宾酒

champagne,香槟酒

干捏底吉邦

Connecticut,康涅狄格州

土尔其

Turkey,土耳其

士多苾利

strawberry,草莓

士担

stamp,邮票

小吕宋

Luzon,吕宋岛,清朝用来称菲律宾

山丹巅那

Santander,桑坦德,西班牙城市

山些巴士的

San Sebastián,圣塞瓦斯蒂安,西班牙城市

山特呵罗士

Santa Claus,圣诞老人

义大里

Italy,意大利

马理兰邦

Maryland,马里兰州

马得力

Madrid,马德里

四画

厄瓜尔多

Ecuador,厄瓜多尔

比厘亚斯大山

Pirineos,比利牛斯山

日斯巴弥亚

España,西班牙

勿尔吉尼阿邦

Virginia,弗吉尼亚州

丹马

Danmark,丹麦

乌大

Utah,犹他州

乌拉乖

Uruguay,乌拉圭

五画

甘色士邦

Kansas,堪萨斯州

可仑比亚

Colombia,哥伦比亚

北哳哥大邦

North Dakota,北达科他州

北喀尔勒那邦

North Carolina,北卡罗来纳州

田纳西邦

Tennessee,田纳西州

四巴土叨布

Sevastopol,塞瓦斯托波尔,克里米亚半岛临黑海港口

仙士

cent,美分

鸟约

New York,纽约

鸟约邦

New York,纽约州

鸟波

Newburgh,纽堡,美国城市

鸟蚡伦

Newfoundland,纽芬兰岛,加拿大岛屿

鸟稀渍

New Haven,纽黑文

尼不拉士格邦

Nebraska,内布拉斯加州

尼华大邦

Nevada,内华达州

阡的伊邦

Kentucky,肯塔基州

皮酒

beer,啤酒

六画

亚里孙拿

Arizona,亚利桑那州

亚罅山大

Alexander,亚历山大港

西勿尔呢阿邦

West Virginia,西弗吉尼亚州

毕次畀

Pittsburgh 匹兹堡,美国城市

因梯尼奥湖

Lake Ontario,安大略湖

迄地马拉

Guatemala,危地马拉

华盛顿邦

Washington,华盛顿州

衣打贺

Idaho,爱达荷州

衣邻奴士邦

Illinois,伊利诺伊州

米西斯比河

Mississippi River,密西西比河

七画

麦天拿邦

Montana,蒙大拿州

把菟麦河

Potomac River,波托马克河,美国河流

苏比尼河湖

Lake Superior,苏必利尔湖

苏彝士河

Suez Canal,苏伊士运河

伯灵

Berlin,柏林

佛兰地酒

brandewijn,白兰地

佛勒尔勒厘邦

Florida,佛罗里达州

希特国

Haiti,海地

怀阿明

Wyoming,怀俄明州

阿甘色邦

Arkansas,阿肯色州

阿利坚邦

Oregon,俄勒冈州

阿拉巴麻邦

Alabama,亚拉巴马州

阿拉时驾

Alaska,阿拉斯加

阿罗泊

Arab,阿拉伯

阿麻桑河

Amazon River,亚马孙河

阿墨利加洲

America,美洲

纽折尔西邦

New Jersey,新泽西州

纽罕什尔邦

New Hampshire,新罕布什尔州

纽阿连

New Orleans,新奥尔良,美国城市

纽所威露省

New South Wales,新南威尔士州,澳大利亚东南部州

八画

拔捞岛

Liberty Island,白德路岛,现改名自由岛

拉拉米

Laramie,拉勒米,美国城市

坡士顿

Boston,波士顿

若耳治邦

Georgia,佐治亚州

英厘安纳邦

Indiana,印第安纳州

罗生忌利

Los Angeles,洛杉矶

和兰

Nederland,荷兰

委内瑞辣

Venezuela,委内瑞拉

依尼湖

Lake Erie,伊利湖

枭邻湖

Lake Huron,休伦湖

波多利哥

Puerto Rico,波多黎各

波利非亚

Bolivia,玻利维亚

波都

Bordeaux,波尔多,法国城市

波淘麦河

Potomac River,波托马克河,美国河流

波葫芦

Buffalo,布法罗,美国城市

诗家谷

Chicago,芝加哥

九画

荔华浦

Liverpool,利物浦

南吋哥大邦

South Dakota,南达科他州

南喀尔勒那邦

South Carolina,南卡罗来纳州

南澳士地利亚都律省

South Australia,南澳大利亚州

威士甘逊邦

Wisconsin,威斯康星州

威苏味亚士火山

Vesuvius,维苏威火山

耐宜河

Nile River,尼罗河

耐格忌腻河

Niagara River,尼亚加拉河

耐格忌腻科

Niagara,尼亚加拉

鸦灵顿公冢

Rlington National Cemetery,阿灵顿国家公墓

哈画

Le Havre,勒阿弗尔,法国城市

哈富

Hartford,哈特福

闽昵疏大邦

Minnesota,明尼苏达州

洼满的邦

Vermont,佛蒙特州

洛士丙冷

Rock Springs,罗克斯普林,美国城市

洛士丙冷案

Rock Springs Massacre,罗克斯普林大屠杀

洛爱伦邦

Rhode Island,罗得岛州

美苏黎河

Missouri River,密苏里河,美国河流

美利滨

Melbourne,墨尔本

架非

coffee,咖啡

十画

都化

Dover,多佛尔,英国港口

埃阿华邦

Iowa,艾奥瓦州

哥伦米阿郡

District of Columbia,哥伦比亚特区

哥罗拉大邦

Colorado,科罗拉多州

钵打稳

Darwin,达尔文

钵劳仑花园

Brooklyn Park,布鲁克林公园

铁佛尼

Tiffany,蒂凡尼,珠宝品牌

特尔拉华邦

Delaware,特拉华州

倭海阿邦

Ohio,俄亥俄州

离那

Reno,里诺,美国城市

衮司伦省

Queensland,昆士兰州,澳大利亚东北部州

衮当

Brisbane,布里斯班,澳大利亚城市

烟甸人

Indians,印第安人

宾夕尔勒呢安邦

Pennsylvania,宾夕法尼亚州

桑罗棱索河

Saint Lawrence River,圣劳伦斯河,五大湖出水道

十一画

域多利亚省

Victoria,维多利亚州,澳大利亚南部州

雪梨

Sydney,悉尼

得撒邦

Texas,得克萨斯州

麻沙朱色士邦

Massachusetts,马萨诸塞州

添士河

River Thames,泰晤士河

淡巴菰

tabaco,烟草

密士夫必邦

Mississippi,密西西比州

密执安邦

Michigan,密歇根州

密苏尔厘邦

Missouri,密苏里州

十二画

搭博非士

double face,双面

落机大山

Rocky Mountain,落基山

覃坝

Tampa,坦帕,美国城市

奥大利

Austria,奥地利

鲁西安纳邦

Louisiana,路易斯安那州

缅邦

Maine,缅因州

十三画

锡兰

Sri Lanka,斯里兰卡

新架坡

Singapore,新加坡

新墨西哥

New Mexico,新墨西哥州

新蕾

Seattle,西雅图

福士墩

Folkestone,福克斯通,英国港口

十四画

嘉利福尼邦

California,加利福尼亚州

蔑度

metre,米

膀髀

Pompeii,庞贝

十五画

暹罗

Sayam,泰国

墨锡近湖

Lake Michigan,密歇根湖

德律风

Telephone,电话

摩啰告国

Morocco,摩洛哥

澳非利加洲

Oceania,大洋洲

走向世界丛书一百种

初编三十五种以 * 标出

谢清高 **海录**（附三种）
* 容　闳 **西学东渐记**
* 林　鍼 **西海纪游草**
* 罗　森 **日本日记**
* 斌　椿 **乘槎笔记**
* 张德彝 **航海述奇**
* 王　韬 **漫游随录**
* 志　刚 **初使泰西记**
* 张德彝 **再述奇**（欧美环游记）
* 张德彝 **三述奇**（随使法国记）

王　芝 **海客日谈**
* 祁兆熙 **游美洲日记**
* 李　圭 **环游地球新录**
* 郭嵩焘 **伦敦与巴黎日记**
* 张德彝 **四述奇**（随使英俄记）
* 黎庶昌 **西洋杂志**
* 刘锡鸿 **英轺私记**

李凤苞 **使德日记**

钱德培 **欧游随笔**
* 何如璋 **使东述略及杂咏**
* 张斯桂 **使东诗录**

黄遵宪 **日本国志**
* 黄遵宪 **日本杂事诗**〔广注〕

陈兰彬 **使美纪略**
* 曾纪泽 **出使英法俄国日记**
* 王　韬 **扶桑游记**
* 徐建寅 **欧游杂录**

谭乾初 **古巴杂记**

王之春 **谈瀛录**
* 李筱圃 **日本纪游**

池仲佑 **西行日记**

蔡　钧 **出洋琐记**

袁祖志 **瀛海采问纪实**

张祖翼 **伦敦竹枝词**

王以宣 **法京纪事诗**

潘飞声 **西海纪行卷**

潘飞声 **柏林竹枝词**

潘飞声 **天外归槎录**

张荫桓 **三洲日记**

邹代钧 **西征纪程**

王咏霓 **道西斋日记**

张元济 **环游谈荟**

余思诒 **楼船日记**

缪祐孙 **俄游汇编**

张德彝 **五述奇**
* 傅云龙 **游历日本图经馀纪**

傅云龙 **游历美加等国图经馀纪**

洪　勋 **游历闻见录**

崔国因 **出使美日秘国日记**
* 薛福成 **出使英法义比四国日记**
* 薛福成 **出使日记续刻**

陈道华 **日京竹枝词**

严　修 **东游日记**
姚鹏图 **扶桑百八吟**
凤　凌 **游馀仅志**
* 黄庆澄 **东游日记**
吴宗濂 **随轺笔记**
宋育仁 **泰西各国采风记**
王之春 **使俄草**
伍廷芳 **美国视察记**
* 蔡尔康等 **李鸿章历聘欧美记**
张德彝 **六述奇**（附 七述奇未成稿）
刘学询 **考察商务日记**
黄　璟 **考察农务日记**
罗振玉 **扶桑两月记**
罗振玉 **扶桑再游记**
丁鸿臣 **东瀛阅操日记**
沈翊清 **东游日记**
* 梁启超 **新大陆游记**
张德彝 **八述奇**
载　振 **英轺日记**
吴汝纶 **东游丛录**
双　寿 **东瀛小识**
缪荃孙 **日游汇编**
周学熙 **东游日记**
* 单士厘 **癸卯旅行记**
凌文渊 **籥盦东游日记**
张　謇 **癸卯东游日记**
蒋　煦 **西游日记**
王景禧 **日游笔记**
陈　琪 **环游日记**
* 康有为 **意大利游记**
康有为 **德意志等国游记**
康有为 **英国游记**
* 康有为 **法兰西游记**
韩国钧 **实业界之九十日**
李濬之 **东隅琐记**
盛宣怀 **愚斋东游日记**
* 戴鸿慈 **出使九国日记**
金　鼎 **随同考察政治笔记**
* 载　泽 **考察政治日记**
程　淯 **丙午日本游记**
康有为 **西班牙等国游记**
杨泰阶 **东游日记**
文　恺 **东游日记**
左湘钟 **东游日记**
吕珮芬 **东瀛参观学校记**
* 林汝耀 **苏格兰游学指南**
* 单士厘 **归潜记**
金绍城 **十八国游记**
附 艾儒略 **职方外纪**
附 南怀仁 **坤舆图说**
附 丁韪良 **西学考略**
附 艾约瑟 **西学启蒙**

图书在版编目(CIP)数据

三洲日记/(清)张荫桓著．—长沙：岳麓书社，2016.12

(走向世界丛书/钟叔河主编)

ISBN 978-7-5538-0697-6

Ⅰ.①三... Ⅱ.①张... Ⅲ.①日记—作品集—中国—清代

Ⅳ.①I264.9

中国版本图书馆 CIP 数据核字(2016)第 314308 号

SANZHOU RIJI

三洲日记(上下)

作　　者：张荫桓

校 点 者：鄢　琨

责任编辑：鄢　蕾

责任校对：舒　舍

封面设计：吴颖辉　贺红梅

岳麓书社出版发行

地址：湖南省长沙市爱民路 47 号

直销电话：0731—88804152　88885616

邮编：410006

岳麓书社网址：www.yueluhistory.com

2016 年 12 月第 1 版第 1 次印刷

开本：890×1240　1/32

印张：20

字数：445 千字

印数：1—3 000

ISBN 978-7-5538-0697-6

定价：72.00 元

承印：长沙超峰印刷有限公司